Der Moskauer Autor Wiktor Pelewin (geb. 1963) machte unlängst Furore mit seinem Romandebüt ›Omon hinterm Mond‹ – einem »östlichen ›Werther‹ für westliche Klassenzimmer« (FAZ). Für seine Erzählungen, die hier in einer Auswahl vorliegen, wurde ihm 1993 der »kleine« Booker-Prize zugesprochen.

Unglaubliche Geschichten weiß Pelewin zu erzählen, sie spielen an gewöhnlichen – allzu bekannten – Orten. Er zeigt Verwandlungen, Labyrinthe, parallele Welten ...
In Zeiten rasanten Wandels hat Pelewin ein scharfes, zuweilen hypnotisches Augenmerk auf Perpetuierendes, auf Archetypen des Seins und Bewußtseins. Er besitzt die verblüffende Fähigkeit, Zusammenhänge und Analogien dort zu entdecken, wo keiner sie sieht. Er ist ein Wissender, vor allem aber: ein geborener Erzähler.

# Wiktor Pelewin

## Die Entstehung der Arten

und andere Erzählungen

Aus dem Russischen übertragen und
herausgegeben von Andreas Tretner

RECLAM VERLAG LEIPZIG

Herausgegeben mit Unterstützung des Sächsischen
Staatsministeriums für Wissenschaft und Kunst

ISBN 3-379-01543-1

Reclam-Bibliothek Band 1543
1. Auflage, 1995
Reihengestaltung: Hans Peter Willberg
Umschlaggestaltung: Matthias Gubig unter Verwendung
eines Gemäldes von Wiktor Piwowarow: »Blaues Ohr«
(Öl auf Leinwand, 1985)
Seite 1: Zeichnung von Michael Lißmann: »Ein fertiger
Kistenbau wird bestiegen«. Mit freundlicher Genehmigung
der Urania Verlagsgesellschaft mbH, Leipzig.
Gesetzt aus Meridien
Satz: Offizin Andersen Nexö Leipzig
Druck und Bindung: Ebner Ulm
Printed in Germany

# Nike

Nun, wo ihr zarter Odem sich wieder verflüchtigt hat, hinaus in die Welt, in diesen wolkigen Himmel, den kalten Frühlingswind, sitze ich da mit dem Buch auf den Knien (einem Band Bunin, schwer wie ein Schamottestein), und manchmal löse ich den Blick von den Seiten, um zur Wand zu schauen, wo ihr zufällig noch vorhandenes Photo hängt.

Sie war sehr viel jünger als ich; das Schicksal hatte uns zusammengeführt, der Zufall; ich bildete mir nicht ein, ihre Anhänglichkeit durch besondere Tugenden erworben zu haben; eher war ich für sie, um einen Terminus aus der Physiologie zu gebrauchen, ein bloßer Auslöser von Reflexen und Reaktionen, die sich gleichgeblieben wären, hätte ein fundamentalistischer Physiker mit Akademikerbaskenmützchen sich an meiner Statt gefunden oder ein korrupter Abgeordneter, irgendwer, der bereit gewesen wäre, ihrer herben südlichen Schönheit zu huldigen und die Bürde ihres Daseins zu lindern, fern der angestammten Heimat, im kargen Norden, wo sie versehentlich zur Welt gekommen war. Barg sie den Kopf an meiner Brust, und ich fuhr ihr mit den Fingern langsam den Hals entlang, dann stellte ich mir eine andere Hand an dieser zarten Biegung vor – eine feingliedrige, blasse, mit einem kleinen Totenkopf am Ring, oder eine unanständig behaarte, mit blauen Ankern und Initialen, die ebenso gemächlich abwärts glitt; ich mutmaßte, daß ihre Seele von dieser Änderung nicht berührt worden wäre.

Nie nannte ich sie beim vollen Namen – das Wort ›Veronika‹ war für mich ein botanischer Begriff, Erinnerungen weckend an die weißen Blüten auf den fern in der Kindheit zurückliegenden Blumenrabatten des Südens, deren Duft einem den Atem verschlug. Ich behalf mir mit der Koseform, ihr war es egal; sie hatte überhaupt kein musikalisches Empfinden, und von ihrer göttlichen Namensvetterin, kopflos und geflügelt, wußte sie nicht einmal.

Meinen Freunden mißfiel sie sogleich. Vielleicht spürten sie, daß die Hochherzigkeit, mit der sie sie, wenn auch nur für einige Minuten, in ihren Kreis aufnahmen, von ihr gar nicht zur Kenntnis genommen wurde. Anderes von Nike zu verlangen wäre freilich töricht gewesen; genauso hätte man von einem Fußgänger Dankbarkeit erwarten können an die Adresse jenes Arbeiters, der die Straße, auf der er gerade entlangschritt, einmal asphaltiert hatte; die Menschen ihrer Umgebung waren für sie so etwas wie sprechende Schränke, die aus unerfindlichen Gründen in ihrer Nähe aufgetaucht waren und aus ebenso unerfindlichen Gründen wieder verschwinden würden. Fremde Gefühle kümmerten Nike nicht, doch instinktiv nahm sie wahr, wie man zu ihr stand, und bekam ich Besuch, stand sie meistens auf und ging in die Küche. Meine Bekannten waren nicht etwa ungezogen zu ihr, doch wenn sie nicht in der Nähe war, verhehlten sie ihre Geringschätzung nicht; daß keiner sie für ebenbürtig hielt, war klar.

»Na, deine Nike hat wohl gar keinen Blick für mich übrig?« fragte mich einer von ihnen mit spöttischem Lächeln. Daß er damit richtig lag, kam ihm nicht in den Sinn; mit seltsamer Naivität ging er davon aus, daß ihm im Innersten von Nikes Seele eine extra Galerie reserviert sein müsse.

»Du verstehst sie nicht abzurichten«, sprach ein anderer in einem Anfall trunkener Offenherzigkeit, »bei mir wäre sie binnen einer Woche handzahm.«

Ich wußte, daß er sich in derlei Dingen auskannte, denn er stand schon das vierte Jahr unter dem Pantoffel seiner Gemahlin, aber nichts in der Welt lag mir ferner, als irgend jemandes Erzieher zu sein.

Nicht, daß Nike den Komfort verachtet hätte – mit pathologischer Konstanz fand ich sie stets in dem Sessel vor, in den ich mich gerade setzen wollte –, doch die Dinge existierten für sie nur so lange, wie sie sich ihrer bediente, danach waren sie nicht mehr vorhanden. Dies war wohl auch der Grund, weshalb sie praktisch nichts besaß; manchmal schien mir, sie war genau der Typ, den die Urkommunisten heranzuzüchten versucht hatten, ohne zu wissen, wie das Resultat ihrer Bemühungen aussehen sollte. Auf die Gefühle anderer nahm sie keine Rücksicht – nicht etwa eines miesen Charakters wegen, sondern weil sie von der Existenz dieser Gefühle meist keine Ahnung hatte. Als sie einmal aus Versehen eine kostbare alte Zuckerdose vom Schrank fegte, echte Kusnezowo-Fayence, und ich ihr eine Stunde später für mich selbst überraschend eine Ohrfeige gab, da verstand Nike nicht einmal, wofür ich sie schlug – sie rannte aus dem Zimmer, und als ich ihr nachlief, mich zu entschuldigen, drehte sie sich wortlos zur Wand. Für Nike war die Zuckerdose nichts weiter als ein Kegelstumpf aus glänzendem Material, vollgestopft mit allerlei Papierchen; für mich war es eine Art Depot, wo Beweisstücke lagerten, zeitlebens zusammengetragene Indizien für die Wahrhaftigkeit einer Existenz: eine Seite aus einem längst nicht mehr existierenden Notizbuch, darauf eine Telefonnummer, die nie gewählt worden war, eine Kinokarte ins ›Illusion‹, nicht entwertet, ein kleines Photo und ein paar uneingelöste Rezepte. Ich schämte mich vor Nike, doch eine Entschuldigung war sinnlos; ich wußte nicht, was tun, so sprach ich schwülstig und konfus:

»Sei mir nicht böse, Nike. Müll hat eine seltsame Macht über den Menschen. Irgendeine zerbrochene Brille wegzuwerfen heißt zuzugeben, daß die ganze Welt, die man durch sie gesehen, unwiderruflich hinter einem liegt, oder, was dasselbe ist, vor einem, im Reich der heranrückenden Finsternis … Nike, ach, wenn du mich doch verstehen könntest … Die Scherben der Vergangenheit werden zu einem Anker, der die Seele an das kettet, was nicht mehr ist, woraus nun wieder eines ersichtlich wird: Auch das, was man die Seele zu nennen pflegt, gibt es nicht, denn …«

Ich blickte durch die Finger zu ihr hinüber und sah sie gähnen. Der liebe Gott mochte wissen, woran sie gerade dachte, meine Worte jedenfalls vermochten nicht in ihren hübschen kleinen Kopf vorzudringen – mit gleicher Wirkung hätte ich das Sofa ansprechen können, auf dem sie saß. An jenem Abend war ich zu Nike besonders zärtlich, und doch verließ mich nicht das Gefühl, daß meine Hände, die ihr über den Leib fuhren, sich für sie kaum unterschieden von den Zweigen, die auf unseren gemeinsamen Waldspaziergängen ihre Hüften streiften – damals gingen wir noch zu zweit spazieren.

Jeden Tag waren wir beisammen, und doch war ich nüchtern genug zu begreifen, daß wir einander nie wirklich nahe kommen würden. Daß auch ich in dem Moment, da sie sich mit ihrem katzenhaft nachgiebigen Leib an mich schmiegte, ganz woanders sein und sie vollkommen vergessen haben konnte, fiel ihr nicht ein. Im Grunde war sie primitiv und das Spektrum ihrer Bedürfnisse rein physiologischer Natur – sich den Bauch vollschlagen, ausschlafen und das für eine gute Verdauung nötige Quantum Zärtlichkeit beziehen.

Stundenlang döste sie vor dem Fernseher (kaum, daß sie auf den Bildschirm sah), futterte unmäßig (mit Vorliebe fett), und am allerliebsten schlief sie. Ich kann mich nicht entsinnen, sie je mit einem Buch gesehen zu haben. Doch ihre natürliche Anmut und der Zauber ihrer Jugend verliehen all ihren Lebensäußerungen einen Anschein von Vergeistigung; in ihrem, wenn man es recht bedenkt, kreatürlichen Sein lag ein Abglanz höchster Harmonie, der natürliche Atem dessen, wonach die Kunst vergeblich trachtet, und mir begann zu schwanen, daß wahrer Geist und wahre Schönheit am ehesten in ihren so simplen Geschicken lagen, wohingegen all das, worauf ich mein eigenes Leben gründete, nichts als Hirngespinste waren, noch dazu fremde. Es gab eine Zeit, da ich davon träumte zu erfahren, was sie über mich dachte – doch dergleichen Auskunft war von ihr unmöglich zu bekommen, und ein Tagebuch, das ich heimlich hätte lesen können, führte sie nicht.

Und plötzlich wurde ich gewahr, daß ihre Welt mich aufrichtig zu interessieren begann.
Sie hatte die Gewohnheit, lange am Fenster zu sitzen und hinunterzuschauen; einmal blieb ich hinter ihrem Rücken stehen, legte ihr die Hand auf den Nacken – sie erschauerte, entzog sich jedoch nicht – und versuchte herauszubekommen, wohin sie schaute und was das, was sie sah, für sie war. Vor uns ein ganz gewöhnlicher Moskauer Hof: ein Sandkasten mit ein paar buddelnden Kindern, eine Reckstange, an der Teppiche ausgeklopft wurden, ein zeltförmiges Klettergerüst, geschweißt aus roten Eisenrohren, und eine Bretterhütte für die Kinder, dazu Müllhaufen, Krähen, ein Laternenmast. Am meisten deprimierte mich dieses rote Gerüst – vermutlich deshalb, weil mir eines fernen, grauen Wintertages einmal das kindliche Gemüt unter

der Last eines gewaltigen Bildbandes aus DDR-Produktion gequetscht worden war, der die vor Zeiten untergegangene Kultur der Mammutjäger behandelte. Es war eine erstaunlich zählebige Zivilisation gewesen, die irgendwo in Sibirien mehrere tausend Jahre in unveränderter Form existiert hatte – die Menschen lebten in kleinen, halbrunden, mit Mammutfell bespannten Hüttchen, deren Skelett wie eine geometrisch akkurate Kopie der roten Spielplatzgerüste erschien, nur eben nicht aus Eisenrohren, sondern aus zusammengeschnürten Mammutstoßzähnen gefertigt. Das Leben der Jäger (ein romantisches Wort übrigens, das ganz und gar nicht zu den ungewaschenen Kretins passen wollte, die da einmal pro Monat ein großes, argloses Tier in eine Grube mit Spieß am Grund lockten) war in diesem Buch sehr ausführlich dargestellt, verblüfft erkannte ich viele Einzelheiten, Panoramen und Gesichter aus meinem Alltag wieder. An dieser Stelle nun kam ich auf den ersten logischen Zirkelschluß meines Lebens: daß nämlich der Illustrator zweifelsfrei in sowjetischer Gefangenschaft gewesen war. Seither erschienen mir diese roten Gitterhalbkugeln, wie sie auf beinahe jedem Hof standen, als Echo einer Kultur, die uns hervorgebracht hatte; ein anderes Echo von da waren die kleinen Herden Porzellanmammuts, die, eingesperrt in Millionen sowjetische Büffets, aus dem Dunkel der Jahrtausende in die Zukunft hinüberdämmerten. Wir konnten auch noch auf andere Vorfahren verweisen, befand ich, zum Beispiel auf die Tripoliten (das kam nicht von Tripolis, sondern von Tripolje) – die hatten vor vielleicht viertausend Jahren Ackerbau und Viehzucht betrieben und in ihrer Freizeit aus Stein kleine nackige Weiblein mit sehr dickem Hintern geschnitzt. Diese Figürchen, »Venusse« genannt, waren in Massen erhalten geblieben, sie zierten jeden modernen Hausaltar. Ferner wußte man von den Tripoliten, daß ihre gezimmerten Kolchosen in strenger Ordnung angelegt waren, mit einer breiten Hauptstraße, die Häuser der Siedlung glichen einander wie ein Ei dem anderen. Auf dem Spielplatz, den wir beide, Nike und ich, im Auge hatten, war uns ein Holzhäuschen aus jener Kultur überkommen, streng nach dem Windkreuz ausgerichtet, worin nun schon eine geschlagene Stunde ein träges kleines Mädchen mit Gummistiefeln hockte – zu sehen war es nicht, nur die schaukelnden himmelblauen Stiefelschäfte schauten hervor.

Oje, dachte ich, während ich Nike umarmte, wieviel könnte ich beispielsweise über diesen Sandkasten sagen! Den Müllplatz! Die Laterne! Und doch ist und bleibt all dies nur meine Welt, die mich ordentlich müde gemacht hat und aus der es kein Entrinnen gibt, denn penetrant wie die Fliegen setzen sich Gedankenkonstruktionen auf jedes Bild, das auf der Netzhaut meiner Augen erscheint. Nike dagegen war völlig frei von dem erniedrigenden Zwang, die aus dem Müllkübel schlagende Flamme mit dem Brand von Moskau 1737 in Verbindung zu bringen oder das rülpsende Krächzen der satten Kaufhallenkrähe auf jenes altrömische Omen zu beziehen, welches im ›Julian Apostata‹ Erwähnung findet. Was aber machte dann ihre Seele aus? Mein aufgeflammtes Interesse an ihrem Innenleben, in das ich keinen Einblick hatte, wiewohl Nike mir völlig ergeben war, erklärte sich offenbar aus meinem Streben nach Veränderung, aus dem drängenden Wunsch, mich des Wusts in meinem Kopf zu entledigen, Gedanken, die es geschafft hatten, Rinnen zu graben, wo sie pausenlos entlangpolterten. Im Grunde war mit mir schon lange nicht mehr viel los, und an Nikes Seite hoffte ich, Einblick zu erhalten in Lebensweisen und Gefühlslagen, die ich nicht kannte. Kaum aber war ich mir darüber klargeworden, daß sie beim Hinausschauen einfach bloß sah, was draußen war, und ihr Verstand keine Ambitionen hatte, in die Vergangenheit oder Zukunft zu reisen, sich vielmehr mit der Gegenwart begnügte, da hatte ich schon begriffen, daß auch dies nicht die real existierende Nike war, sondern nur ein Bündel meiner eignen Ideen; vor mir schwebten, wie das immer war und immer sein würde, meine eigenen Vorstellungen, geschlüpft in Nikes Gestalt, während sie selbst, einen halben Meter neben mir sitzend, unzugänglich war wie die Spitze des Spasski-Turms. Und wieder spürte ich auf meinen Schultern die so unwägbare wie unerträgliche Last der Einsamkeit.

»Weißt du, Nike«, sagte ich im Weggehen, »mir ist es völlig schnuppe, warum du auf diesen Hof glotzt und was du dort siehst.«

Sie sah mich an und drehte sich wieder zum Fenster – an meine Ausfälligkeiten hatte sie sich anscheinend gewöhnt. Und außerdem war ihr, auch wenn sie es vielleicht nie zugegeben hätte, mindestens ebenso schnuppe, was ich von mir gab.

Aus dem einen Extrem wechselte ich ins andere. Nachdem ich mich überzeugt hatte, daß das Mysterium ihrer grünen Augen ein rein optisches Phänomen war, beschloß ich, daß ich nun alles von ihr wußte, und meine Gunst umwölkte sich mit leiser Verachtung, die ich vor ihr kaum verbarg, da ich meinte, sie sähe sie ohnehin nicht. Bald aber spürte ich, daß ihr die Abgeschlossenheit unseres Lebens zur Last fiel, sie wurde nervös und reizbar. Es war Frühling, und ich hockte fast immer zu Hause, sie mußte mir die ganze Zeit Gesellschaft leisten, dabei sproß draußen schon das Gras, und durch den grauen Film hauchdünner Wolken, die den Himmel überzogen, blinkte eine verwaschene Sonne, doppelt so groß wie normal.

Ich weiß nicht mehr, wann sie das erste Mal ohne mich ausging, doch entsinne ich mich, was ich dabei empfand. Ich entließ sie einigermaßen ungerührt, den trägen Gedanken verscheuchend, daß ich lieber mitgehen sollte. Nicht, daß ich ihrer Gesellschaft überdrüssig gewesen wäre – ich lernte einfach, so mit ihr umzugehen, wie sie es von Anfang an mit mir getan hatte: wie mit einem Schemel, einem Kaktus auf dem Fensterbrett oder einer runden Wolke vor dem Fenster. Meist begleitete ich sie noch bis vor die Wohnungstür, auf den Treppenabsatz hinaus, um mir selbst die Illusion von Fürsorge zu bewahren, murmelte ihr ein unverständliches Geleit und ging wieder nach drinnen; nie fuhr sie mit dem Fahrstuhl nach unten, stets eilte sie mit raschen, lautlosen Schritten die Treppe hinab. Mit kokettem Sportgeist hatte das, denke ich, nicht die Spur zu tun; sie war in der Tat so jung und voller Kraft, daß es ihr leichter fiel, drei Minuten Stufen zu steigen (und es schien, als berührte sie sie kaum), als ebensolange auf den summenden, sargähnlichen Kasten zu warten, der von beunruhigend gelbem Licht überflutet war, nach Urin stank und die Gruppe ›Depeche Mode‹ pries. (Übrigens ließ diese Band Nike ausgesprochen kalt, und das galt für Rockmusik schlechthin: Das einzige, was sie, soweit ich mich entsann, je aufmerken ließ, war jene Stelle auf der ›Animals‹, wo ein ferner Synthesizer durch die üblichen Rauchschwaden zur Frontlinie vordringt wie ein martialischer Dreitonner, und dazu das versonnene Bellen der noch nicht von Boris Grebenschtschikow gefütterten elektrischen Köter.) Es interessierte mich schon, wohin sie ging, doch wiederum nicht so sehr, daß ich ihr nachspioniert hätte; immerhin langte mein Interesse, um ein paar Minuten nach ihrem Weggang mit dem Fernglas in der Hand auf den Balkon zu treten; daß das, was ich da tat, in Ordnung war, versuchte ich mir gar nicht erst einzureden. Ihre simplen Marschrouten verliefen stets entlang der von vielen Pfaden gekreuzten Allee, an Bänken, einem Getränkekiosk und der spiraligen Freitreppe zum Bestellservice vorbei; dann bog sie um die Ecke des grünen Sechzehnstöckers in die Richtung, wo hinter einer weitläufigen Staubwüste der Wald begann. Von da ab verlor ich sie aus den Augen – oh, wie bedauerte ich in solchen Momenten, nicht wenigstens sekundenlang in ihrer Haut stecken zu dürfen und all das, was ich längst nicht mehr wahrnahm, mit neuen Augen zu sehen. Erst später begriff ich, daß es mir ja nur darum ging, nicht mehr ich selber zu sein (oder überhaupt: zu sein); die Sehnsucht nach dem Neuen ist eine der gelindesten Formen, in der der Suizidalkomplex hierzulande auftritt.

Es gibt ein englisches Sprichwort: Jeder hat sein Gerippe im Schrank. Etwas scheint die ansonsten ohne Fehl und Tadel denkenden Angelsachsen daran zu hindern, die letzte Wahrheit in ihrem Ausspruch zu begreifen. Am erschreckendsten nämlich ist, daß dieses »sein« keine Besitzansprüche oder Zuständigkeiten kennzeichnet, gemeint ist wirklich das eigene – und der Schrank ist nur ein Euphemismus für den Körper, aus dem das Gerippe eines Tages herausfallen wird, weil der Schrank sich auflöst. Mir war nie in den Sinn gekommen, daß in dem Schrank, den ich Nike zu nennen gewohnt war, auch ein Gerippe stecken könnte; ihren Tod hatte ich nie für möglich gehalten. Alles an ihr stand dem Sinn dieses Wortes entgegen: Sie war das pralle Leben, wie Milch und Blut. (Einmal an einem eisigen Winterabend war sie splitternackt auf den verschneiten Balkon getreten, als sich plötzlich eine Taube auf der Brüstung niederließ – Nike duckte sich, so als fürchtete sie sie zu verscheuchen, und erstarrte; eine Minute verstrich; ich genoß den Anblick ihres braunen Rückens und registrierte plötzlich mit Verwunderung, daß sie die Kälte nicht empfand oder aber einfach vergessen hatte.) Deshalb auch vermochte ihr Tod mich nicht sonderlich anzurühren. Er drang einfach nicht in den für Gefühle zuständigen Bereich des Bewußtseins vor, wurde dort nicht manifest; möglicherweise war dies eine besondere psychische Reaktion darauf, daß mein eigenes Verhalten zu alledem geführt hatte. Ich habe sie nicht eigenhändig getötet, natürlich nicht, doch ich war es, der des Schicksals unsichtbarer Lore, von welcher sie viele Tage später eingeholt wurde, den entscheidenden Stoß versetzt hatte; der Schuldige am Anfang der langen Kette von Ereignissen, an deren Ende ihr Tod stand, war ich. Der Patriot mit dem Schaum vorm Maul und der flachen, pelzigen Stirn – das letzte, was sie im Leben gesehen – war die konkrete Verkörperung ihres Todes, mehr nicht. Es ist dumm, den Schuldigen zu suchen; ein jeder Schuldspruch sucht sich den passenden Henker, und jeder von uns hat teil an unzähligen Morden; alles auf der Welt ist miteinander verflochten, das Zusammenspiel von Ursache und Wirkung niemals zu rekonstruieren. Wer weiß schon, ob wir nicht sansibarische Kinder in den Tod schicken, indem wir der bärbeißigen Alten in der Metro unseren Platz anbieten? Die Sphären unserer Voraussicht und Verantwortlichkeit sind allzu begrenzt, alle Gründe führen letztlich ins Unergründliche, zurück zur Erschaffung der Welt.

Es war ein Tag im März, aber draußen herrschte das reinste Leninwetter: Novembernebel, schwarz wie die Petersburger Matrosenjacken; darinnen, kaum zu ahnen, das rostige Siegheil des Kranauslegers von der benachbarten Baustelle, wo eine Dampframme für das Donnern der Aurorakanone sorgte. Wenn der Pfahl in der Erde war und das Getöse verebbte, trug der Nebel besoffenes Grölen und unflätiges Schimpfen herauf, ein hoher, zitternder Tenor stach besonders hervor. Dann ein Kreischen: sie zerrten den nächsten Träger herbei. Und das Wummern fing von neuem an. Mit Einbruch der Dunkelheit wurde es erträglicher; ich setzte mich in den Sessel, dem Sofa gegenüber, auf dem Nike sich ausgestreckt hatte, und begann im Gajto Gasdanow zu blättern. Ich hatte die Gewohnheit, laut zu lesen, und daß sie nicht zuhörte, machte mir nichts aus. Höchstens leistete ich mir, einige Stellen besonders zu betonen:

»Verschlossen konnte man sie nicht nennen; doch bedurfte es einer längeren Bekanntschaft oder gar Seelenverwandschaft, um herauszufinden, wie ihr Leben bis dahin verlaufen war, was sie mochte und was nicht, was sie überhaupt anging und was sie an den Menschen schätzte, mit denen sie zusammentraf. Äußerungen, die sie selbst hätten charakterisieren können, bekam ich von ihr nie zu hören, obwohl ich die verschiedensten Themen mit ihr besprach; meist hörte sie schweigend zu. Im Laufe vieler Wochen erfuhr ich kaum mehr über sie als schon in den ersten Tagen. Dabei hatte sie durchaus keinen Grund, irgend etwas vor mir zu verbergen, nein, es war einfach eine Folge ihrer natürlichen Zurückhaltung, die mir allerdings seltsam erscheinen mußte. Fragte ich sie etwas, hatte sie keine Lust zu antworten, worüber ich mich nicht genug wundern konnte ...«

Nicht genug wundern konnte ich mich über etwas anderes: Beinahe alle Bücher und alle Gedichte, die es gab, waren im Grunde Nike gewidmet – wie immer sie darin hieß und in welcher Gestalt sie dort auch erscheinen mochte; je klüger und feinsinniger der Künstler, desto unauflöslicher und mystischer ihr Geheimnis; der vornehmsten Geister vornehmste Mächte liefen Sturm gegen diese stumme, grünäugige Unergründlichkeit, und alle rannten sie sich an der nicht sichtbaren oder einfach nicht existierenden und darum erst eigentlich unüberwindbaren Bastion die Köpfe ein; selbst von dem brillanten Vladimir Nabokov, der es im letzten Moment geschafft hatte, in die Hülle eines lyri-

schen Helden zu schlüpfen, blieb schließlich nichts
weiter als zwei traurige Augen und ein Phallus von einem Fuß Länge (letzteres erklärte ich mir dadurch, daß
er seinen berühmten Roman fern von der Heimat geschrieben hatte).

> »Und langsam, still durch die Betrunkenen gehend
> Von niemandem geführt, allein ...«,

murmelte ich schläfrig, das Geheimnis dieses die Jahr-
hunderte überdauernden Schweigens im Sinn, worin
so viele ungleiche Herzen sich spiegelten,

> »... das weiche Kanapee vor Augen
> unter der kühn bemalten Wand ...«

Über dem Buch schlummerte ich ein, und als ich erwachte, sah ich, daß Nike nicht im Zimmer war. Schon
seit längerem war mir aufgefallen, daß sie nachts hin
und wieder für kurze Zeit verschwand. Ich nahm an,
daß sie vor dem Schlafengehen ein wenig Bewegung
brauchte oder aber ein paar Minuten des Umgangs mit
ihresgleichen, die sich abends unten zu treffen pflegten, im Lichtkegel vor dem Aufgang, wo stets ein Ton-
bandgerät spielte. Anscheinend hatte sie eine Freundin
mit Namen Mascha, fuchsig und flink; ein paarmal sah
ich sie zusammen gehen. Ich hatte nichts dagegen ein-
zuwenden und ließ sogar die Tür offen, damit sie mich
nicht erst mit ihrem Gewese im dunklen Hausflur
wecken mußte und gleichzeitig merkte, daß ich über
ihre nächtlichen Ausflüge im Bilde war. Das einzige,
was ich dabei empfand, war der übliche Neid, wenn ich
sah, wie gewisse Horizonte mir wieder einmal entglitten; doch wäre es mir nie in den Sinn gekommen, mit
ihr mitzugehen; ich wußte, wie fremd ich in ihrer Cli-
que sein würde. Diese Kreise konnten mich ohnehin

kaum interessieren, dennoch war es ein wenig krän-
kend, wenn sie Vertraulichkeit pflegte, wo mir der Zu-
gang verwehrt war. Als ich diesmal mit dem Buch auf
den Knien erwachte und sah, daß ich allein im Zimmer
war, verspürte ich plötzlich Lust, auf einen Sprung
nach unten zu gehen und auf der Bank vor dem Aufgang eine Zigarette zu rauchen; falls ich Nike zu sehen
bekäme, wollte ich mir den Anschein geben, als kenn-
ten wir uns nicht. Beim Hinunterfahren im Lift malte
ich mir sogar aus, wie sie mich sehen und zusammen-
zucken, dann aber, meine Teilnahmslosigkeit bemer-
kend, sich von neuem Mascha zuwenden würde (von
der ich aus irgendeinem Grund annahm, daß sie neben
ihr auf der Bank säße), worauf sie ihr leises, intimes
Zwiegespräch wieder aufnähmen.
Vor dem Haus war niemand, und plötzlich wußte ich
nicht mehr, warum ich so sicher gewesen war, sie zu
treffen. Gleich neben der Bank stand ein Mercedes-
Coupé, Farbe braun. Manchmal war er mir in den
Nachbarstraßen aufgefallen, manchmal vor unserem
Eingang; daß es sich um ein und denselben Wagen
handelte, verriet einem das Kennzeichen, das leicht zu
merken war: KRAH oder KRAM oder so ähnlich. Aus
dem ersten Stock klang leise Musik, sachte wiegten
sich die Sträucher im Wind, Schnee war nirgends mehr
zu sehen; ›der Sommer kommt‹, dachte ich. Doch es
war immer noch kalt. Als ich ins Haus zurückging, traf
mich der strafende Blick der Alten, die am Eingang auf
Posten saß und einer dürren Rose ähnelte – es war
schon Zeit, die Haustür abzuschließen. Während ich
hinauffuhr, war ich mit den Gedanken bei den Rent-
nern vom einstigen Hauskomitee, die in unserem Aufgang den letzten noch lebenden Trieb der im Siechtum
befindlichen Arbeiter- und Bauern-Inspektion verkör-
perten – ihrer tragischen Verbissenheit war zu entnehmen, daß sie es nicht mehr weit damit bringen würden,

und keine Wachablösung war in Sicht. Auf meiner Etage zögerte ich noch einmal, öffnete dann die Tür ins Treppenhaus, um die Kippe in den Eimer zu werfen, hörte merkwürdige Geräusche auf dem Treppenabsatz unter mir, beugte mich über das Geländer und sah Nike.

Ein Mensch mit subtilerer Psyche wäre wohl davon ausgegangen, daß sie diesen Platz, wenige Schritte vor der eigenen Wohnung, mit Bedacht gewählt haben mußte, weil es Genuß verschaffte, eine Lust der besonderen Art, den Hort der Familie zu schänden. Ich kam gar nicht auf den Gedanken, denn ich wußte, daß derlei für Nike viel zu kompliziert war, aber das, was ich sah, erfüllte mich auch so mit instinktivem Abscheu: Zwei tollwütig ratternde, verschmolzene Körper im Flackerlicht der kaputten Lampe, wie eine lebendige Nähmaschine, und dabei ein Winseln, das nichts Menschliches an sich hatte, eher wie das Kreischen schlecht geölter Zahnräder klang. Ich weiß nicht, wie lange ich mir das ansah, eine Sekunde oder minutenlang. Plötzlich sah ich Nikes Augen, und meine Hand ergriff von selbst den rostigen Deckel des Mülleimers, der im nächsten Augenblick scheppernd gegen die Wand knallte und von da auf ihrem Kopf niederging.

Der Schreck, den ich ihnen einjagte, war offenbar riesengroß. Sie stürzten treppab, und ich konnte gerade noch erkennen, wen sie da bei sich hatte. Er wohnte irgendwo in unserem Haus, ich war ihm ein paarmal auf der Treppe begegnet, wenn der Fahrstuhl wieder einmal abgestellt war – ausdruckslose Augen, langer, fahler Schnurrbart und der Gestus größter Selbstsicherheit. Einmal hatte ich gesehen, wie er, ohne diesen Anschein aufzugeben, im Müllkübel wühlte; ich ging vorbei, er hob den Blick und schaute einige Zeit konzentriert herüber; erst als ich schon ein paar Stufen genommen hatte und er sich sicher war, daß ich ihm keine Konkurrenz machte, raschelten hinter meinem Rücken wieder die Kartoffelschalen, zwischen denen er nach etwas suchte. Ich hatte es längst geahnt: Solche wie er waren es, denen Nike gewogen war, Tiere im wahrsten Sinne des Wortes, und immer würde sie sich zu ihnen hingezogen fühlen, wie anders sie einem auch vorkommen mochte im Mondschein oder gleich in welchem Lichte. Ohnehin gab es keinen Vergleich mit ihr, überlegte ich beim Öffnen der Wohnungstür, und wenn ich sie betrachtete, und sie erschien mir wie ein vollendetes Kunstwerk, dann war das meine Sache und nicht ihre. Alle Schönheit, die ich sehe, wohnt in meinem Herzen, dort schwingt der Kammerton, an dessen unvergleichlicher Lage ich alles übrige messe. Beständig mache ich mich zum Maß aller Dinge und meine, ich hätte es mit etwas Objektivem zu tun, dabei ist die Welt ringsumher nur ein System von Spiegeln unterschiedlicher Krümmung. Seltsam sind wir beschaffen, sann ich, wir sehen nur das, was wir sehen möchten, und zwar bis ins kleinste Detail, Personen und Konstellationen inbegriffen, nur nicht das, was uns wirklich gezeigt wird – so wie Humbert Humbert, der den fetten sozialdemokratischen Ellbogen im Fenster des Nachbarhauses für das Knie seines verflossenen Nymphchens hält.

In der Nacht kam Nike nicht nach Hause, und am nächsten Morgen in aller Frühe verriegelte ich sämtliche Schlösser und verließ für zwei Wochen die Stadt. Als ich zurückkehrte, empfing mich die lachshaarige Alte von der Türwache, tauschte Blicke mit den drei anderen Greisinnen, die auf mitgebrachten Stühlen im Halbkreis um ihren Tisch saßen, und verkündete laut, Nike sei einige Male dagewesen, konnte aber nicht in die Wohnung hinein, und seit ein paar Tagen habe sie sich nicht mehr blicken lassen. Neugierig musterten mich die Alten, ich ging rasch vorbei; eine Bemerkung über meine moralischen Qualitäten ereilte mich dennoch, ehe ich den Lift betrat. Ich fühlte Unruhe, weil ich keine Ahnung hatte, wo ich sie suchen sollte. Doch war ich mir sicher, daß sie zurückkommen würde; ich hatte genügend Beschäftigung, um sie bis zum Abend zu vergessen, abends dann klingelte das Telefon, die Alte von der Pforte, die offenbar beschlossen hatte, an meinem Leben Anteil zu nehmen, teilte mit, sie heiße Tatjana Grigorjewna und habe Nike soeben gesichtet.

Der Asphalt vor dem Haus war schwarz – ein feiner Regen ging nieder. Vor dem Eingang hüpften ein paar Mädchen mit rhythmischen Rufen über ein Gummiband, das in Halshöhe zwischen ihnen gespannt war; wunderbarerweise bekamen sie es fertig, ihre Füße darüberzuwerfen. Über meinem Kopf zerrte der Wind an einer zerfetzten Plasttüte. Nike war nirgends zu sehen. Ich bog um die Ecke und lief in Richtung des Waldes, der hinter den Häusern lag. Wohin genau ich ging, war mir nicht recht klar, doch daß ich Nike treffen würde, wußte ich. Als ich das letzte Haus vor dem freien Feld erreichte, hatte der Regen fast aufgehört; ich bog noch einmal ab. Sie stand vor dem braunen Mercedes mit der Krähennummer, der auf Dandyart, ein Rad auf dem Trottoir, geparkt war. Die vordere Tür stand offen, hinter der Scheibe saß rauchend ein Mann im feschen Streifensakko, der aussah wie der junge Stalin.

»Nike! Hallo«, sagte ich und blieb stehen.

Ein Blick von ihr – doch sie schien mich nicht zu kennen. Ich beugte mich nach vorn, stützte die Hände auf die Knie. Oft war die Rede davon gewesen, daß solche wie Nike nie eine Kränkung verzeihen, ich hatte das nicht weiter ernstgenommen – wohl deshalb, weil sie mir früher immer verziehen hatte. Der Mann im Mercedes drehte angewidert den Kopf zu mir und runzelte kaum merklich die Stirn.

»Nike, verzeih mir, ja?« flüsterte ich und versuchte den Mann zu ignorieren, streckte die Hand nach ihr aus und fühlte mit Wehmut, wie sehr ich im Moment dem jungen Tschernyschewski glich, der aus einem dringenden leiblichen Bedürfnis in einen Petersburger Hausflur gelaufen war und mit brüderlicher Geste, direkt aus der Hocke, ein Mädchen in die Arme schloß, das vor der eisigen Kälte hereingeflohen kam; etwas tröstete mich der Gedanke, daß ein solcher Vergleich Nike ebensowenig in den Kopf kommen würde wie diesem Grusinier hinter der Windschutzscheibe, der mittlerweile seine goldenen Hauer fletschte.

Sie senkte den Kopf, als dächte sie nach, und irgend eine unbestimmbare Winzigkeit gab mir zu verstehen, daß sie im nächsten Augenblick auf mich zukommen würde, weg von diesem geklauten Mercedes, dessen Chauffeur gerade Anstalten machte, mich mit seinen gut zur Farbe der Kühlerhaube passenden Augen zu durchbohren, und in einigen Minuten würde ich sie auf Händen an den alten Weibern meiner Pforte vorübertragen; im stillen schwor ich mir bereits, sie nie mehr allein auf die Straße zu lassen. Jawohl, gleich würde sie mir entgegenkommen, das war so unzweifelhaft wie die Tatsache, daß es regnete ... – doch plötzlich wich Nike zur Seite, und in meinem Rücken rief eine erschrockene Kinderstimme:

»Platz! Platz, sag ich!«

Ich sah mich um und erblickte einen riesigen Schäferhund, der quer über den Rasen lautlos auf uns zugeschossen kam; sein Herrchen, ein Junge mit riesigem Mützenschild, schwenkte das Halsband und brüllte:

»Patriot! Zurück! Fuß!«

Diese Zeitlupensekunde ist mir vorzüglich in Erinnerung: der schwarze Körper, flach über das Gras hinwegfliegend, die kleine Gestalt mit dem erhobenen Arm, so als wollte sie jemanden peitschen, die paar zufälligen Passanten, die herüberschauten; ich entsinne mich auch des Gedankens, der mir in diesem Moment durch den Kopf ging, daß nämlich selbst die Jungen mit den amerikanischen Basecaps bei uns im GULag- und Grenzerjargon reden. Hinter mir kreischten jäh die Bremsen, eine Frau schrie auf; ich suchte Nike mit den Augen, fand sie nicht und wußte schon, was passiert war.

Das Auto – ein Lada der neureichen Sorte, mit grellen Aufklebern an der Heckscheibe – gab wieder Gas; vermutlich hatte der Fahrer Angst bekommen, obwohl er ja nicht schuld war. Als ich loslief, war der Wagen schon um die Ecke gebogen; aus dem Augenwinkel sah ich, wie der Hund zu seinem Herrchen zurückrannte. Wie aus dem Erdboden tauchten Leute auf, die mit lüsterner Neugier auf das Blut schauten, das unnatürlich grell auf dem nassen Asphalt leuchtete.

»So ein Schwein«, sprach hinter mir eine Stimme mit grusinischem Akzent. »Fährt einfach weiter.«

»Erschlagen müßte man solche«, meine eine andere, weibliche. »Raffen nur und raffen … Ja, ja, Sie brauchen mich gar nicht so … Ha, ich seh schon, Sie haben ja auch …«

Die Menge in meinem Rücken wuchs; einige weitere Stimmen mischten sich ins Gespräch, ich hörte sie schon nicht mehr. Es regnete wieder heftiger, auf den Pfützen schwammen Blasen, die wie unsere Gedanken, Hoffnungen und Verhängnisse waren; der Wind, der vom Wald kam, wehte die ersten Sommerdüfte heran, voller unbeschreiblicher Frische, etwas verheißend, was noch nie da war. Ich fühlte keinen Schmerz und war seltsam gefaßt. Doch wie ich auf ihren kraftlos zur Seite hängenden dunklen Schwanz schaute, ihren Leib, der nicht einmal im ·Tode etwas

von seiner geheimnisvollen siamesischen Schönheit
verlor, da wußte ich: Wie immer mein Leben sich wenden würde, was morgen auf mich zukäme und an die
Stelle dessen träte, was ich heute liebte und haßte – nie
würde ich mit einer anderen Katze auf dem Arm an
meinem Fenster stehen.

# Sechszeh und Einsiedel

1

»Geh mir aus der Sonne.«

»?...«

»Zieh Leine, sag ich. Du nimmst mir die Sicht.«

»Was gibts denn da zu sehen?«

»Mein Gott, was für ein Idiot. Die Sonne, Mann.«

Sechszeh hob den Blick vom schwarzen Boden, der mit Nahrungsmitteln, Sägespänen und krümligem Torf übersät war, und spähte blinzelnd nach oben.

»Ach ja ... Wir leben und leben ... Und wozu? Das Ewige Geheimnis. Hat je einer das Wesen der Gestirne erschaut, den hauchdünnen Faden, an dem sie hängen?«

Der Unbekannte drehte den Kopf und sah ihn mit widerwilliger Neugier an.

»Sechszeh«, stellte der andere sich sogleich vor.

»Ich bin Einsiedel«, erwiderte der Unbekannte. »Sagt man bei euch im Sozium so? Hauchdünner Faden, meine ich?«

»›Bei uns‹ läßt sich schlecht sagen«, antwortete Sechszeh und pfiff im nächsten Moment durch die Zähne.

»Oho!«

»Was ist?« fragte Einsiedel mißtrauisch.

»Sieh doch! Jetzt ist noch eine da!«

»Na und?«

»In der Weltmitte kommt das nie vor. Drei Sonnen auf einmal.«

Einsiedel schnaufte verächtlich.

»Ich hab seinerzeit elf Stück auf einmal gesehen. Eine im Zenit und je fünf auf jedem Epizykel. Natürlich nicht hier.«

»Wo denn sonst?« wollte Sechszeh wissen.

Einsiedel schwieg. Er wandte sich ab und ging ein Stück weiter, scharrte mit dem Fuß, bis er etwas Eßbares fand, und begann, es zu verspeisen. Ein schwacher, warmer Luftstrom wehte, die zwei Sonnen spiegelten sich in den graugrünen Flächen des fernen Horizonts, und in diesem Anblick lag soviel Friede und Traurigkeit, daß der in Gedanken versunkene Einsiedel sogar zusammenzuckte, als er Sechszeh von neuem vor sich stehen sah.

»Du schon wieder. Um was gehts denn?«

»Nichts weiter. Ich würd' gern ein Schwätzchen machen.«

»Das ist unklug, nehme ich an. Du solltest lieber ins Sozium gehen. Sieh doch, wie weit du abgetrudelt bist. Nein, wirklich, geh schon …«

Er wies in Richtung des schmalen, schmutziggelben Streifens, in dem ein Wogen und Zappeln kaum noch auszumachen war – nicht zu fassen, wie die große, krakeelende Masse von hier aussah.

»Das tät ich schon gerne«, sagte Sechszeh, »aber die haben mich weggejagt.«

»Ach so? Wieso das denn? Politische Gründe?«

Sechszeh nickte und kratzte sich mit einem Fuß den anderen. Einsiedel schaute genauer hin und schüttelte den Kopf.

»Sind die echt?«

»Was dachtest du. Sie haben es mir ins Gesicht gesagt: Uns steht jetzt gewissermaßen die allesentscheidende Etappe bevor, und du mit deinen sechs Zehen an den Füßen … Du hast lange genug Zeit gehabt, sagen sie …«

»Was denn für eine allesentscheidende Etappe?«

»Keine Ahnung. Die ziehen alle Gesichter, die Zwanzig Nächsten besonders, aus denen wirst du nicht schlau. Rennen herum und brüllen.«

»Aha«, sagte Einsiedel, »verstehe. Diese Etappe wird sicher von Tag zu Tag offenkundiger? Ihre Umrisse treten immer klarer hervor?«

»Genau! Woher weißt du das?« wunderte sich Sechszeh.

»Weil ich schon fünf von diesen allesentscheidenden Etappen hinter mir habe. Die heißen bloß jedes Mal anders.«

»Na, na«, meinte Sechszeh. »Es vollzieht sich doch zum allerersten Mal.«

»Eben. Es wäre ja gerade interessant zu sehen, wie sich das Ganze in der Wiederholung ausnimmt. Aber ich fürchte, wir reden von verschiedenen Dingen.«

Einsiedel kicherte leise, lief ein paar Schritte in Richtung des fern von ihnen befindlichen Soziums, drehte Sechszeh den Rücken zu und fing nun an, so wild herumzuschlurfen, daß bald darauf eine ganze Wolke aus Staub, Sägespänen und Nahrungsabfällen hinter ihm in der Luft hing. Dabei ließ er den Blick in der Runde kreisen, fuchtelte mit den Armen und murmelte etwas vor sich hin.

»Was hast du denn?« fragte Sechszeh einigermaßen erschrocken, als Einsiedel schwer atmend zurückkehrte.

»Das ist eine Geste«, erwiderte Einsiedel. »Eine Form von Kunst. Ich rezitiere ein Gedicht und vollführe die entsprechenden Bewegungen dazu.«

»Und welches Gedicht war das eben?«

»Das ging so:

> Manchmal blicke ich traurig zurück,
> auf die, die ich hinter mir ließ.
> Manchmal lache ich, und dann
> steigt gelber Nebel zwischen uns auf.

»Das soll ein Gedicht sein?« meinte Sechszeh. »Gott sei Dank habe ich alle Gedichte im Kopf. Zwar nicht auswendig, aber gehört hab ich alle fünfundzwanzig schon mal. Deins gibt es ganz bestimmt nicht.«

Einsiedel schaute ihn verblüfft an, dann schien ihm ein Licht aufzugehen.

»Kannst du wenigstens eins aufsagen? Mach mal.«

»Ja, einen Moment ... Die Zwillinge. Die Zwillinge ... Äh, naja, jedenfalls sagen wir dort das eine und meinen etwas ganz anderes. Und dann wird wieder das eine gesagt, und heraus kommt das andere, bloß irgendwie verkehrt herum. Das Ganze ist sehr hübsch. Am Ende heißt es, wir richten den Blick nach vorn auf die Wand, und dort ...«

»Das langt«, sagte Einsiedel.

Schweigen trat ein.

»Sag mal, haben sie dich auch vertrieben?« fragte Sechszeh in die Stille hinein.

»Nein. Ich wars, der sie alle vertrieben hat.«

»Gibts denn sowas?«

»Es gibt alles mögliche«, sagte Einsiedel, schaute nach oben auf einen der Himmelskörper, und plötzlich ganz nüchtern, im Ton des Übergangs vom Geschwätz zur ernsthaften Unterredung, fügte er hinzu:

»Gleich wird es dunkel.«

»Erzähl keinen Unsinn«, sagte Sechszeh. »Wann es dunkel wird, weiß niemand.«

»Ich zum Beispiel weiß es. Wenn du einen ruhigen Schlaf haben willst, mach es wie ich.« Und Einsiedel ging daran, aus dem Unrat, der sich zu seinen Füßen sielte, sowie aus Torfbrocken und Sägespänen einen Haufen zusammenzuschieben. Allmählich wuchs ein Wall, etwa so hoch wie er selbst, der einen kleinen Innenraum umgrenzte. Einsiedel trat ein paar Schritte zurück, musterte liebevoll sein fertiges Bauwerk und meinte: »So. Ich nenne das einen Hort der Seele.«

»Warum?« wollte Sechszeh wissen.

»Einfach so. Es klingt nach etwas. Baust du dir auch einen?«

Sechszeh fing an zu buddeln. Nichts Rechtes kam zustande, seine Mauer fiel immer wieder ein. Um die Wahrheit zu sagen, gab er sich auch nicht sonderlich Mühe, weil er Einsiedel, was den Einbruch der Finsternis anbelangte, keinen Glauben schenkte – und als die Himmelsfeuer nun zu flackern anfingen und allmählich erloschen und aus der Richtung des Soziums ein allgemeiner Seufzer des Grauens herüberdrang, dem Raunen des Windes im Schilfe gleich, machten sich in seinem Herzen zwei mächtige Gefühle breit: Die übliche Furcht vor der jäh hereingebrochenen Finsternis mischte sich mit einem bislang ungekannten Respekt vor demjenigen, der mehr von der Welt wußte als er.

»Na schön«, sagte Einsiedel, »spring du hinein. Ich bau noch ein bißchen.«

»Ich kann nicht springen«, erwiderte Sechszeh leise.

»Dann gute Nacht«, sagte Einsiedel und stieß sich urplötzlich mit aller Kraft vom Boden ab, schoß empor und verschwand hinter seinem Wall, worauf das ganze Bauwerk über ihm zusammenstürzte und ihn mit einer gleichmäßigen Schicht von Torf und Spänen bedeckte. Eine Weile liefen noch kleinere Beben durch das Hügelchen, dann entstand in der Seite ein kleines Loch, und zuletzt sah Sechszeh Einsiedels Auge darin blitzen, bevor endgültig Finsternis herrschte.

Natürlich wußte Sechszeh alles, was man über die Nacht wissen mußte, und das schon immer. »Es ist ein natürlicher Prozeß«, sagten die einen. »Wir haben Wichtigeres zu tun«, meinten die anderen, und die waren in der Mehrzahl. Überhaupt gab es Meinungen zuhauf, und doch widerfuhr allen dasselbe: Immer wenn ohne erkennbare Ursache das Licht erlosch, fiel man nach kurzem, aussichtslosem Kampf mit seiner Angst in einen Starrkrampf, und kam man wieder zu sich (die Sonnen brannten wieder), war wenig Erinnerung übrig. Nicht anders war es Sechszeh ergangen, solange er im Sozium gelebt hatte, nun aber – und anscheinend, weil die Furcht vor der eingetretenen Finsternis sich auf die nicht geringere Furcht vor der Einsamkeit legte und sie dergestalt verdoppelte – erlag er nicht wie üblich dem erlösenden Koma. Das allgemeine Stöhnen in der Ferne war schon verstummt, er aber kauerte immer noch neben dem Hügel, bebend, und weinte leise. Ringsum war absolut nichts zu sehen, und als Einsiedels Stimme aus dem Dunkel ertönte, erschrak Sechszeh so sehr, daß er unter sich machte.

»Hör endlich auf zu winseln, he«, sagte Einsiedel, »du raubst einem den Schlaf.«

»Ich kann nicht anders«, ließ Sechszeh sich leise vernehmen, »es ist das Herz. Laß uns noch ein bißchen miteinander reden, ja?«

»Worüber denn?«

»Worüber du möchtest, Hauptsache, es dauert.«

»Über das Wesen der Angst vielleicht?«

»Oh, bitte nicht!« piepste Sechszeh.

»Sei still!« zischte Einsiedel. »Gleich kommen die Ratten angerannt.«

»Welche Ratten? Was ist das denn nun wieder?« fragte Sechszeh mit kaltem Grausen.

»Geschöpfe der Nacht. Des Tages eigentlich auch.«

»Ich hab kein Glück im Leben«, flüsterte Sechszeh. »Wenn ich so viele Zehen am Fuß hätte, wie es sich gehört, könnte ich jetzt bei den anderen schlafen. Mein Gott, was ich für Angst habe … Ratten …«

»Hör mal«, sprach Einsiedel ihn an, »du redest hier andauernd von Gott … Glaubt ihr an den etwa?«

»Weiß der Teufel. Irgend so was gibt es, das ist mal klar. Genaueres ist nicht bekannt. Zum Beispiel, wieso es dunkel wird. Klar, es lassen sich auch natürliche Erklärungen dafür finden. Und es gibt Nützlicheres, als an Gott zu denken.«

»Was denn zum Beispiel?« fragte Einsiedel.

»Was heißt was? Wozu solch dämliche Fragen – als ob du das nicht selber wüßtest. Jeder sieht zu, wie er am besten an die Futternäpfe kommt. Das Gesetz des Lebens.«

»Klar. Und wozu dann das alles?«

»Was alles?«

»Na, das Universum, Himmel und Erde, die Gestirne – überhaupt alles.«

»Wozu, wozu. Die Welt ist so beschaffen.«

»Wie ist sie beschaffen?« fragte Einsiedel interessiert.

»Wie sie ist. Wir bewegen uns durch Raum und Zeit. Den Gesetzen des Lebens entsprechend.«

»Und wohin?«

»Woher soll ich das wissen. Das ist das Ewige Geheimnis. Von dir kann einem wirr im Kopf werden.«

»Nein, von dir! Was man auch anspricht, immer heißt es: Gesetz des Lebens und Ewiges Geheimnis.«

»Wenns dir nicht paßt, dann red' nicht drüber«, sagte Sechszeh beleidigt.

»Von mir aus. Du warst es doch, der Angst hatte, im Dunkeln zu schweigen.«

Das war Sechszeh völlig entfallen. Er hörte in sich hinein und merkte auf einmal, daß er keinerlei Angst mehr empfand. Davon bekam er einen solchen Schreck, daß er auf die Füße sprang und blindlings losstürzte, bis sein Kopf mit vollem Schwung die im Dunkeln nicht sichtbare Weltwand rammte.

Von ferne ertönte Einsiedels krächzendes Gelächter, und Sechszeh irrte, vorsichtig die Füße setzend, diesen Tönen entgegen, den einzigen inmitten all der Finsternis und des Schweigens. Als er den Hügel erreichte, unter dem Einsiedel hockte, legte er sich stumm daneben und versuchte einzuschlafen, wobei er sich Mühe gab, nicht auf die Kälte zu achten. Den Moment, da es ihm gelang, bekam er schon gar nicht mehr mit.


2


»Heute klettern wir beide über die Weltwand, hörst du?« sagte Einsiedel.
Sechszeh steuerte gerade seinen Seelenhort an. Der Wall glückte ihm inzwischen fast ebensogut wie Einsiedel; um hineinzuspringen, benötigte er allerdings einen langen Anlauf, und den trainierte er soeben. Der Sinn des Gesagten erreichte ihn in dem Moment, da der Absprung fällig gewesen wäre, und die Folge war, daß er in das labile Bauwerk mitten hineinschoß, weshalb sich Torf und Späne nicht als glatte, weiche Schicht über seinen Körper legten, sondern gehäuft auf seinem Kopf zu liegen kamen, während die Füße den Halt verloren und kraftlos im Leeren hingen. Einsiedel half ihm heraus und wiederholte:
»Heute machen wir uns auf den Weg hinter die Weltwand.«
Die ganzen letzten Tage schon hatte Sechszeh von ihm Dinge zu hören bekommen, die ihm die Seele knirschen und krachen machten, das einstige Leben im Sozium erschien ihm inzwischen als rührende Phantasie (oder als übler Alptraum – da war er sich noch nicht sicher), aber das hier war ein bißchen stark.
Einsiedel fuhr ungerührt fort:
»Die allesentscheidende Etappe tritt nach jeweils siebzig Finsternissen ein. Gestern war die neunundsechzigste. Zahlen regieren die Welt.«
Und er wies auf eine lange Reihe von Strohhalmen, die unmittelbar neben der Weltwand aus dem Boden ragten.

»Wie kann man denn über die Weltwand klettern, wenn es die Weltwand ist? Der Name sagt doch schon, daß ... Da ist doch nichts dahinter ...«

Sechszeh war dermaßen aus dem Häuschen, daß er nicht einmal auf die dunklen, mystischen Erläuterungen Einsiedels einging, die ihm sonst regelmäßig die Laune verdarben.

»Na und«, sagte Einsiedel. »Das kann uns nur freuen.«

»Und was werden wir dort machen?«

»Leben.«

»Was fehlt uns denn hier zum Leben?«

»Zum Beispiel, daß es dieses Hier bald nicht mehr geben wird, du Blödmann.«

»Sondern was?«

»Bleib, dann wirst du's erfahren. Nichts!«

Sechszeh fühlte, wie ihm jegliche Gewißheit über das, was auf der Welt vor sich ging, schwand.

»Warum willst du mir immerzu angst machen?«

»Heul nicht rum«, murmelte Einsiedel, während er besorgt zu irgendeinem Punkt des Himmels hinaufblickte. »Hinter der Weltwand ist es gar nicht so übel. Viel besser als hier, wenn du mich fragst.«

Er ging zu den Resten des von Sechszeh errichteten Seelenhortes und fegte sie mit den Füßen auseinander.

»Warum tust du das?« fragte Sechszeh.

»Bevor man eine Welt verläßt, muß man die Erfahrung dieses Aufenthalts auf den Punkt bringen und anschließend alle seine Spuren beseitigen. Das ist Tradition.«

»Und wer hat sich das ausgedacht?«

»Tut nichts zur Sache. Meinetwegen ich. Ist ja sonst keiner da. Schau, so ungefähr ...«

Einsiedel betrachtete das Resultat seiner Arbeit: Der Ort, wo sich eben noch das eingestürzte Bauwerk befunden hatte, war ideal eingeebnet, nicht mehr unterscheidbar von der übrigen Öde rings umher.

»So«, sagte er, »die Spuren habe ich beseitigt. Nun kommt die Verallgemeinerung unseres Wissens. Du bist dran. Steig auf den Höcker da und berichte.«

Sechszeh fühlte sich ausgetrickst, da ihm der schwerste und vor allem unklarste Teil der Arbeit überlassen blieb. Doch nach dem Vorfall mit der Finsternis hatte er beschlossen, auf Einsiedel zu hören. Er zuckte mit den Schultern, äugte, ob sich nicht etwa jemand aus dem Sozium herüberverirrt hatte, dann stieg er auf den Höcker.

»Was soll ich erzählen?«

»Alles, was du weißt von der Welt.«

Sechszeh blies die Backen auf: »Da können wir lange machen.«

»Glaub ich nicht«, versetzte Einsiedel trocken.

»Also. Unsere Welt … Ein idiotisches Ritual, was du da hast …«

»Lenk nicht ab.«

»Unsere Welt besteht aus einem regelmäßigen Acht-eck, das sich gleichmäßig und geradlinig im Raum bewegt. Hier rüsten wir uns für die allesentscheidende Etappe, die Krönung unserer glücklichen Lebenstage. So lautet jedenfalls die offizielle Formulierung. Den Umfang der Welt entlang verläuft die sogenannte Weltwand, die objektiv infolge des Wirkens der Gesetze des Lebens entstanden ist. In der Weltmitte befindet sich die doppel-T-förmige Futter- und Tränkstation, um die herum unsere Zivilisation seit alters her angelegt ist. Die Stellung jedes einzelnen Mitglieds im Sozium zur Futter- und Tränkstation richtet sich nach seiner gesellschaftlichen Bedeutung und seinen Verdiensten …«

»Aha! Davon habe ich bis jetzt noch nie gehört«, unterbrach ihn Einsiedel. »Was ist denn das – Verdienste? Und gesellschaftliche Bedeutung?«

»Nun … Wie soll man sagen … Das ist, wenn jemand

direkt bis an die Futter- und Tränkstation heran-
kommt.«

»Und wer kommt bis dorthin?«

»Ich sag doch – wer die größten Verdienste hat. Oder
die größte gesellschaftliche Bedeutung. Ich zum Beispiel hatte früher ein paar Verdienste, jetzt hab ich gar
keine mehr. Willst du behaupten, daß du das volkseigene Weltmodell nicht kennst?«

»Tja«, antwortete Einsiedel.

»Bist du nicht gescheit? ... Wie hast du dich dann auf
die allesentscheidende Etappe vorbereitet?«

»Erzähl ich dir später. Weiter!«

»Das wars schon beinahe. Was soll man noch sagen ...
Abseits des Soziums befindet sich die große Wüste, und
am Ende von allem steht die Weltwand. Dort vegetie-
ren Abtrünnige wie wir.«

»Verstehe. Und das Holz für die Wand, wo kommt das
her? Und alles übrige?«

»Du kannst Fragen stellen ... Das wissen doch nicht
einmal die Zwanzig Nächsten. Das Ewige Geheimnis.«

»Hm, na gut. Und was ist das Ewige Geheimnis?«

»Ein Gesetz des Lebens«, antwortete Sechszeh, wobei
er seiner Stimme einen milden Ausdruck zu geben versuchte. Irgend etwas an Einsiedels Sprechweise gefiel
ihm nicht.

»Gut. Und was ist das Gesetz des Lebens?«

»Das ist ein Ewiges Geheimnis.«

»Ein Ewiges Geheimnis?« wiederholte Einsiedel fragend und mit seltsam schneidender Stimme, wobei er
sich Sechszeh langsam und im Bogen näherte.

»Was hast du? Laß das!« stieß Sechszeh erschrocken
hervor. »Es ist doch dein Ritual!«

Einsiedel hatte sich schon wieder in der Gewalt.

»In Ordnung«, sagte er. »Alles klar. Komm runter.«

Sechszeh stieg von dem Hügel, und Einsiedel nahm mit ernster und konzentrierter Miene seinen Platz ein. Einige Zeit schwieg er, so als hörte er in sich hinein, dann hob er den Kopf und begann.

»Ich bin aus einer anderen Welt hergekommen, zu einer Zeit, da du noch ganz klein warst. In jene andere Welt kam ich aus einer dritten, und so weiter. Insgesamt bin ich in fünf Welten gewesen. Sie sind genauso wie diese hier, praktisch gibt es keine Unterschiede. Der Kosmos, in dem wir uns befinden, ist ein großer, abgeschlossener Raum. In der Sprache der Götter heißt er ›Broilerkombinat Anatoli Lunatscharski‹, doch was das bedeutet, ist nicht bekannt.«

»Du kennst die Sprache der Götter?« fragte Sechszeh verblüfft.

»Ein wenig. Unterbrich mich nicht. Insgesamt hat der Kosmos siebzig Welten. In einer davon befinden wir uns jetzt. Diese Welten sind an einem unermeßlichen schwarzen Band befestigt, welches langsam im Kreis läuft. Darüber, am Firmament, befinden sich Hunderte identischer Himmelskörper. Nicht sie sind es also, die über uns hinwegschweben, wir ziehen darunter hindurch. Versuche es dir vorzustellen.«

Sechszeh schloß die Augen. Sein Gesicht verriet Anspannung.

»Nein, es geht nicht«, meinte er schließlich.

»Gut«, sagte Einsiedel, »höre weiter. Alle siebzig im Kosmos vorhandenen Welten zusammen nennt man den Weltenkreis. Man könnte es jedenfalls so nennen. In jeder dieser Welten ist Leben, allerdings nicht fortwährend, es entsteht und vergeht in Zyklen. Die allesentscheidende Etappe ereignet sich im kosmischen Zentrum, das alle Welten nacheinander durchlaufen. In der Sprache der Götter heißt es Abteilung Nummer Eins. Unsere Welt befindet sich gerade kurz davor. Wenn die allesentscheidende Etappe vollendet ist und das erneuerte Leben die Abteilung Nummer Eins am anderen Ende verläßt, beginnt das Ganze von vorn. Das neu entstehende Leben durchläuft den Zyklus und wird nach gegebener Frist wieder in Abteilung Nummer Eins geworfen.«

»Woher weißt du das alles?« fragte Sechszeh mit leiser Stimme.

»Ich bin viel herumgekommen«, sagte Einsiedel, »und habe mir häppchenweise Geheimwissen angeeignet. In der einen Welt wußte man von diesem, in der anderen von jenem.«

»Dann weißt du womöglich auch, wo wir herkommen?«

»Aber sicher. Was sagt man darüber eigentlich in eurer Welt?«

»Daß es eine objektive Gegebenheit ist. Noch so ein Gesetz des Lebens.«

»Alles klar. Du fragst da nach einem der verborgensten Geheimnisse der Weltordnung, und ich weiß nicht einmal, ob ich es dir anvertrauen darf. Aber weil außer uns beiden sowieso keiner da ist, werde ich es dir wohl sagen. Wir kommen auf die Welt aus weißen Kugeln. Genaugenommen sind es keine Kugeln, sondern längliche Gebilde, ein Ende spitzer als das andere, aber das ist jetzt nicht so wichtig.«

»Kugeln. Weiße Kugeln«, echote Sechszeh und stürzte wie vom Blitz getroffen zu Boden. Die Last des Erfahrenen wälzte sich über ihn mit physischer Gewalt, und einen Moment lang schien es ihm, als müsse er sterben. Einsiedel sprang herzu und fing an, ihn aus Leibeskräften zu schütteln. Allmählich kam Sechszeh wieder zu Bewußtsein.

»Was ist mit dir?« fragte Einsiedel erschrocken.

»Oh, ich weiß es wieder. Genau. Wir waren weiße Kugeln und lagen auf langen Regalen. Es war sehr warm und feucht. Dann haben wir die Kugeln von innen ge-

knackt und ... Unsere Welt kam von unten auf uns zu-
gerollt, und plötzlich waren wir drin ... Aber wieso erinnert sich keiner?«

»Es gibt Welten, in denen man sich daran erinnert«,
sprach Einsiedel. »Fünfte und sechste perinatale Prä-
gung, man bedenke. Das sitzt nicht so tief, und außerdem ist es nur die halbe Wahrheit. Trotzdem werden
die, die es noch wissen, schön abseits gehalten, damit
sie nicht stören, wenn zur allesentscheidenden Etappe
gerüstet wird, oder wie das bei denen dann heißt. Jedesmal anders. Bei uns letztens hieß es zum Beispiel die
Vollendung des Aufbaus – obwohl da nie wer was auf-
gebaut hat.«

Offenbar hatte ihn die Erinnerung an seine Welt trübselig gemacht. Er verstummte.

»Aber sag mal«, fragte Sechszeh nach einer Weile,
»woher kommen dann diese weißen Kugeln?«

Einsiedel warf ihm einen beifälligen Blick zu.

»Ich habe wesentlich mehr Zeit gebraucht, ehe in meinem Bewußtsein diese Frage reifte«, sagte er. »Doch da
sieht es mit der Antwort bei weitem schwieriger aus.
Einer alten Legende zufolge sollen diese Eier uns selbst
entstammen, das könnte aber durchaus metaphorisch
gemeint sein ...«

»Uns? Verstehe ich nicht. Wo hast du das gehört?«

»Hab ich mir selber ausgedacht, was dachtest du. Hier
erfährt man doch nichts«, sagte Einsiedel mit plötzlicher Tragik in der Stimme.

»Du sagtest doch, es sei eine alte Legende.«

»Richtig. Ich hab sie mir als alte Legende ausgedacht.«

»Wieso? Wozu?«

»Weißt du, ein alter Weiser, ein Prophet, könnte man
sagen« (diesmal ahnte Sechszeh, wer gemeint war),
»hat einmal gesagt: Wichtiger als das, was einer sagt,
ist, wer es sagt. Ein Teil dessen, was ich ausdrücken

wollte, steckt schon darin, daß meine Worte in die Form einer Legende gekleidet sind. Na ja, wie sollst du das verstehen …«

Einsiedel schaute zum Himmel und unterbrach sich: »Genug. Wir müssen.«

»Wohin?«

»Ins Sozium.«

Sechszeh riß die Augen auf.

»Ich denke, wir wollen über die Weltwand. Wozu brauchen wir das Sozium?«

»Weißt du denn nicht, was ein Sozium ist?« fragte Einsiedel. »Ein Mittel zum Überklettern der Weltwand, nichts anderes.«


3


Wiewohl in der Wüste jegliche Gegenstände fehlten, hinter denen man hätte in Deckung gehen können, schien Sechszeh sich irgendwie anzuschleichen, und je näher das Sozium rückte, um so krimineller wurde sein Gang. Allmählich zerfiel die große, von ferne wie ein riesiges, zuckendes Wesen wirkende Masse in einzelne Körper, und man erkannte sogar schon die verblüfften Grimassen derer, die die Näherkommenden bemerkt hatten.

»Das Wichtigste ist«, wiederholte Einsiedel flüsternd seine letzte Instruktion, »daß du frech bist. Nur nicht zu frech. Wir müssen sie unbedingt in Rage bringen – aber nicht so, daß sie uns gleich in Stücke reißen. Am besten, du schaust immer, wie ich es mache.«

»Sechszeh läßt sich blicken!« krähte es vorne fröhlich. »Grüß dich, du garstiges Tier! He, Sechszeh, wen hast du denn da mitgebracht?«

Die dumpfe Anmache weckte in Sechszeh unversehens – und völlig unbegreiflicherweise – einen ganzen

Schwall nostalgischer Kindheitserinnerungen. Einsiedel, der ein Stück hinter ihm ging, schien das zu spüren und gab Sechszeh einen Puff in den Rücken.

Nahe der Soziumsgrenze standen sie nur vereinzelt – hier lebten vor allem Krüppel sowie Träumer, denen die Enge nicht behagte, sie zu umgehen war nicht schwer. Doch je weiter man vorstieß, um so dichter wurde die Menge, und sehr bald schon steckten Sechszeh und Einsiedel im unerträglichen Gedränge. Man kam zwar noch vorwärts, mußte dazu jedoch die Nächststehenden beschimpfen und sich von ihnen beschimpfen lassen. Und als endlich über den Köpfen derer, die weiter vorne waren, das zitternde Dach der Futter- und Tränkstation auftauchte, ging es keinen Schritt mehr weiter.

»Es ist immer wieder verblüffend«, sprach Einsiedel leise zu Sechszeh, »wie klug hier alles eingerichtet ist. Die, welche der Futter- und Tränkstation zunächst stehen, sind vor allem glücklich, weil sie ständig an die denken müssen, die so gern an ihrer Stelle wären. Und die, die ein Leben lang darauf warten, daß sich zwischen den Vorderen einmal eine Ritze auftut, sind glücklich, weil sie im Leben eine Hoffnung haben. Darin liegt die ganze Harmonie und Einheit.«

»Gefällt Ihnen wohl nicht?« fragte eine Stimme von der Seite.

»Gefällt mir überhaupt nicht«, erwiderte Einsiedel.

»Und was konkret gefällt Ihnen nicht?«

»Das Ganze.«

Und Einsiedel wies mit weiter Geste auf die Menge ringsumher, die mächtige Kuppel der Station, die blinkenden Himmelslichter und die ferne, kaum noch sichtbare Weltwand.

»Aha. Und wo ist es Ihrer Meinung nach besser?«

»Das ist ja die Tragödie – nirgends! Darum geht es ja!« rief Einsiedel gequält aus. »Würde ich hier mit Ihnen über das Leben philosophieren, wenn es irgendwo besser wäre?«

»Und Ihr Kollege, ist der auch dieser Ansicht?« fragte die Stimme. »Was sucht er denn da unten die ganze Zeit?«

Sechszeh schaute auf – bis dahin hatte er ausdauernd zu Boden geblickt, weil das die Chance bot, sich aus allem, was vorging, weitestgehend herauszuhalten – und da sah er, wem die Stimme gehörte. Sein Gegenüber hatte ein schlaffes, wohlgenährtes Gesicht, und wenn er sprach, traten die anatomischen Einzelheiten seines Kehlkopfs deutlich hervor. Sechszeh war sich augenblicklich im klaren, wer da vor ihm stand: einer von den Zwanzig Nächsten, das ultimative Gewissen der Epoche. Offenbar hatte er, wie das mitunter praktiziert wurde, vor ihrem Eintreffen hier Aufklärungsarbeit geleistet.

»Deswegen seid ihr auch solche Miesepeter«, versetzte er unerwartet friedfertig, »weil ihr euch nicht mit den anderen gemeinsam zur allesentscheidenden Etappe rüstet. Dann hättet ihr nämlich gar keine Zeit für solche Gedanken. Wenn ihr wüßtet, was mir manchmal alles in den Kopf kommt, ha … Da hilft nur arbeiten.« Und im selben Tonfall fügte er hinzu:

»Festnehmen.«

Bewegung kam in die Menge, und unverzüglich sahen sich Sechszeh und Einsiedel von allen vier Seiten gepackt.

»Ihr könnt uns mal«, versetzte Einsiedel ebenso friedlich. »Wo wollt ihr uns denn hinstecken? Es gibt doch gar keinen Ort dafür. Allenfalls wegjagen könntet ihr uns, das hatten wir schon. Die Weltwand hat keine Schleusen, wie der Volksmund sagt…«

Über Einsiedels Gesicht ging ein Flackern, während der feiste Typ die Brauen nach oben zog – ihre Blicke begegneten sich.

»Ein interessanter Gedanke, fürwahr. Darauf sind wir noch gar nicht gekommen. Es gibt ein solches Sprichwort, das ist wahr, aber der Wille des Volkes ist stärker als alle Sprüche.«

Die Idee entzückte ihn offenbar sehr. Er drehte sich um und kommandierte:

»Achtung! Aufstellung! Außerplanmäßige Aktion!«

Kaum hatte der Dicke zum Antreten geblasen, da setzte sich die Prozession mit Sechszeh und Einsiedel in der Mitte auch schon Richtung Weltwand in Marsch.

Der Zug war eindrucksvoll. Voran der Dicke, dahinter zwei eigens ernannte Altmütter (keiner, nicht einmal der Dicke, wußte, was das sein sollte – es war einfach so Tradition), die tränenreiche Beschimpfungen gegen Sechszeh und Einsiedel ausstießen, Fluch und Beweinung in einem, dann die beiden Delinquenten und schließlich die Volksmasse, welche die Prozession beschloß.

»So ist nun«, sprach der Dicke, als die Prozession zum Stehen kam, »der Schreckensmoment der Vergeltung gekommen. Ich denke, Brüder, wir alle werden nicht gut hinsehen können, wenn diese beiden Abtrünnigen im Nichts verschwinden, stimmts? Und möge dieses erschreckende Vorkommnis uns allen, dem ganzen Volke eine beredte Lehre sein! Weint lauter, ihr Mütter!«

Die Altmütter warfen sich zu Boden und wurden von so bitterlicher Klage übermannt, daß viele der Anwesenden sich abwandten und gleichfalls zu schlucken begannen; doch wälzten und krümmten die Mütter sich im tränenbenetzten Staub, um im nächsten Moment aufzuspringen, Sechszeh und Einsiedel blitzenden Auges die gräßlichsten, unwiderlegbarsten Anschuldigungen an den Hals zu werfen und dann entkräftet wieder umzufallen.

»Nun«, sprach der Dicke nach einiger Zeit, »reut es

euch? Haben der Mütter Tränen in euch die Scham geweckt?«

»Das fehlte noch«, erwiderte Einsiedel, dessen besorgter Blick zwischen der Zeremonie und irgendwelchen Himmelskörpern hin und her wanderte. »Wie wollt ihr uns denn eigentlich drüberwerfen?«

Der Dicke dachte nach. Die Altmütter verstummten gleichfalls, dann erhob sich eine von ihnen aus dem Staub, schüttelte sich und sagte:

»Ein Wall?«

»Ein Wall«, meinte Einsiedel, »würde fünf Finsternisse dauern. Uns aber darf nicht länger erlaubt sein, die aufgedeckte Schande im Dunkel zu verhüllen.«

Der Dicke blinzelte verschlagen, schaute Einsiedel an und nickte dann zustimmend.

»Die wissen schon, was Sache ist«, meinte er zu einem der Umstehenden, »die verstellen sich bloß. Frag sie, ob sie selber einen Vorschlag haben.«

Ein paar Minuten später erhob sich eine lebende Pyramide bis knapp unter den Rand der Weltwand. Die zuoberst Stehenden kniffen die Augen zusammen und verbargen ihre Gesichter, damit sie um Gottes Willen nicht dorthin blicken mußten, wo alles zu Ende war.

»Hinauf«, kam der Befehl an Sechszeh und Einsiedel, und die beiden stiegen, einander stützend, die schwankende Kette von Schultern und Rücken zu der sich in der Höhe verlierenden Wandkante empor.

Von dort war das ganze stillschweigende Sozium zu sehen, das bis in die hintersten Reihen konzentriert verfolgte, was geschah; man sah auch einige früher nicht auszumachende Einzelheiten des Himmels sowie den dicken Schlauch, der aus der Unendlichkeit zur Futter- und Tränkstation herabführte und hier oben schon nicht mehr so mächtig ausschaute wie zu ebener Erde. Einsiedel hüpfte behende auf den Rand der Weltwand, so als wäre es der Huckel von gestern, half Sechszeh, sich neben ihn zu plazieren, und schrie nach unten: »Stillgestanden!«

Auf diesen Ruf hin verlor in der lebenden Pyramide irgendwer das Gleichgewicht, sie schwankte ein paarmal und fiel in sich zusammen – alles stürzte ab, zum Wandsockel hinunter, Gott sei Dank kam keiner zu Schaden.

Sechszeh klammerte sich an das kalte Blech und schaute hinab in die winzigen, emporgereckten Gesichter, auf die graubraunen Fluren seiner Heimat; er schaute zu jenem Winkel hinüber, wo der große, grüne Fleck an der Weltwand war, dem Ort seiner Kindheit. »All das werd ich nie wieder sehen«, dachte er, und obwohl er noch gar keine große Wiedersehenslust erspürte, schnürte sich ihm der Hals zusammen. Er umkrampfte ein kleines Bröckchen Erde, in dem ein Strohhalm steckte, und sann darüber nach, wie schnell und unumkehrbar sich sein Leben gewendet hatte.

»Lebt wohl, teure Söhne!« schrien von unten die Altmütter, verneigten sich bis zur Erde und fingen an, schluchzend mit großen Torfbrocken nach ihnen zu werfen.

Einsiedel stellte sich auf die Zehenspitzen und deklamierte laut:

> Einmal müßt' ich,
> das war klar,
> diese rauhe Welt verlassen …

Da traf ihn ein großer Torfbrocken, er ruderte mit allen vieren und stürzte ab. Sechszeh warf einen letzten Blick hinunter, bemerkte, daß einer aus der fernen Menge ihm zum Abschied zuwinkte – er winkte zurück. Dann kniff er die Augen zusammen und tat einen Schritt rückwärts.

46

Ein paar Augenblicke fiel er kopfüber durch den leeren Raum, dann schlug er hart und schmerzhaft auf und öffnete die Augen.

Er lag auf einer schwarzglänzenden Fläche aus unbekanntem Material, über ihm verlief die Weltwand – sie sah genauso aus wie von der anderen Seite; Einsiedel, gegen die Wand gelehnt, stand neben ihm und sprach sein Gedicht zuende:

Daß es aber einmal so kommt,
hätt' ich nie gedacht ...

Dann wandte er sich zu Sechszeh und hieß ihn mit knapper Geste aufstehen.


4

Nun, da sie dieses gigantische schwarze Band entlangliefen, sah Sechszeh, daß Einsiedel ihm die Wahrheit gesagt hatte. Tatsächlich bewegte sich die Welt, die zurückliegende, mitsamt dem Band langsam an starren, unbekannten kosmischen Objekten vorbei, deren Natur Sechszeh nicht einsah, die Himmelskörper dagegen waren unbeweglich – man brauchte das schwarze Band nur verlassen, und alles war klar. Langsam, aber sicher rückte die hinter ihnen liegende Welt auf ein eisernes grünes Tor zu, unter dem das Band hinwegzog. Einsiedel meinte, dies sei das Tor zur Abteilung Eins. Seltsamerweise war Sechszeh von den Ausmaßen der das Universum füllenden Objekte überhaupt nicht schockiert, im Gegenteil – ein Anflug von Gereiztheit meldete sich in ihm. ›Ist das alles?‹ dachte er verächtlich. Weiter vorn sah man noch zwei Welten ähnlich der, aus der sie gekommen waren – auch sie rückten mit dem schwarzen Band vorwärts und wirkten von hier aus einigermaßen dürftig. Zuerst hatte Sechszeh vermutet, Einsiedel würde mit ihm eine dieser anderen Welten ansteuern, doch der verlangte auf halbem Wege plötzlich, daß er von dem längs des Bandes verlaufenden Steg, worauf sie wandelten, in die bodenlose Schwärze des Spalts daneben springen sollte.

»Dort ist es weich«, redete Einsiedel ihm zu, doch Sechszeh wich kopfschüttelnd zurück. Da sprang Einsiedel wortlos voraus, und Sechszeh blieb nichts weiter übrig, als ihm zu folgen.

Diesmal hätte er sich auf der kalten, mit großen, braunen Platten ausgelegten Fläche beinahe die Knochen gebrochen – die Platten zogen sich bis zum Horizont, das Ganze sah sehr hübsch aus.

»Was ist das?« fragte Sechszeh.

»Fliesen«, antwortete Einsiedel mit einem Fremdwort und wechselte das Thema. »Gleich wird es Nacht«, sagte er, »dort vorn ist unser Ziel für heute. Ein Stück Weg müssen wir im Dunkeln gehen.«

Einsiedel wirkte ernstlich besorgt. Sechszeh sah in die Richtung, wohin Einsiedel wies, und erblickte aufeinandergetürmte zartgelbe Quader (Einsiedel nannte es ›Kisten‹) in großer Zahl, die Zwischenräume waren mit Bergen von hellen Spänen ausgefüllt – von ferne erschien es wie eine Landschaft aus glücklichen Kindheitsträumen.

»Gehen wir«, sagte Einsiedel und lief eilends los.

»Hör mal«, meinte Sechszeh, der neben ihm her über die Fliesen schlitterte, »woran siehst du, daß es gleich Nacht wird?«

»An der Uhr«, erwiderte Einsiedel. »Das ist einer von den Himmelskörpern. Jetzt befindet er sich oben rechts – die Scheibe da mit dem schwarzen Zickzack.«

Sechszeh sah ein Objekt am Firmament, das ihm gut bekannt war, aber nie sein Interesse geweckt hatte.

»Wenn ein Teil dieser schwarzen Linien auf bestimmte Art zueinanderstehen – ich erklär dir das später einmal genauer –, dann geht das Licht aus«, sagte Einsiedel.

»Gleich ist es soweit. Zähl bis zehn!«

»Eins, zwei«, fing Sechszeh an, und plötzlich war es dunkel.

»Bleib nicht zurück«, sagte Einsiedel, »sonst gehst du verloren.«

Das hätte er nicht sagen müssen – Sechszeh trat ihm fast in die Fersen. Die einzige Lichtquelle im ganzen Universum war ein gelber Strahl, der schräg durch das grüne Tor von Abteilung Eins hereinfiel. Der Ort, zu dem Sechszeh und Einsiedel unterwegs waren, lag nicht weit von diesem Tor entfernt, war aber, wie Einsiedel versicherte, völlig ungefährlich.

Nichts anderes war zu sehen als der gelbe Streif vorn am Tor und ein paar Platten in nächster Nähe. Sechszeh verfiel in einen eigenartigen Zustand. Es schien ihm, als würden er und Einsiedel von der Dunkelheit ebenso wie vorhin von der Menge in die Zange genommen. Von allem ging Gefahr aus, und Sechszeh spürte sie auf seiner Haut wie einen Luftzug, der ihn von allen Seiten zugleich anwehte. Schon ganz außer sich vor Angst, hob er den Blick von den Fliesen zu dem hellen Lichtstreif vorn, und das Sozium fiel ihm ein, das aus der Entfernung fast genauso ausgesehen hatte. Er stellte sich vor, wie sie in ein Reich irgendwelcher Feuergeister zogen, und wollte Einsiedel gerade davon erzählen, als der stehenblieb und ein Zeichen gab.

»Still«, sagte er. »Ratten. Rechts von uns.«

Es gab keine Deckung – nach allen Seiten der gleiche Fliesenboden, und das Licht vor ihnen lag noch weit. Einsiedel nahm, sich nach rechts drehend, eine seltsame Haltung an, und hieß Sechszeh hinter seinem

Rücken abtauchen, eine Anweisung, der dieser gern und erstaunlich geschwind Folge leistete.

Zunächst konnte er gar nichts erkennen, dann aber spürte er eher, als daß er sie sah, die Bewegung eines großen, schnellen Körpers in der Dunkelheit. Genau an der Grenze zur Sichtbarkeit kam der Schatten zum Stehen.

»Sie wartet ab«, sagte Einsiedel leise, »was wir weiter tun. Wir brauchen nur einen Schritt machen, und sie stürzt sich auf uns.«

»Und ob«, sagte die Ratte und trat aus der Dunkelheit. »Die geballte Wut und Heimtücke. Die wahre Ausgeburt der Nacht.«

»Huch«, seufzte Einsiedel. »Du bists, Einauge. Und ich dachte schon, wir wären tatsächlich reingerasselt. Macht euch bekannt.«

Sechzehs mißtrauischer Blick galt dem feinsinnig zugespitzten Schnäuzchen mit langen Schnurrbarthaaren und den schwarzen Perlenaugen.

»Einauge«, stellte die Ratte sich vor und schwenkte unanständig ihren nackten Schwanz.

»Sechszeh«, erwiderte selbiger und fragte: »Wieso denn Einauge, wenn beide Augen in Ordnung sind?«

»Ich habe ein drittes, sehendes Auge«, sprach Einauge, »und das ist einzeln. In gewissem Sinne ist jeder, der über ein solches verfügt, einäugig.«

»Was ist denn …«, hob Sechszeh an, doch Einsiedel ließ ihn nicht ausreden.

»Hättest du nicht Lust auf einen netten kleinen Spaziergang«, schlug er Einauge galant vor, »bis zu den Kisten dort? Der Weg durch die Nacht ist so öde, wenn man keinen Gesprächspartner hat.«

Sechszeh war außerordentlich gekränkt.

»Aber ja!« Einauge war einverstanden, sie wandte sich halb von Sechszeh ab (wodurch dieser endlich Gelegenheit hatte, ihren großen, muskulösen Körper zu betrachten) und trabte sogleich neben Einsiedel her. Sechszeh, der Mühe hatte, Schritt zu halten, lief hinterdrein, starrte auf Einauges Pfoten und die unter ihrem Fell rollenden Muskeln. Er stellte sich vor, wie diese Begegnung wohl ausgegangen wäre, hätte es sich nicht zufällig um Einsiedels Bekannte gehandelt, und er gab sich große Mühe, ihr nicht auf den Schwanz zu treten. Danach zu urteilen, wie schnell sich ihr Zwiegespräch als die Fortsetzung einer früheren Unterhaltung ausnahm, mußten die beiden alte Freunde sein.

»Freiheit? Mein Gott, was ist das?« fragte Einauge und lachte. »Etwa, wenn du einsam und ganz aufgelöst durch das Kombinat rennst, zum zehnten oder weiß ich wievielten Mal dem Messer entfleuchend? Ist das Freiheit?«

»Du bringst wieder alles durcheinander«, erwiderte Einsiedel. »Das sind nur die Wege zu ihr. Nie werde ich mich mit dem infernalischen Weltbild einverstanden erklären, dem du anhängst. Bestimmt hat es etwas damit zu tun, daß du dich fremd fühlst in einem Universum, das für unsereinen geschaffen ist.«

»Die Ratten hingegen glauben, daß es für sie geschaffen ist, denk mal an. Was nicht heißen soll, daß ich derselben Meinung bin. Gewiß hast du in diesem Punkte recht – doch nicht in allem und in der Hauptsache nicht. Du meinst, das Universum sei für euch gemacht? O nein, nur euretwegen, nicht für euch. Verstehst du?«

Einsiedel ließ den Kopf sinken und lief eine Weile schweigend.

»Also«, sagte Einauge, »laß uns Lebewohl sagen. Ich hatte schon gedacht, du würdest später kommen. Nun haben wir uns wenigstens noch getroffen. Morgen hau ich ab.«

»Wohin?«

»Hinter die Grenzen von allem, was zu beschreiben wäre. Von einem alten Bau bin ich in eine leere Betonröhre geraten, die so weit weg führt, daß man es sich kaum vorstellen kann. Ich bin dort ein paar Ratten begegnet, die mir sagten, dieses Rohr führe immer tiefer und tiefer, und ganz in der Tiefe münde der Weg in einen anderen Kosmos, besiedelt von männlichen Göttern in grüner Tracht. Sie vollführen dort komplizierte Verrichtungen an großen Götzen, die in gigantischen Schächten stehen.«

Einauge stoppte.

»Ich muß jetzt nach rechts«, sagte sie. »Jedenfalls gibt es dort Futter noch und noch – es ist unbeschreiblich. Unser ganzer Kosmos hier paßte in einen einzigen solchen Schacht. Sag mal, willst du nicht vielleicht mitkommen?«

»Nein«, antwortete Einsiedel, »nicht nach unten führt unser Weg.«

Anscheinend zum ersten Mal im Laufe dieses Gespräches war ihm Sechszeh wieder eingefallen.

»Nun denn«, sagte Einauge, »ich wünsch dir alles Gute auf deinem Weg, wo immer er dich hinführt. Du weißt, wie sehr ich dich liebe.«

»Auch ich liebe dich sehr, Einauge«, sagte Einsiedel, »und ich hoffe, der Gedanke an dich wird mir eine Stütze sein. Gutes Gelingen!«

»Leb wohl«, sprach Einauge, nickte Sechszeh zu und verschwand so urplötzlich in der Dunkelheit, wie sie zuvor aufgetaucht war. Den Rest des Weges liefen Einsiedel und Sechszeh, ohne ein Wort zu wechseln. Als sie bei den Kisten anlangten, querten sie noch einige Haufen Späne und waren am Ziel. Schwach erleuchtet von dem bißchen Licht, das durch den Spalt unterm Tor zur Abteilung Eins herüberdrang, befand sich in den Spänen eine Kuhle, worin ein Bündel weicher, länglicher Lumpen lag. Neben ihnen an der Wand zog sich eine riesige Gitterkonstruktion in die Höhe, von der Einsiedel zu berichten wußte, daß sie einmal so viel Wärme abgegeben hatte, daß man sich ihr gar nicht nähern konnte. Einsiedel war in spürbar schlechter Verfassung. Er wühlte sich in die Lappen und richtete sich für die Nacht ein, Sechszeh beschloß, ihm keine weiteren Gespräche aufzudrängen, zumal er selbst sehr müde war. Schlecht und recht in Lappen gepackt, schlummerte er ein.

Ein fernes Knirschen ließ ihn auffahren. Holz klopfte auf Metall, und dazu Schreie von so unaussprechlicher Hoffnungslosigkeit, daß er sich sofort zu Einsiedel hinüberwälzte.

»Was ist das?«

»Deine Welt durchläuft die allesentscheidende Etappe«, antwortete Einsiedel.

»???«

»Der Tod ist da«, sagte Einsiedel trocken, drehte sich auf die andere Seite, zog einen Fetzen über den Kopf und schlief.


5


Beim Erwachen sah Einsiedel Sechszeh zitternd und verheult in einer Ecke hocken. »Hm«, sagte er und fing an, in den Lumpen zu wühlen. Schon bald hatte er ungefähr zehn eiserne Gegenstände zutage gefördert, einer völlig gleich dem anderen, wie Scheiben von einem dicken, sechseckigen Rohr.

»Schau her«, sagte er zu Sechszeh.

»Was ist das?« fragte der.

»Die Götter nennen es Mutter.«

Sechszeh wollte noch mehr fragen, aber plötzlich winkte er ab und greinte wieder los.

»Was hast du denn?« fragte Einsiedel.

»Alle sind tot«, stammelte Sechszeh. »Alle-alle-alle …«

»Na und«, meinte Einsiedel. »Irgendwann bist dus auch. Und bleibst es, für immer und ewig, das kann ich dir jetzt schon sagen.«

»Trotzdem tut es mir so leid.«

»Um wen denn? Die Altmütter vielleicht? Oder etwa um diesen Typen von den Zwanzig Nächsten?«

»Weißt du noch, wie sie uns über die Wand geschmissen haben?« fragte Sechszeh. »Alle hatten den Befehl, die Augen zuzukneifen. Ich habe ihnen gewunken, und einer hat zurückgewunken. Und jetzt muß ich daran denken, daß der auch tot ist … Und mit ihm das, was ihn zu dieser Tat bewegt hat …«

»Ja«, sagte Einsiedel lächelnd, »das ist wirklich sehr traurig.«

Stille trat ein, gestört nur durch das mechanische Klappern von jenseits des grünen Tores, wohin Sechszehs Heimat entschwunden war.

»Sag mal«, Sechszeh hatte sich ausgeheult und stellte die nächste Frage, »was kommt eigentlich nach dem Tod?«

»Schwer zu sagen«, antwortete Einsiedel. »Ich hatte diesbezüglich eine Menge Visionen, doch ich weiß nicht, inwieweit man sich auf sie stützen kann.«

»Erzähl doch, bitte!«

»Nach dem Tode werden wir normalerweise in die Hölle gestürzt. Ich könnte mindestens fünfzig Varianten aufzählen, was dort geschieht. Mal werden die Toten in Stücke gehauen und auf großen Rosten geschmort. Mal werden sie ganz gebacken, in eisernen Kammern mit Glastür, wo eine blaue Flamme brennt oder weißglühende Metallstäbe Hitze ausstrahlen. Mal werden wir in gigantischen bunten Töpfen gekocht. Und manchmal wiederum zu einem Stück Eis gefroren. Alles in allem wenig Tröstliches.«

»Und wer tut das alles?«

»Die Götter natürlich. Was dachtest du?«

»Was haben die davon?«

»Sie ernähren sich von uns, weißt du.«

Sechszeh schauerte, er betrachtete eingehend seine zitternden Knie.

»Am meisten mögen sie die Beine«, bemerkte Einsiedel. »Überhaupt alle Gliedmaßen. Darüber wollte ich sowieso mal mit dir reden. Heb mal deine Arme.«

Sechszeh streckte sie aus – dünne, kraftlose Stäbchen, kläglich anzusehen.

»Früher einmal sind wir damit geflogen«, sagte Einsiedel. »Aber dann kam alles anders.«

»Geflogen, was heißt das?«

»Genau weiß das keiner. Fest steht nur, daß man starke Arme dazu braucht. Viel stärkere als deine und sogar meine. Deshalb möchte ich dir eine Übung zeigen. Bring zwei von den Muttern her.«

Sechszeh zerrte zwei von den bleischweren Dingern mit Mühe bis vor Einsiedels Füße.

»Gut. Jetzt steck die Arme in die Löcher.«

Sechszeh tat auch dies.

»Und nun die Arme heben und senken – hoch, runter, hoch, runter ... genau.«

Nach kurzer Zeit war Sechszeh so schlapp, daß er keinen einzigen Schwung mehr hinbekam, so sehr er sich auch mühte.

»Schluß«, sagte er, ließ die Arme hängen, und die Muttern polterten zu Boden.

»Jetzt schau her, wie ich es mache«, sprach Einsiedel und streifte je fünf Muttern über die Arme. Ein paar Minuten hielt er die Arme ausgebreitet und schien dabei nicht im geringsten zu ermüden.

»Na?«

»Toll«, ächzte Sechszeh. »Aber warum hältst du so still dabei?«

»An einem bestimmten Moment der Übung stellt sich ein Problem ein. Du wirst schon noch sehen, was ich meine«, antwortete Einsiedel.

»Und bist du dir sicher, daß man so fliegen lernt?«

»Nein. Sicher bin ich mir nicht, im Gegenteil. Ich vermute, es handelt sich um eine sinnlose Tätigkeit.«

»Wozu dann das Ganze? Wenn du selber weißt, daß es sinnlos ist?«

»Wie soll ich sagen. Weil mir außerdem noch eine Menge anderer Dinge bekannt sind, und dazu gehört dies: Wenn du im Dunkeln stehst und siehst auch nur den allergeringsten Lichtstrahl, mußt du darauf zugehen, anstatt zu überlegen, ob es Sinn hat oder nicht. Vielleicht hat es wirklich keinen. Aber einfach im Finstern zu hocken, ist sinnlos in jedem Fall. Begreifst du den Unterschied?«

Sechszeh sagte nichts.

»Wir leben so lange, wie Hoffnung besteht«, sagte Einsiedel. »Laß es dir ja nicht zu Bewußtsein kommen, wenn du alle Hoffnung verloren hast. Selbst dann kann noch irgend etwas geschehen. Allzu ernsthafte Hoffnungen zu hegen ist freilich auch nicht nötig.«

Sechszeh spürte wieder einmal eine gewisse Gereiztheit in sich aufsteigen.

»Höchst interessant das alles«, meinte er, »aber was hat es real zu bedeuten?«

»Real hat es für dich zu bedeuten, daß du jeden Tag mit diesen Muttern trainieren wirst, bis du es genauso gut kannst wie ich. Und für mich hat es zu bedeuten, daß ich auf dich achtgeben werde, so als wären deine Leistungen tatsächlich wichtig für mich.«

»Gibt es wirklich keine andere Beschäftigung?« fragte Sechszeh.

»Doch«, antwortete Einsiedel. »Man kann sich auf die allesentscheidende Etappe vorbereiten. Das müßtest du allerdings allein tun.«

## 6

»Einsiedel, sag mal, du weißt doch immer alles: Was ist Liebe?«

»Mich würde interessieren, wo du dieses Wort aufgeschnappt hast«, sagte Einsiedel.

»Als sie mich damals aus dem Sozium jagten, wurde ich nach meiner Liebe zur Sache gefragt. Damals wußte ich nichts dazu zu sagen. Und außerdem hat Einauge gesagt, daß sie dich sehr liebt, und du liebst sie ebenfalls.«

»Ach so. Ich fürchte, ich kann es dir nicht erklären, weißt du. Höchstens an einem Beispiel. Stell dir vor, du bist in ein Wasserfaß gefallen und drauf und dran zu ersaufen. Hast du's?«

»Huhu.«

»Und jetzt stell dir vor, du schaffst es, für einen Augenblick den Kopf aus dem Wasser zu stecken – du siehst Licht, pumpst Luft in die Lungen, und etwas streift deine Arme. Prompt greifst du danach und hältst dich fest. Also, wenn es so wäre, daß man zeit seines Leben im Sinken begriffen ist, und davon kann man getrost ausgehen, dann ist Liebe das, was dir hilft, den Kopf über Wasser zu halten.«

»Redest du von der Liebe zur Sache?«

»Egal. Obwohl, der Liebe zur Sache kann man auch unter Wasser frönen. Du kannst lieben, was du willst. Ist doch schnuppe, wonach man greift, es muß bloß Halt geben. Am schlimmsten ist man dran, wenn es sich um eine andere Person handelt – denn die kann einem jederzeit die Hand wegziehen, verstehst du. Kurz gesagt, Liebe ist das, um dessentwillen jeder ist, wo er ist. Mit Ausnahme der Toten vielleicht. Obwohl ...«

»Ich glaube, ich habe nie im Leben geliebt«, unterbrach ihn Sechszeh.

»Denk das nicht. Dir ist es auch schon passiert. Du hast mal einen halben Tag lang geheult bei dem Gedanken, daß dir jemand zurückgewunken hat, als wir über die Wand geschmissen wurden, weißt du nicht mehr? Genau das war Liebe. Warum der andere gewunken hat, kannst du gar nicht wissen. Vielleicht wollte er sich auf besonders gemeine Art über dich lustig machen. Das wäre das Nächstliegende, wenn du mich fragst. Demnach hast du dich sehr dämlich benommen, und doch hast du recht gehandelt. Die Liebe gibt dem, was wir tun, einen Sinn, den es in Wirklichkeit nicht hat.«

»Heißt das, die Liebe täuscht uns? Wie ein Traum?«

»Nein. Liebe ist Liebe, und Traum ist Traum. Alles, was du tust, tust du aus Liebe. Andernfalls säßest du da und wärst von Sinnen, so graute es dir. Oder besser, so ekelte es dich.«

»Aber viele tun das, was sie tun, bestimmt nicht aus Liebe.«

»Vergiß es. Sie tun gar nichts.«

»Liebst du etwas, Einsiedel?«

»Ja.«

»Und was?«

»Ich weiß nicht. Etwas von dem, was mir manchmal so zufliegt. Manchmal bloß irgendeinen Gedanken, manchmal die Muttern, manchmal den Wind. Die Hauptsache ist, daß ich es erkenne, gleich, in welcher Gestalt, und ihm begegnen kann mit dem Besten, was in mir ist.«

»Und das wäre?«

»Gelassenheit.«

»Und die übrige Zeit bist du nicht gelassen?«

»Doch, doch. Aber es ist das Beste, was in mir ist, und wenn das, was ich liebe, zu mir kommt, begegne ich ihm mit meiner Gelassenheit.«

»Und was glaubst du, ist das Beste in mir?«

»In dir? Das ist, wenn du in der Ecke sitzt, und keiner sieht und hört dich.«

»Ehrlich?«

»Wer weiß ... Nein, im Ernst, das Beste in dir findest du, wenn du dir anschaust, womit du dem begegnest, was du liebst. Was hast du gefühlt, als du an den dachtest, der dir gewunken hat?«

»Traurigkeit.«

»Na also, dann ist deine Traurigkeit das Beste, was in dir ist – und du wirst dem, was du liebst, stets mit Traurigkeit begegnen.«

Einsiedel schaute umher und horchte.

»Möchtest du die Götter sehen?« kam die überraschende Frage.

»Aber bitte nicht jetzt«, antwortete Sechszeh erschrocken.

»Keine Angst. Sie sind dumm. Schau nur, dort vorn sind sie.«

Auf dem Gang längs des Fließbandes kamen eilig zwei riesige Geschöpfe gelaufen – sie waren so riesig, daß ihre Köpfe sich irgendwo im Halbdunkel unter der Decke verloren. Dahinter lief noch eines, ein wenig kleiner und dicker – ein Gefäß schleppend, der Form nach ein Kegelstumpf, mit der schmaleren Seite nach unten gedreht. Unweit der Stelle, wo Sechszeh und Einsiedel hockten, blieben die ersten beiden stehen und stießen ein tiefes Blubbern aus – ›sie reden‹, ahnte Sechszeh –, während das dritte Wesen zur Weltwand ging, sein Gefäß auf dem Boden abstellte, einen Stab mit Bürste am Ende eintauchte und damit die schmutziggraue Wand entlangfuhr, was einen frischen schmutziggrauen Streifen hinterließ. Es roch merkwürdig.

»Hör mal«, wisperte Sechszeh kaum hörbar, »hast du nicht gesagt, du kennst ihre Sprache? Was reden sie?«

»Die beiden? Warte ... Der eine sagt: ›Ich tät jetzt gerne einen fressen.‹ Darauf der andere: ›Faß mir die Dunja nicht mehr an!‹«

»Was ist Dunja?«

»Ein Gebiet.«

»Aber ... Wen will er denn fressen?«

»Dunja, was sonst«, erwiderte Einsiedel nach kurzem Überlegen.

»Kann man denn ein ganzes Gebiet ...«

»Sie sind Götter, vergiß das nicht.«

»Und die Dicke, was sagt sie?«

»Sie sagt gar nichts, sie singt. Davon, daß sie nach dem Tod eine Weide sein möchte. Mein liebster Göttergesang übrigens. Ich sing ihn dir bei Gelegenheit vor. Schade, daß ich nicht weiß, was eine Weide ist.«

»Müssen die Götter denn auch sterben?«

»Und ob. Das ist ihre Hauptbeschäftigung.«

Die zwei anderen waren weitergegangen. »Welche Größe!« dachte Sechszeh erschüttert. Die schweren Schritte der Götter und ihre tiefen Stimmen verhallten; Stille trat ein. Ein Luftzug wühlte Staub auf den Fliesen auf, und Sechszeh kam es so vor, als schaute er von einem unglaublich hohen Gipfel auf eine merkwürdige Steinwüste hinab, wo Millionen von Jahren ewig das gleiche geschieht: Wind weht und trägt die Reste irgendwelchen Lebens mit sich fort, die von weitem aussehen wie Strohhalme, Papierfetzen, Späne und dergleichen. ›Einmal wird‹, so gingen Sechszehs Gedanken, ›ein anderer auf all das heruntersehen und, ohne es zu wissen, an mich denken. Genau wie ich vielleicht gerade an einen denke, der vor Zeiten das gleiche gefühlt hat wie ich eines Tages. Jeder Tag hat einen Punkt, mit dem er an der Vergangenheit und an der Zukunft hängt. Ach, wie traurig ist diese Welt ...‹

»Aber sie hat etwas, das dieses trübe Leben lebenswert macht«, sagte Einsiedel auf einmal.

»Ach, ich mö-höcht nach dem To-hod eine Wa-ha-
heide sein«, sang die dicke Göttin über ihrem Farbei-
mer leise und gedehnt; Sechszeh, den Kopf aufgestützt,
wurde traurig, während Einsiedels Blick gelassen, wie
über Tausende unsichtbare Köpfe hinweg, ins Leere
ging.


7


Seit Sechszeh sich mit den Muttern zu schaffen
machte, waren nicht weniger als zehn Welten den Weg
allen Fleisches in die Abteilung Nummer Eins gegangen. Es kreischte und klopfte hinter dem großen, grünen Tor, etwas ging dort vor; wenn Sechszeh nur daran
dachte, brach ihm der kalte Schweiß aus, und er fing
an zu zittern. Aber gerade das verlieh ihm Kraft. Seine
Glieder waren deutlich länger und kräftiger geworden
– von denen Einsiedels nicht mehr zu unterscheiden.
Einstweilen brachte das freilich nichts ein. Alles, was
Einsiedel wußte, war, daß man das Fliegen mit Hilfe
der Arme bewerkstelligte – aber was es eigentlich bedeutete, war unklar. Einsiedel hielt es für eine bestimmte Art der rapiden Ortsveränderung, bei der man
sich zuvor klarzuwerden hatte, wohin man wollte, und
dann mußten die Arme ein gedankliches Kommando
erhalten, um den ganzen Körper dorthin zu bewegen.
Ganze Tage brachte er in geistiger Konzentration zu,
um so wenigstens ein paar Schritte weit zu fliegen, aber
es glückte nicht.
»Ich nehme an«, sagte er zu Sechszeh, »unsere Arme
sind noch nicht kräftig genug. Wir müssen weiterma-
chen.«
Eines Tages, als Sechszeh und Einsiedel in ihrem Lap-
penhaufen zwischen den Kisten hockten, ganz in das
Wesen der Erscheinungen vertieft, gab es einen äußerst

unangenehmen Zwischenfall. Es wurde plötzlich ein wenig dunkler um sie, Sechszeh schlug die Augen auf, vor ihm schwebte ein riesiges, unrasiertes Göttergesicht.

»Guck an, hier haben sich zweie verkrochen«, kam aus seinem Mund, und schon wurden sie von großen, schmutzigen Händen gepackt und hinter den Kisten hervorgeholt, mit unglaublicher Geschwindigkeit durch den großen Raum getragen und in eine der Welten geworfen, die der Abteilung Eins schon recht nahe waren. Zunächst nahmen Einsiedel und Sechszeh das gelassen und sogar ein wenig ironisch hin – sie richteten sich an der Weltwand ein, machten sich daran, einen Seelenhort für die Nacht zu buddeln – doch da kehrte der Gott wieder, griff sich Sechszeh und betrachtete ihn aufmerksam, schnalzte verwundert, wickelte ihm schließlich ein Stück klebriges blaues Band um die Kralle und warf ihn zurück. Ein paar Minuten später näherten sich gleich mehrere Götter auf einmal – erneut nahmen sie sich Sechszehs an, einer nach dem anderen beschaute ihn eingehend und tat seine Begeisterung kund.

»Das Ganze gefällt mir nicht«, meinte Einsiedel, als die Götter Sechszeh endlich wieder an seinen Platz gesetzt hatten und gegangen waren, »die Sache steht schlecht.«

»Kann man wohl sagen«, erwiderte Sechszeh, dem der Schreck noch in den Knochen saß. »Soll ich den Fetzen nicht besser abmachen?«

Er zeigte auf das blaue Band, das um sein Bein gewickelt war.

»Laß es lieber noch dran«, sagte Einsiedel.

Einige Zeit hingen sie schweigend ihren düsteren Gedanken nach, dann sagte Sechszeh:

»Alles wegen der sechs Zehen. Wenn wir diesmal wieder abhauen, kommen sie uns suchen. Von den Kisten wissen sie jetzt. Kann man sich denn irgendwo anders verstecken?«

Einsiedel schaute noch finsterer drein, und statt einer Antwort schlug er vor, in das neue Sozium zu gehen und dort unterzutauchen.

Doch da sahen sie, daß von der entfernt gelegenen Futter- und Tränkstation her bereits eine ganze Abordnung im Anmarsch war. Sie schienen ernsthafte Absichten zu hegen: Kaum waren sie auf zwanzig Schritt heran, als sie sich zu Boden warfen und kriechend näherrückten. Einsiedel hieß Sechszeh auf Distanz gehen und lief ihnen entgegen, um zu erkunden, was Sache war. Als er zurückkam, berichtete er:

»So was hab ich wirklich noch nie gesehen. Anscheinend ist das hier eine Sekte. Jedenfalls haben sie gesehen, daß du mit den Göttern Kontakt hattest, und nun halten sie dich für einen Propheten und mich für einen deiner Jünger oder etwas in der Art.«

»Und was kommt jetzt? Was haben sie vor?«

»Sie rufen dich. Irgendein Pfad sei gebahnt und ein Kranz gewunden und was weiß ich noch. Ich hab kein Wort begriffen, aber ich denke, es wäre nicht verkehrt hinzugehen.«

»Gehen wir«, fügte Sechszeh sich drein und zuckte mit den Schultern. Düstere Vorahnungen quälten ihn.

Unterwegs gab es mehrere lästige Versuche, Einsiedel auf Händen zu tragen, die nur mit größter Mühe abzuwenden waren. Sechszeh dagegen wagte sich keiner zu nähern, nicht einmal zu einem Blick konnte man sich entschließen, er lief inmitten eines großen, freien Raumes.

An Ort und Stelle angekommen, wurde Sechszeh auf einen großen Strohhaufen geleitet, Einsiedel blieb zurück und begab sich ins Gespräch mit den einschlägigen Erzpriestern, etwa zwanzig an der Zahl – an ihren feisten, schwammigen Gesichtern waren sie mühelos zu erkennen. Einsiedel segnete sie und kam dann auf den Hügel zu Sechszeh heraufgestiegen, der sich in seiner Haut so unwohl fühlte, daß er nicht einmal auf die rituelle Verbeugung Einsiedels einging, die im übrigen von der Gemeinde mit Selbstverständlichkeit hingenommen wurde.

Es stellte sich heraus, daß man hier dem Erscheinen eines Messias schon längere Zeit entgegenfieberte, denn die bevorstehende allesentscheidende Etappe – hier hieß sie das Große Gericht – bewegte die schlichten Gemüter nicht erst seit gestern, während die Erzpriester derweil so fett und faul geworden waren, daß sie jedwede Anfrage nur noch mit einem knappen Kopfnicken gen Himmel beschieden. So daß Sechszeh und sein Jünger just zum rechten Zeitpunkt aufgetaucht waren.

»Sie erwarten eine Predigt«, teilte Einsiedel ihm mit.

»Dann erzähl ihnen irgendwas«, brummte Sechszeh.

»Ich bin zu blöd dafür, das weißt du doch.«

Bei dem Wort »blöd« zitterte ihm die Stimme, und überhaupt schien er gleich losheulen zu wollen.

»Sie fressen mich auf, die Götter«, sagte er. »Ich habe so ein Gefühl.«

»Na, na, beruhige dich«, sagte Einsiedel, worauf er sich der vor dem Hügel versammelten Menge zuwandte und eine Pose der Anrufung einnahm: Er legte den Kopf in den Nacken und breitete die Arme aus. »He, ihr!« schrie er. »Bald kommt ihr allesamt in die Hölle. Dort werdet ihr schmoren, und die Sündigsten unter euch werden zuvor in Essig eingelegt.«

Ein Aufschrei des Grauens fegte über das Sozium.

»Dem Willen der Götter und ihres Gesandten, meines Gebieters, folgend, will ich euch den Weg der Rettung weisen. Ihr müßt der Sünde widerstehen. Wißt ihr denn überhaupt, was Sünde ist?«

Schweigen war die Antwort.

64

»Die Sünde besteht im Übergewicht. Sündig ist euer Fleisch, denn um seinetwillen werden die Götter euch vernichten. Bedenket, die allesent … das Große Gericht ist nahe. Und warum? Weil ihr Fett ansetzt, darum. Denn nur die Dürren werden erlöst sein, die Dicken hingegen nicht. Höret die Wahrheit: Kein einziger von den Knochigen, Fahlen wird den Flammentod sterben, doch um die Dicken, die Rosigen ist es geschehen. Wer von Stund an und bis zum Tage des Großen Gerichts fasten wird, dem ist ein zweites Leben gegeben. O Herr! … Nun stehet auf und sündigt nicht länger.«

Aber keiner erhob sich – alle lagen sie flach und starrten herauf, schweigend – auf Einsiedels fuchtelnde Arme oder geradewegs in den Himmelsschlund. Etliche weinten. Die einzigen, denen Einsiedels Rede nicht zu behagen schien, waren die Erzpriester.

»Was redest du denn da«, flüsterte Sechszeh, als Einsiedel sich neben ihm im Stroh niederließ. »Die glauben dir das noch.«

»Na und, ist es denn gelogen?« erwiderte Einsiedel. »Wenn sie kräftig abmagern, werden sie nochmal auf Mastrunde geschickt. Und dann vielleicht noch ein drittes Mal. Aber was gehts uns an, wir sollten uns besser um unseren eignen Kram kümmern.«


8


Einsiedel sprach nun des öfteren zum Volk, lehrte es, wie man sich ein besonders unappetitliches Aussehen zulegte, während Sechszeh den größten Teil der Zeit auf seinem Strohhaufen saß und über das Fliegen meditierte. An den Zusammenkünften mit den Volksmassen nahm er fast nie teil, erteilte höchstens einmal zerstreut den zu seinen Füßen kriechenden Laien den Segen. Die vormaligen Erzpriester, die keine Anstalten machten zu fasten, schauten haßerfüllt herüber, doch tun konnten sie nichts, denn immer neue Götter stellten sich ein, nahmen Sechszeh heraus, betrachteten ihn und ließen ihn von Hand zu Hand gehen. Einmal war ein schlaffes, grauhaariges Männlein mit großem Gefolge darunter, dem die übrigen Götter mit Riesenrespekt begegneten. Das Männlein nahm Sechszeh zwischen die Finger, und dieser schiß ihm boshaft mitten auf die kalte, zitternde Hand, worauf er ziemlich grob auf seinen Platz zurückbefördert wurde.

Des Nachts aber, wenn endlich alles schlief, setzte er mit Einsiedel wie besessen das Armtraining fort – je weniger daran zu glauben war, daß es einen Sinn hatte, um so verzweifelter wurden ihre Anstrengungen. Die Arme hatten bereits einen solchen Umfang angenommen, daß es nicht länger möglich war, mit den Eisenteilen zu trainieren, in die Einsiedel die Tränk- und Futterstation zerlegt hatte (alle Mitglieder des Soziums fasteten und sahen schon recht ätherisch aus) – sie brauchten nur ein wenig mit den Armen zu rudern, schon wurden die Füße vom Boden gerissen, und die Übung mußte abgebrochen werden. Es handelte sich um jene Komplikation, die Einsiedel vor Zeiten angekündigt hatte, doch sie ließ sich umgehen – Einsiedel hatte inzwischen herausgefunden, wie man die Muskeln mit statischen Übungen kräftigte, und brachte es Sechszeh bei. Schon war das grüne Tor hinter der Weltwand in Sichtweite, und Einsiedels Berechnungen zufolge waren es noch zehn Finsternisse bis dahin. Die Götter konnten Sechszeh kaum noch schrecken – er hatte sich an ihr gleichbleibendes Interesse gewöhnt und begegnete ihm mit einer Mischung aus Demut und Geringschätzung. Sein Seelenzustand hatte sich stabilisiert, so daß er der eigenen Zerstreuung halber begann, Predigten zu halten, dunkel und unverständlich, die die Gemeinde geradezu erschütterten. Einmal fiel ihm Einauges Bericht vom unterirdischen Kosmos ein, und in einem Anflug von Inspiration gab er eine Beschreibung der Suppenzubereitung für einhundertsechzig grünuniformierte Dämonen zum Besten, bis ins Kleinste, so daß er davon am Ende selbst das Grausen bekam und auch Einsiedel, der sich anfangs nur verlegen geräuspert hatte, ganz mitgenommen war. Viele Gemeindeglieder lernten diese Predigt in der Folge auswendig, man nannte sie ›Die Offenbarung des Blauen Bändchens‹, denn so lautete Sechszehs Heiligenname. Fortan verweigerten sogar die vormaligen Erzpriester die Nahrungsaufnahme und hetzten stundenlang um die halbdemontierte Tränk- und Futterstation, um sich von überflüssigem Fett zu befreien.

Da Sechszeh und Einsiedel jeder für zwei fraßen, machte es sich bald erforderlich, daß Einsiedel ein spezielles Unfehlbarkeitsdogma verfaßte, welches diverser Flüsterpropaganda sehr schnell Einhalt gebot.

Doch während Sechszeh nach aller durchlittenen Erschütterung innerlich einigermaßen ins Lot gekommen war, ging es mit Einsiedel irgendwie bergab. Augenscheinlich hatte die Depression von Sechszeh auf ihn übergewechselt, von Stunde zu Stunde war er tiefer in sich gekehrt.

Einmal sprach er zu Sechszeh:

»Weißt du was, wenn es diesmal nicht klappt mit uns beiden, dann gehe ich mit allen zusammen in Abteilung Eins.«

Sechszeh wollte etwas erwidern, doch Einsiedel schnitt ihm das Wort ab:

»Und weil ich mir so gut wie sicher bin, daß es auch diesmal nicht klappen wird, ist es beschlossene Sache.«

Plötzlich begriff Sechzeh: Was er eben hatte sagen wollen, war vollkommen überflüssig. Ein fremder Entschluß ließ sich nicht ändern, alles was er tun konnte, war, Einsiedel seine Gefühle zu zeigen – und was er auch sagen würde, es käme auf dasselbe. Früher hatte er sich allerhand unsinnigen Geschwätzes nicht enthalten können, in letzter Zeit aber war eine Veränderung mit ihm vor sich gegangen. Also nickte er nur zur Erwiderung, ging beiseite und dachte nach. Bald darauf kam er wieder und sagte:

»Ich werde mit dir gehen.«

»Nein«, sagte Einsiedel, »das darfst du auf gar keinen Fall. Du weißt inzwischen beinahe alles, was ich weiß. Und du mußt unbedingt am Leben bleiben und dir einen Schüler suchen. Vielleicht kommt er eines Tages so weit und fliegt.«

»Du willst mich allein lassen?« fragte Sechszeh empört. »Mit diesem Pöbel?«

Und er zeigte auf all die bebenden, ausgemergelten Körper, die sich zu Beginn ihrer prophetischen Unterhaltung zu Boden geworfen hatten und nun dalagen, so weit das Auge reichte.

»Sie sind kein Pöbel«, sagte Einsiedel. »Eigentlich sind sie wie Kinder.«

»Geistig behinderte Kinder«, fügte Sechszeh hinzu. »Noch dazu mit einer Menge Geburtsfehlern.«

Grinsend sah Einsiedel auf Sechszehs Füße hinab.

»Weißt du eigentlich noch, was du selbst für einer warst, als wir uns zum ersten Mal begegneten?«

Sechszeh dachte nach und wurde verlegen.

»Nein«, sagte er dann, »das weiß ich nicht mehr. Ehrlich, ich hab es vergessen.«

»Na schön«, sagte Einsiedel. »Tu, was du für richtig hältst.«

Damit war das Gespräch zu Ende.

Die letzten verbleibenden Tage verrannen wie im Fluge. Eines Morgens, als die Gemeinde sich noch den Schlaf aus den Augen rieb, sahen Sechszeh und Einsiedel das grüne Tor, welches ihnen noch gestern so weit entfernt erschienen war, direkt über der Weltwand schweben. Sie blickten einander an, und Einsiedel sagte:

»Heute werden wir unseren letzten Versuch unternehmen. Es ist der allerletzte, denn schon morgen wird keiner mehr sein, der ihn unternehmen könnte. Unsere Arme sind so mächtig geworden, daß wir sie nicht einmal in die Luft werfen können, ohne daß es uns umwirft. So laß uns jetzt zur Weltwand gehen, damit der Radau uns nicht so stört, und versuchen, von dort auf die Kuppel der Tränk- und Fütterstation zu fliegen. Sollte es nicht gelingen, sagen wir der Welt ade.«

»Wie geht denn das?« fragte Sechszeh aus alter Gewohnheit. Einsiedel warf ihm einen verwunderten Blick zu.

»Woher soll ich denn wissen, wie das geht«, sagte er.

Die Gemeinde wurde unterrichtet, daß die Propheten nun hingehen würden, Zwiesprache mit den Göttern zu halten. Bald darauf standen Sechszeh und Einsiedel vor der Weltwand, wo sie sich niederließen, mit dem Rücken an die Wand gelehnt.

»Vergiß nicht«, sagte Einsiedel, »du mußt dir vorstellen, daß du schon dort bist, und dann ...« Sechszeh schloß die Augen, konzentrierte sich ganz auf seine Arme und dachte dann an den Gummischlauch, der zum Dach der Tränk- und Futterstation führte. Allmählich verfiel er in Trance, ihm war, als befände der Schlauch sich unmittelbar neben ihm – er brauchte nur den Arm auszustrecken. Früher, wenn er sich bei derlei Versuchen vorgestellt hatte, daß er am Ort angelangt sein mußte, zu dem er hinwollte, hatte er immer rasch die Augen geöffnet, und jedesmal saß er noch am selben Fleck. Heute beschloß er etwas anderes zu probieren. ›Was passiert, wenn ich langsam die Arme bewege – so, daß der Schlauch genau dazwischenliegt?‹ überlegte er. Vorsichtig, immer bemüht, die erlangte Gewißheit, daß der Schlauch schon in der Nähe war,

nicht zu beschädigen, begann er die Arme zusammen-
zuführen. Dann fanden sie zueinander, an einem Ort,
wo vorher nichts gewesen war, und berührten den
Schlauch – und da hielt es Sechszeh nicht länger aus,
er jauchzte aus Leibeskräften: »Ich hab ihn!« und riß
die Augen auf.

»Sei still, du Idiot!« sagte Einsiedel, der vor ihm stand
und dem er eben auf den Fuß getreten war. »Sieh
doch!«

Sechszeh sprang auf und drehte sich um. Das Tor zur
Abteilung Eins war offen, die Flügel schwebten langsam zur Seite und nach oben weg.

»Das wars«, sagte Einsiedel. »Laß uns zurückgehen.«

Auf dem Rückweg sprachen sie kein Wort. Das Trans-
portband bewegte sich mit der gleichen Geschwindigkeit, mit der Sechszeh und Einsiedel liefen, nur in die
Gegenrichtung, weshalb das Tor zur Abteilung Eins
sich immer dort befand, wo sie waren. Als sie an ihrem
Ehrenplatz bei der Tränk- und Futterstation angelangt
waren, schwebte das Tor über ihnen und wanderte
weiter.

Einsiedel rief einen aus der Gemeinde zu sich.

»Höre«, sprach er. »Ganz ruhig bleiben und gut zuhören! Der Tag des Großen Gerichts ist da. Siehst du,
wie der Himmel sich verfinstert hat?«

»Und was ist zu tun?« fragte der andere hoffnungs-
froh.

»Alle auf die Erde hocken und so machen«, sagte Einsiedel und hielt sich mit den Armen die Augen zu. »Ja
nicht linsen, sonst können wir für nichts garantieren.
Und kein Wort!«

Zum ersten Mal erhob sich Protestgemurmel. Doch
schnell war es wieder verstummt – alle hockten sich
nieder und taten, wie ihnen von Einsiedel geheißen.

»Was ist?« fragte Sechszeh. »Nehmen wir Abschied
von der Welt?«

»Ja, los«, erwiderte Einsiedel. »Mach du als erster.«
Sechszeh stand auf, sah sich nach allen Seiten um, seufzte und setzte sich wieder.
»Wars das?« fragte Einsiedel.
Sechszeh nickte.
»Jetzt ich«, sagte Einsiedel und raffte sich auf, warf den Kopf in den Nacken. »Welt! Ade!!!«


9


»Hoho, der gackert ja los«, sagte eine donnernde Stimme. »Welchen willst du? Den Krakeeler da?«
»Nee«, antwortete eine zweite Stimme. »Den daneben.«
Zwei Riesengesichter erschienen über der Weltwand. Götter. »Verdammter Mist«, gab das erste konsterniert von sich. »Was machen wir mit denen. Die sind ja alle halb verreckt.«
Eine Riesenhand im weißen, blutbefleckten Handschuh mit daran klebendem Flaum schwebte über der Welt und tippte an die Tränk- und Futterstation.
»Semjon, du Misthaken, wo hast du deine Augen? Bei denen ist die Fütterung im Eimer!«
»Die war ganz«, erwiderte der Baß. »Am Monatsanfang erst hab ich sie kontrolliert. Was ist, schlachten wir?«
»Nein, das bringt nichts. Schalt das Band ein, hol einen anderen Container ran. Und bei denen hier ist bis morgen die Fütterung repariert, daß das klar ist! Ich frag mich, wieso die nicht verreckt sind ...«
»Issja gut.«
»Was ist nun mit dem da, mit den sechs Zehen – soll ich dir beide Flügel abschneiden?«
»Von mir aus beide.«
»Einen hätt ich gerne selber.«

Einsiedel wandte sich um zu Sechszeh, der aufmerksam lauschte, aber kaum etwas verstand.

»Du«, flüsterte er, »ich glaube, die wollen …«

Im selben Moment fuhr die große, weiße Hand wieder vom Himmel herab und packte Sechszeh.

Sechszeh begriff nicht, was Einsiedel ihm hatte sagen wollen. Die Hand hielt ihn gepackt, riß ihn vom Boden, eine kolossale Brust mit aus der Tasche ragendem Kugelschreiber leuchtete vor ihm, ein Hemdkragen und schließlich ein Paar immense Glupschaugen, die ihn anstarrten.

»Mannomann, das sind ein Paar Flügelchen. Der reinste Adler!« sagte ein unermeßlicher Mund mit gelben, zerklüfteten Zähnen darin.

Sechszeh war es längst gewöhnt, in der Hand der Götter zu sein. Dieses Mal aber ging von den Händen, die ihn hielten, ein merkwürdiges, beängstigendes Zittern aus. Der Rede entnahm er nicht viel mehr, als daß es irgendwie um seine Hände oder Füße ging, da kam von unten Einsiedels markerschütternder Schrei:

»Sechszeh! Reiß aus! Pick ihm in die Fresse!«

Das erste Mal während ihrer Bekanntschaft schwang in Einsiedels Stimme die helle Verzweiflung. Und Sechszeh erschrak, erschrak dermaßen, daß all seine folgenden Handlungen eine traumwandlerische Sicherheit gewannen – aus voller Kraft hieb er seinen Schnabel in das vor ihm glubschende Auge und fing gleichzeitig an, eine atemberaubende Serie von Flügelschlägen in die schweißnasse Göttervisage zu landen.

Ein Schrei ertönte, so gellend, daß Sechszeh ihn gar nicht mehr als Schrei wahrnahm, sondern als Druck auf die ganze Oberfläche seines Körpers. Die Hände des Gottes lösten ihren Griff, und im nächsten Augenblick fand sich Sechszeh oben unter der Decke wieder, ohne irgendeinen Halt unter den Füßen hing er in der Luft. Er begriff zunächst nicht, was los war, doch dann sah

er, daß er automatisch immer noch mit den Armen wedelte und daß sie es waren, die ihn im Leeren schweben ließen. Von hier oben war auch zu überblicken,
woraus die Abteilung Eins bestand: ein von beiden
Seiten abgeschirmter Bandabschnitt, neben dem ein
langer, rot und braun gefleckter Holztisch stand, mit
Flaum und Federn übersät, daneben stapelweise
durchsichtige Tüten. Die Welt, in der Einsiedel zurück-
geblieben war, erschien nurmehr als großes, achtecki-
ges Fließband, bedeckt mit einer Unmenge kleiner, leb-
loser Leiber. Sechszeh konnte Einsiedel nicht sehen,
doch daß er von ihm gesehen wurde, wußte er.
»He, Einsiedel!«, schrie er, während er unter der Decke
kreiste. »Komm rauf! Flattere mit den Armen, so
schnell es geht!«
Unten auf dem Fließband begann etwas zu zappeln,
was schnell näherrückte und größer wurde – im nächsten Moment war Einsiedel neben ihm. Er zog ein paar
Kreise hinter Sechzeh her, dann schrie er:
»Komm, wir setzen uns dorthin!«
Als Sechzeh bei dem quadratischen Fleck trüben, weiß-
lichen Lichts mit dem engmaschigen Kreuzgitter davor
anlangte, saß Einsiedel schon dort auf dem Sims.
»Eine Wand«, sagte er, als Sechzeh neben ihm lan-
dete, »eine leuchtende Wand.«
Einsiedel war äußerlich gelassen, doch Sechszeh, der
ihn inzwischen gut genug kannte, konnte sehen, daß
er von den Geschehnissen ein wenig außer sich war.
Sechszeh ging es nicht anders. Und plötzlich kam ihm
die Erleuchtung.
»Mensch!« brüllte er, »jetzt weiß ich, was Fliegen ist!
Wir sind eben geflogen!«
Einsiedel blickte ihn eine Weile stumm an, dann nickte
er.
»Sieht ganz danach aus«, sagte er. »Obwohl es ziemlich
primitiv ist.«

Inzwischen hatte sich das Gewusel unten ein wenig gelegt, man sah nun, daß zwei weiß bekittelte Gestalten einen Dritten stützten, der sich die Hand vor das Gesicht hielt.

»Die Sau! Hat mir das Auge ausgepickt! Die Sau!« brüllte dieser Dritte.

»Was ist eine Sau?« fragte Sechszeh.

»Das ist nur eine Anredeform für höhere Gewalten«, erwiderte Einsiedel. »Das Wort hat keine eigene Bedeutung. Aber es könnte sein, daß es uns in Kürze schlecht ergeht.«

»Und welche höhere Gewalt ist gemeint?« fragte Sechszeh.

»Das sehen wir gleich«, sagte Einsiedel.

Noch während Einsiedel diese Worte sprach, entrang sich der Gott den Händen, die ihn hielten, stürzte zur Wand, riß den roten Feuerlöscher von der Wand und schleuderte ihn hinauf zu denen, die da oben auf der Fensterbank saßen – das Ganze ging so schnell, das keiner ihn daran hindern konnte und Sechszeh nebst Einsiedel kaum noch Zeit blieb, zur Seite zu flattern.

Es klirrte und krachte. Der Feuerlöscher durchschlug das Fenster und verschwand, ein Schwall frischer Luft drang herein – man bekam nun erst mit, welcher Gestank hier war. Gleichzeitig wurde es unerhört hell.

»Wir fliegen los!« grölte Einsiedel, der plötzlich all seine Beherrschung verloren hatte. »Zack, zack! Ab durch die Mitte!«

Er flatterte ein Stück vom Fenster weg, um Anlauf zu nehmen, legte dann die Flügel an und verschwand in dem Strahl heißen, gelben Lichts, der durch das Loch in der zugetünchten Scheibe hereinfiel, durch das der Wind blies und neue, unbekannte Laute hereindrangen.

Nun zog auch Sechszeh noch einen Kreis, um Schwung zu holen. Ein letztes Mal erschienen das

Achteck des Bandes, der blutüberströmte Tisch und die fuchtelnden Götter unter ihm. Er legte die Flügel an und pfiff durch das Loch.

Für einen Moment war er geblendet – so grell war das Licht. Als sich seine Augen daran gewöhnt hatten, sah er vor und über sich einen weißglühenden Feuerball von solch strahlender Helle, daß man nicht einmal aus den Augenwinkeln hinschauen konnte. Noch darüber gab es einen dunklen Punkt – Einsiedel. Er zog eine Schleife, damit Sechszeh ihn einholen konnte, gleich darauf flogen sie nebeneinander.

Sechszeh blickte um sich – weit unter ihnen gab es einen großen, häßlichen grauen Klotz mit nur einigen wenigen mit Ölfarbe zugeschmierten Fenstern darin. Eines davon war eingeschlagen. Die Welt ringsumher war so voller reiner, greller Farben, daß Sechszeh, um nicht daran irre zu werden, den Blick emporrichtete.

Das Fliegen fiel ihm erstaunlich leicht – es kostete kaum mehr Kraft als zu gehen. Höher und höher stiegen sie, nach kurzer Zeit gab es unten nur noch bunte Flecken und Quadrate zu sehen.

Sechszeh drehte den Kopf zu Einsiedel.

»Wohin?« rief er.

»Nach Süden«, kam Einsiedels knappe Antwort.

»Was ist das?« fragte Sechszeh.

»Ich weiß es nicht«, erwiderte Einsiedel, »es liegt dort.«

Und er schwang den Flügel in Richtung des großen, leuchtenden Kreises, der nur der Farbe nach an das erinnerte, was vormals bei ihnen Sonne hieß.

# Die Entstehung der Arten

Als die Luke über seinem Kopf zugeklappt und das Palaver der oben Gebliebenen dumpfer geworden war, tastete Charles Darwin sich die Stiege hinab, eine Hand an dem abgegriffenen, wie glattpolierten Geländer, die andere umklammerte den Leuchter mit der dicken Wachskerze. Er nahm die letzte, knarrende Stufe, ließ das Geländer los und ging vorwärts, ins Dunkle hinein.

Der Fußboden war schon gewischt. Das Kerzenlicht reichte aus, um die ungehobelten Wandbretter zu erkennen, das klebrig anmutende Faß, einige über den Boden verstreute Kartoffelknollen sowie die langen Reihen gleichförmiger Kisten, die sich nach hinten in der allmählich dichter werdenden Finsternis verloren – die Kisten standen zu beiden Seiten des Gangs in mehreren Reihen und waren durch ein langes Schlepptau an den Wänden verzurrt. Außerdem hoben sich schemenhaft noch ein paar Weinfässer und nahe der Wand ein Haufen zusammengelegter Säcke aus dem Dunkel ab.

Plötzlich rührte sich etwas vor ihm. Darwin zuckte zusammen, begriff jedoch gleich, was Sache war – ein Luftzug wehte ihn an aus der Dunkelheit, die Flamme der Kerze flackerte, wodurch die Schatten erbebten und den Anschein erweckten, als bewegte sich etwas.

Der Gang wurde breiter. Darwin betrat einen recht weitläufigen Raum, in dessen Winkeln sich allerlei Gerümpel häufte – Segelfetzen, verrußte Kessel und übereinandergeworfene Bretter. Direkt vor seinem Gesicht hing, baumelnd im Wind, ein Stück Seil von der Decke. Darwin hob den Leuchter und schaute nach oben – dort hatte man einen massiven Haken eingeschraubt, an den das Seil geschlungen war. Darwin zog ein paarmal daran und überzeugte sich, daß es hielt, dann tat er noch ein paar Schritte über den schwankenden Boden und stand, nahe der Wand, vor einem grobgezimmerten Tisch nebst Sitzbank.

Es roch nach Schimmel und Mäusedreck, doch dieser Geruch war nicht unangenehm, beinahe sorgte er für eine Art Gemütlichkeit. Eine lange Stange lehnte an der Wand, ein Korb mit geflochtenem Deckel stand daneben – genau noch so, wie er sie gestern abend abgestellt hatte. Darwin raffte die langen Schöße seines Gehrocks und nahm auf der Bank Platz, stellte den Leuchter auf den Tisch und starrte versonnen in die Dunkelheit.

›Ist es nicht genau die gleiche Düsternis‹, dachte er, während er die aus dem Dunkel hervortretenden Kanten der Gegenstände und ihre Schatten betrachtete, ›durch die der Verstand des Menschen irrt? Zerren nicht auch wir auf diese Weise einige wenige verfügbare Analogien aus dem Dunkel der Unwissenheit, auf die wir sodann unser Weltverständnis zu gründen suchen? Da zum Beispiel steht ein Faß, daneben die Kiste, doch daß ich sie gerade sehe, kann nicht bedeuten, daß mir nun auf Schritt und Tritt ebensolche Fässer und Kisten begegnen werden … Aber was rede ich von Kisten? Es geht nicht um Kisten, es geht darum, daß Lamarck eine einzelne Funktion des menschlichen Bewußtseins mechanisch auf die Natur überträgt und ihr dabei etwas anhängt, was ihrem Wesen völlig fremd ist. Er spricht von einer abstrakten Bewegung der Natur hin zur Vollkommenheit. Doch gesetzt den Fall, das Streben nach Selbstvervollkommnung wäre tatsächlich ein Urgrund der Entwicklung und Veränderung des Lebens, wie Lamarck behauptet, so würden sich alle Lebewesen in gleichem Maße vervollkommnen. Wir sehen aber etwas ganz anderes! Die eine Art tritt ab und eine andere an ihre Stelle, bis eine dritte ihr diesen Platz streitig macht ... Gestern haben wir festgestellt, daß die Bedingungen, unter denen die Lebewesen existieren, maßgeblichen Einfluß haben. Warum aber stirbt die eine Art aus, und die andere grassiert? Wodurch wird dieser großartige Prozeß gelenkt? Welche Kraft läßt das Leben zu neuen Formen finden? Und wie soll man in dem, was auf den ersten Blick als völliges Chaos erscheint, Harmonie entdecken? ...‹

Die Uhr des Meister Bréguet in seiner Tasche spielte leise ein paar Takte aus der Ouvertüre zu »Robert der Teufel«, und Darwin kam zu sich. Wie stets hatten ihn die Gedanken mit sich fortgerissen, so weit fort, daß er, die Augen öffnend, nicht sogleich wußte, wo er sich befand und zu welchem Zweck er hier war.

›An die Arbeit‹, dachte er. ›Wir fangen einfach da an, wo wir gestern aufgehört haben.‹

Er stand auf, ging zur Wand, ergriff die Stange und klopfte mit ihr dreimal kräftig gegen die Decke. Einen Augenblick später wurde von oben mit drei ebensolchen Schlägen geantwortet. Daraufhin stieß Darwin die Stange noch einmal gegen die Decke und stellte sie zur Wand zurück. Er legte den Rock ab und hängte ihn akkurat über den Stuhl. Nun war er in einer derben, schwarzen Lederweste, dicht besetzt mit kurzen stählernen Dornen. Er lockerte die Verschnürung über der Brust, trat ein paar Schritte vom Tisch weg und fing an, die Arme zu schwingen und auf der Stelle zu hüpfen, um die Muskeln ordentlich zu erwärmen. Doch blieb ihm zur Gymnastik kaum noch Zeit – das Quietschen der sich öffnenden Luke drang aus der Finsternis zu ihm, von drohenden Rufen und einem dumpfen

Knurren begleitet; für einen Augenblick fiel Licht in den Gang, durch den er vorhin gekommen war, da knallte die Luke schon wieder zu, und es war dunkel und still wie zuvor.

Einige Minuten verstrichen, während derer Darwin reglos am Tisch stand und in das Dunkel horchte. Schließlich ertönten von jenseits des beleuchteten Raumes scharrende Geräusche – ein schwerer Gegenstand wurde gerückt. Dann knarrten Bretter, man hörte etwas, das entfernt wie Lachen klang, und durch den Gang, direkt auf Darwin zu, kam hurtig ein Faß gerollt. Darwin tat grinsend einen Schritt zur Seite. Das Faß fegte vorbei und stieß in die Mehlsäcke, wo es liegenblieb.

Wieder trat Stille ein. Plötzlich knallte ein hartes Ding gegen Darwins Brust und prallte ab. Darwin sprang zurück und sah eine große Kartoffel zu Boden fallen. Da flog schon wieder eine Knolle hinter den Kisten hervor und traf ihn an der Schulter. Darwin pflanzte sich auf, die in schweren Stiefeln steckenden Füße weit auseinander, beugte sich vor und pfiff.

Im Gang tauchte eine schemenhafte Figur auf – sie schwang einen langen Arm, und eine weitere Kartoffel pfiff knapp an seinem Ohr vorbei. Darwin hob eine der Kartoffeln auf, nahm Maß und schleuderte sie mit voller Kraft ins Zentrum der dunklen Silhouette.

Ein gereiztes Aufkreischen von dort war die Folge, das in leise Jammertöne überging, und ein riesiger, zottiger Schatten setzte sich in Bewegung, kam auf Darwin zu. Bedrohlich fauchend verharrte er am Rand des Lichtkreises. Nun war er zur Gänze sichtbar. Und obwohl Darwin an diesen Anblick einigermaßen gewöhnt war, pumpte er unwillkürlich die Lungen voll mit der nach Mäusen riechenden Luft.

Vor ihm stand, die langen Arme in den Boden gestemmt, ein alter Orang-Utan. Sein zum Scheitel spitz zulaufender Kopf mit der vorstehenden Schnauze ließ an ein mißgeborenes Kind denken, das sich die Backen voll mit Essen gestopft hat; die Lippen waren runzlig und geschwollen, die Nase platt und schwarz, und die vollkommen menschlichen Augen blickten träge und verächtlich. Von der Hüfte aufwärts erinnerte er an einen hünenhaften, aufgedunsenen Trunkenbold aus den Edinburgher Pubs, der sich wegen der Hitze das Hemd vom Leib gerissen hat. Auf seiner fast unbehaarten Brust gab es mächtige Hautfalten, die wie welke Frauenbrüste aussahen, ein Eindruck, den die großen, dunklen Brustwarzen noch verstärkten; Darwin aber wußte, daß die übrigen Muskeln des Tiers nicht eine Unze Fett angesetzt hatten. Etwas Weibliches hatten auch die langen rötlichen Zöpfe an sich, zu denen die wuchernde Wolle an den Flanken des Riesenkörpers, an den breiten, kräftigen Schenkeln und am üppig gewölbten Bauch sich kringelte.

Der Orang-Utan hob die Arme und klopfte mit beiden Fäusten einmal leicht gegen den Boden. Darwin stampfte zur Antwort mit dem Fuß auf, pfiff erneut und trat dem Tier entgegen. Ihre Blicke trafen sich, und Darwin hatte das Gefühl, daß der Affe vorzüglich Bescheid wußte. In welcher Weise dessen primitive Wahrnehmung das Wesen der Vorgänge reflektierte, wußte er nicht, spürte aber, daß sein Gegenüber gleich ihm zum Letzten bereit war, zum brutalen, unerbittlichen Kampf um das Dasein. Es waren Winzigkeiten im Verhalten des Tieres, an denen Darwin dies erkannte – Details, die einem außenstehenden Beobachter wenig verraten hätten, für sein geübtes Auge jedoch an Deutlichkeit nichts zu wünschen übrig ließen.

Der kurze Hals des Männchens bebte, und die ihn überziehenden Furchen weiteten sich ab und zu – wie stets im Moment höchster Erregung blähte der Orang-Utan seinen Kehlsack. Mitunter schloß er die Lider halb, stieß einen leisen Ton aus, ein »O-oh«, und verlagerte sein Gewicht, das nun ganz auf den durchgedrückten Armen lag. Darwin ließ diese Arme nicht aus den Augen, während er sich dem Orang-Utan näherte, und als sie sich vom Boden lösten, ging er jäh in die Hocke.

Die riesige Klaue fuhr über seinen Kopf hinweg und griff ins Leere. Darwin war schon in unmittelbarer Nähe. Blitzschnell streckte er sich und stieß den Affen, ehe der Zeit hatte, wieder nach ihm zu greifen, kräftig prustend vor die Brust. Der Orang-Utan schwankte, ruderte mit den Armen, und Darwin versetzte ihm einen gezielten, trockenen Faustschlag auf die platte, dunkle Nase.

Der Orang-Utan ging polternd zu Boden, stand jedoch im nächsten Moment wieder auf den Füßen.

»O-oh«, jaulte er wütend und sprang um Darwin herum, vermied es aber, ihm zu nahe zu kommen. Indem er die Arme in den Boden stemmte und die kurzen, haarigen Beine weit zur Seite warf, veränderte er seine Position. Darwin, ein kaltes Lächeln auf dem Gesicht, folgte ihm nach, wobei er sich so um seine Achse drehte, daß er den Affen immer vor sich hatte. Der Orang-Utan stoppte nun, riß die Vordergliedmaßen vom Boden und schlug sich mit den langen, grauen Händen kräftig gegen den Bauch.

»O-oh«, jaulte er wieder und schleuderte die Arme zur Seite dabei.

»Ha!« rief Darwin und sprang ihm geschwind gegen die Brust, wodurch sie beide zu Boden gingen. Darwins Finger drückten die runzlige Kehle des Männchens ab, während die halbgekrümmten Beine den Bauch umklammerten. Der Orang-Utan versuchte sich zu entwinden, zuckte einige Male kräftig unter dem Körper seines Angreifers, doch Darwin hielt sich wacker obenauf, und seine Finger drückten noch fester zu. Die

Pranken des Tieres fuhren eine Zeitlang ziellos durch die Luft, streiften ihn leicht an den Seiten und verkrallten sich plötzlich in seinen Koteletten – anscheinend wollte ihm der Affe gleichfalls an die Kehle, Darwin aber, in weiser Voraussicht, hatte das Kinn fest gegen die Brust gezogen. Der Orang-Utan riß noch kräftiger an dem Backenbart, zerrte ihn zu sich heran und hatte Darwins Gesicht schon fast vor seinem Maul liegen.

Eine Weile lagen Mensch und Affe bewegungslos, und nur ihr schneller, röchelnder Atem durchschnitt die Stille.

›Im Prinzip‹, dachte Darwin, vor dem üblen Gestank aus dem Rachen des Tieres die Nase rümpfend, ›ist die Natur ein Ganzes. Ein einziger großer Organismus, in dem verschiedene Wesen beziehungsweise Arten die Funktionen der einzelnen Organe ausüben. Und was oberflächlich besehen wie ein erbitterter Kampf auf Leben und Tod anmuten kann, ist im Grunde nichts anderes als die Selbsterneuerung dieses Organismus, ein Prozeß, wie er analog in jedem beliebigen Lebewesen vor sich geht, wenn die alten Hautschichten absterben und von den neuen, nachfolgenden gewissermaßen abgestoßen werden … Was ist die einzelne Existenz, vom Standpunkt der Art aus betrachtet? Was die Existenz einer Art vom Standpunkt allen Lebens? Bloßer Schein …‹

Die beiden Körper rührten sich nicht, ein Augenpaar schaute in das andere. Zwei Existenzen waren sich begegnet, lagen nun ineinander verflochten wie in einer Liebesumarmung, und nur eine würde den Sieg davontragen, nur eine sollte überdauern, während die andere, weniger angepaßte und darum weniger seinswürdige sterben müßte und als Nahrung herhalten für Myriaden anderer Wesen, große, kleine und für das Auge gänzlich unsichtbare, denen ein tödlicher Kampf um jedes Partikelchen toten Fleisches ebenso bevorstand.

›Von daher‹, überlegte Darwin, während er Kraft schöpfte für den letzten Gang, ›ist auch der ingrimmigste Kampf zweier Kreaturen nur die Wechselwirkung zweier Atome des Seins, eine chemische Reaktion eigener Art. In Wirklichkeit sind wir alle eins, sind Zellen eines unsterblichen, unablässig mit seiner Selbstverzehrung befaßten Geschöpfes, welches Leben heißt. Die Natur kennt keine Individuu-u-u …‹

Der Orang-Utan zuckte, krümmte den Rücken, und das haßerfüllte Stöhnen aus zwei Kehlen verschmolz zu einem langgezogenen, von Leid und Lebenslust getragenen Gebrüll. Für wenige Momente schien ein einziger Körper entstanden, vierarmig und vierbeinig, an dem nicht zu bestimmen war, welcher Rumpf und welche Gliedmaßen zu wem gehörten. Eine Hand grub sich in eine Kehle; Finger rissen an einem Haarbüschel; ein heftig zitternder Leib preßte sich an einen anderen. Rippen knackten, Zähne knirschten, Hauer wurden gefletscht. Speichel spritzte, die Luft im Hals gluckerte, Fersen trommelten gegen den Boden. Jede Zelle der vor Anspannung knochenharten Muskeln lag im Todeskampf, bestrebt, das letzte an Kraft aus sich herauszuholen, so als spürte sie, daß diese Chance ein weiteres Mal nicht gegeben sein mochte. Mächtige Schenkel zogen sich zu den Leisten, ein Becken wölbte sich hervor; Waden schurrten gegeneinander; ein haariges Knie drückte sich in einen weichen Bauch; Nasenflügel weiteten sich, eine blaue, blasige Zunge hing heraus.

Zwei widerstreitende Willen hielten sich eine Zeitlang zitternd in der Waage – doch die Entscheidung war bereits gefallen. Einer von ihnen zitterte stärker, gab nach, wich und bröckelte unter dem Druck des anderen; einige Sekunden vergingen, und zwei der vier Au-

gen, von Gleichmut umwölkt, wurden allmählich glä-
sern.

Darwin gewann die Fassung wieder, schüttelte ein
paarmal den Kopf, löste die Finger von der filzigen Gurgel und stellte sich langsam auf die Füße. Er bebte am
ganzen Leibe; ein abgerissener Fingernagel an der
rechten Hand schmerzte, im geprellten Ellbogen
dröhnte es, doch all das fiel nicht ins Gewicht im Vergleich zu dem Gefühl, das aus tiefstem Herzen aufbrach
und allmählich in den Verstand vordrang. Mit zitternder Hand strich sich Darwin den anhaftenden Schmutz
von der Brust.

›Stets muß man sich den Triumph des Seins über die
gebleckte Maske des Schmerzes und des Todes vor Augen halten‹, so dachte er. ›Im Grunde gibt es keinen
Tod, nur Gattungskämpfe gibt es, die die Geburt einer
anderen, erneuerten und vollendeteren Welt begleiten. Hier hat Lamarck zweifelsohne recht.‹

Er blickte um sich. Jedes einzelne Ding in all dem Plun-
der rings um ihn her – Kisten, Säcke, umherliegende
Kartoffeln – hatten jetzt gleichsam ein neues Gesicht;
jeder Gegenstand schien geläutert durch die Emphase
des Sieges, offenbarte nun keusch die ihm innewoh-
nende alltägliche Schönheit.

Noch ganz steifbeinig von der kürzlichen Anspannung
kehrte Darwin langsam zum Tisch zurück, wo die
Kerze brannte, und ließ sich auf der Bank nieder. Einige Zeit wollten ihm keine neuen Gedanken in den
Kopf kommen. Dann betrachtete er die Kratzer auf
seiner behaarten Faust, und Lamarck fiel ihm wieder
ein.

›Und dennoch‹, überlegte er, ›kann von einem bewuß-
ten Streben der Natur nach Vollkommenheit mitnich-
ten die Rede sein. Wir sehen, daß eine Auslese sich
vollzieht, der weniger Angepaßte weicht dem, der besser angepaßt ist. So verdrängt eine Art die andere, in-

dem sie sich in deren Revier breitmacht. Es stellt sich die Frage: Was ist es, was den Grad der Angepaßtheit bestimmt? Ist es die Kraft?‹

Noch einmal betrachtete er seine Faust. Auf dem Handrücken war eine Tätowierung: drei schematisch gezeichnete Kronen und dazwischen ein aufgeschlagenes Buch, auf dessen Seiten in blauschimmernden Großbuchstaben die Worte ›DOMINUS ILLUMINATIO MEA‹ zu lesen waren. Zwischen ›DOMINUS‹ und ›ILLUMINATIO‹ pulste eine knorpelige Ader unter der Haut.

›Nein‹, überlegte Darwin. ›Wäre es nur die physische Kraft, dann dürften nichts als Wale und Elefanten die Erde bevölkern. Entscheidend ist offenbar etwas anderes. Doch was? Was? Manchmal will es mir scheinen, als wäre ich der Lösung des Rätsels ganz nahe …‹

Den mächtigen Schädel mit Händen umgreifend, versank er eine Zeitlang ganz in Gedanken. Das Kerzenflämmchen auf dem Tisch flackerte, das Wachs knisterte, unsichtbar piepsten die Mäuse. Darwin dachte lange nach.

Schließlich kam Bewegung in ihn, er erhob sich, nahm die Stange und klopfte viermal an die Decke. Sogleich kamen vier Schläge zur Antwort, und Darwin klopfte ein weiteres Mal. Er lehnte die Stange zurück, neigte sich zu dem Korb, hob den geflochtenen Deckel und holte zwei grüne Bananen daraus hervor. Er stopfte sie in die Taschen seiner weiten schwarzen Hose, zog die Weste über den Kopf, nachdem er die Schnur ganz gelöst hatte, und warf sie auf den Tisch neben den Gehrock.

Als die unsichtbare Luke klappte und die Dielen des Gangs unter schweren, dennoch federnden Schritten knarrten, war Darwin schon bereit. Diesmal flogen keine Kartoffeln – der neue Gast kam ohne Faxen. Er kam auf allen vieren, selbstsicher und ohne Eile, und als er in den Lichtkreis des zitternden Flämmchens trat, erhob er sich auf die Hinterbeine.

Vor Darwin stand ein Riesengorilla mit gleichmäßig dichtem, kurzem, schwarzem Fell – nur das Gesicht und die nach außen gedrehten Handflächen waren nackt, weshalb er wie ein Kraftsportler im schwarzen Trikot erschien. Der Gorilla hatte einen langen und breiten Rumpf, einen mächtigen Brustkorb und unglaublich lange Hände; er sah so brutal aus, daß Darwin sich plötzlich zart und schwach vorkam – obwohl in den Schultern fast ebenso breit, war er einen ganzen Kopf kleiner.

›Wir wissen also‹, dachte er, schluckend und die Beine auf dem schwankenden Boden grätschend, ›daß es nicht um rohe Kräfte geht. Was dann bestimmt die natürliche Zuchtwahl? Ist es vielleicht die Anpassung an die Bedingungen des Daseins? Die Fähigkeit zur besseren Ausbeutung bestehender Verhältnisse?‹

Er tat einen Schritt auf den Gorilla zu. Dessen tief in den Höhlen sitzende Äuglein blickten furchtlos, doch gespannt unter den kräftig gewölbten Schläfenknochen hervor, die Nase wirkte wie eine häßliche Narbe; nur die Ohren, von denen Darwin eines betrachten konnte, als der Gorilla den Kopf drehte, um die Leiche seines Vorgängers zu betrachten, waren ganz nach Menschenart.

Der Anblick des toten Körpers reizte den Gorilla. Ein leises, hündisches Knurren entfuhr ihm, er fletschte die großen gelben Hauer und maß Darwin mit einem schrägen Blick. Man durfte keine Sekunde länger zögern.

Darwin tat noch zwei große Schritte nach vorn, sprang ab, so kräftig er konnte, und packte im Sprung das von der Decke hängende Tau. Wie ein großes Pendel schwang sein Körper vorwärts, und als er höchstens noch ein Yard von dem erschrocken zurückweichenden Gorilla entfernt war, zog er blitzartig die Beine zum

Bauch und stieß das Tier mit beiden Absätzen direkt vor die breite, ausdruckslose Schnauze – der Affe versuchte sein Gesicht noch zu schützen, doch es war zu spät.

Der Stoß war fürchterlich. Der Gorilla schwankte, verlor das Gleichgewicht und plumpste auf den Boden. Offensichtlich war er betäubt, denn nach dem Fall blieb er reglos liegen. Darwin sprang leichtfüßig ab und schritt zu ihm hin.

›Was heißt Anpassung?‹ überlegte er. ›Was bestimmt den Grad der Befähigung eines Individuums, in diesem oder jenem Milieu leben zu können? Überlebenskünste? Aber das ergäbe einen Circulus vitiosus. Die Anpassung bestimmt die Überlebensfähigkeit, die Überlebensfähigkeit bestimmt die Anpassung. Nein. Mir ist da ein Glied in der logischen Kette entglitten …‹

Er holte mit dem Fuß aus, doch im selben Moment schlug der Gorilla die Augen auf, stieß sich mit den Vorderbeinen ab, und seine Kinnlade klappte über Darwins linkem Stiefel zu. Glücklicherweise hatte Darwin noch Zeit, den Fuß zurückzuziehen, und die Zähne des Tieres gruben sich in den Absatz, wobei sie den dicken Stahlbeschlag auf der Stelle durchbissen. Darwin riß sich nach hinten los, sein Fuß rutschte aus dem Stiefel. Mit einem Satz war der Gorilla auf den Füßen, und binnen weniger Sekunden hatte er den preisgegebenen Stiefel mit Händen und Zähnen in einen unförmigen Lederklumpen verwandelt. Er schmiß ihn zur Seite und näherte sich knurrend dem Gelehrten, streckte die Klauen aus, wobei das Fell auf dem Kopf sich sträubte und die Unterlippe nach unten kippte.

›Schön und gut‹, dachte Darwin, ›aber kann es nicht auch sein, daß die Gesetze der Natur zwar allgemeingültig sind, im Fortleben der einzelnen Arten jedoch unterschiedlich intensiv zur Geltung kommen? Das bedeutete ein Zusammenwirken verschiedener Patterns,

deren Gesamtheit das Resultat der natürlichen Zuchtwahl bestimmt!‹

»Rrrrr!« brüllte er.

Der Gorilla prallte ein Stück zurück.

Darwin zog eine Banane aus der Tasche, schwenkte sie
vor der Schnauze des Gorillas und warf sie dann zur
Decke. Der Gorilla legte den Kopf in den Nacken, warf
die Arme nach oben und wollte die Banane fangen, im
selben Moment traf ihn Darwins bloßer Fuß mit vollem
Schwung im ungeschützten Bauch. Der Gorilla heulte
auf, knickte nach vorn, und sogleich schleuderte ihn
ein kurzer Haken mit der Rechten wieder zu Boden –
er fiel auf die Brust, Darwin warf sich augenblicklich
auf seinen Rücken und packte ihn bei der Kehle.

›Der Intellekt‹, dachte er, während sich seine Finger zu
einem stählernen Ring schlossen, der enger und enger
wurde, ›oder sogar das, was dem Intellekt vorausgeht,
dürfte ein Faktor sein, der die Chancen einer physisch
weniger angepaßten Art im Kampf ums Dasein er-
höht …‹

Doch der Kampf ums Dasein hatte eben erst begonnen.
Von der Erschütterung des unsanften Falles zu sich gekommen, fing der Gorilla wieder zu knurren an und
versuchte, sich auf den Rücken zu drehen. Darwin
grätschte die Beine, um seine Stützfläche zu ver-
größern, und verdoppelte den Einsatz der Kräfte. Im
Hals des Gorillas gluckste es, nun warf das Tier seine
große Klaue nach hinten – Darwin sah die Runzeln der
Hand und die mit einer ledernen Haut verbundenen
mittleren Finger unmittelbar vor sich – und packte ihn
beim Zopf, zu dem er die Haare im Nacken zusammen-
gebunden hatte. Vor Schmerz wurde es Darwin
schwarz vor Augen, und er lockerte den Griff. Der Gorilla nutzte dies augenblicklich und wälzte sich mit einem kräftigen Ruck auf die Seite. Jetzt mußte Darwin
all seine Kräfte anspannen, um ihn in dieser Stellung

zu halten – denn wenn der Affe sich noch ein klein wenig weiterdrehte, wäre er dessen furchtbaren Zähnen schutzlos ausgeliefert.

Darwin stöhnte, er merkte, wie ihm das Bewußtsein schwand. Vor den Augen flimmerte es rot, und plötzlich sah er, klar wie auf einem kolorierten Stich, das dreistöckige, fast bis zum Dach mit Efeu bewachsene Haus seiner Kindheit in Shrewsbury am steilen Flußufer stehen. Er sah sein Zimmer, angefüllt mit Schachteln voller Krebspanzer und Vogeleier, und dann sich selbst, ein kleiner Junge im engen, unbequemen Wämslein, wie er zur Ebbezeit den Strand entlangstrolcht und sich die angespülten Muscheln und Fische besieht. Darauf erschien ihm das verklärte Gesicht des Professor Grant, seines ersten Lehrers, wie es von den Larvenstadien der Blutegel und Moostierchen sprach, andere Gesichter tauchten auf, alte Männer, die er nur von Bildern kannte, die nun aber seltsam lebendig schienen: Erasmus, gestorben sieben Jahre vor seiner Geburt, Carl von Linné, Jean Baptiste de Lamarck, John Stevens (und sogleich fiel ihm dessen Buch über die Insekten Britanniens ein sowie die Unterschrift unter der Zeichnung einer seltenen Grille: ›Gefangen von Ch. Darwin‹). Und alle diese Gesichter schauten ihn hoffnungsvoll an, so als erwarteten sie, daß er wieder zu Kräften kam, daß er siegte und die von ihnen begonnene Sache fortsetzte, sie alle sandten ihm durch das Dunkel der Jahre und über zahllose Meilen hinweg ihre Hilfe und Unterstützung.

›Ich habe kein Recht auf den Tod‹, dachte Darwin, ›denn ich weiß die Hauptsache noch nicht ... Ich darf jetzt nicht sterben.‹

Mit übermenschlicher Anstrengung straffte er die Muskeln seines großen Körpers, nahm den Affenhals unter sich in die Schraubzwinge seiner Hände und hörte die Halswirbel leise knacken. Augenblicklich erschlaffte der Gorilla in der gewalttätigen Umschlingung, doch es brauchte noch etliche Zeit, bis Darwin seinen Griff lösen konnte, er lag auf dem Tier und rang nach Atem.

›Jawohl‹, dachte er, ›nicht bloß Intellekt, sondern auch Wille. Wille zum Leben. Ich muß das alles in Ruhe überdenken.‹

Er erhob sich, ging zum Tisch, warf den Gehrock über die Schultern und ergriff den Leuchter mit der fast niedergebrannten Kerze. Die zerkratzte Brust blutete, der Fuß tat weh, auch die überanstrengten Halsmuskeln meldeten sich – doch Darwin war glücklich. Wieder war er der Wahrheit einige Schritte nähergerückt, und ihr triumphales Licht, noch nicht strahlend, doch schon offenbar, erhellte seine Seele. Darwin schritt über den toten Gorilla hinweg, machte einen Bogen um die obszön gespreizten Beine des Orang-Utan und ging zur Treppe.

Die an Deck führende Luke öffnete sich, Sonnenlicht blendete ihn. Das Geländer im Griff, blinzelte er eine Zeitlang angestrengt, ehe ihm ein paar Hände ehrerbietig entgegenkamen und hinaufhalfen.

Darwin schirmte mit der Hand das Gesicht. Als sich die Augen halbwegs an das Licht gewöhnt hatten, riß er die verklebten Lider auseinander und sah vor sich die glatte, tiefblaue Fläche des Ozeans, über der als weiße Häkchen ein paar Seevögel schwebten. Knapp über der niedrigen Reling sah man durch das Takelwerk hindurch in der Ferne die grünen Gestade irgendeiner unbekannten Insel  liegen – abwechselnd tauchte sie ein wenig ab und dann wieder auf.

»Sir Charles, seid Ihr o.k.?« ertönte die Stimme des Kapitäns an seinem Ohr.

»Nennt mich um Gottes willen nicht Sir«, brummte Darwin. »Ich bitte Euch.«

»Ihr dürft mir glauben«, sagte der Kapitän in feierlichem Ton, »daß es für mich und die gesamte Mannschaft der ›Beagle‹ eine hohe Ehre ist, Euch auf dieser Reise begleiten zu dürfen.«

Darwin winkte mit schwacher Hand ab. Wie um die Worte des Kapitäns zu bekräftigen, donnerte am Bug ein Geschütz, und eine weiße Rauchfahne zog über das Wasser. Darwin schaute auf. An der Reling standen in schnurgerader Reihe die Matrosen – beinahe die gesamte Mannschaft hatte Aufstellung genommen. Dutzende Augenpaare waren verliebt auf ihn gerichtet, und als der Adjutant des Kapitäns, der im Paraderock vor der Formation stand, den Degen schwang, fegte ein donnerndes Hurra über Deck und Meer.

»Ich hatte doch darum gebeten, daß … Es ist mir wirklich unangenehm«, sagte Darwin.

»Ihr seid der Stolz der britischen Krone«, sprach der Kapitän. »Alle meine Männer werden ihren Enkeln von Euch erzählen.«

Peinlich berührt ging Darwin über das Deck und schielte mürrisch nach der Reihe der Matrosen. Neben ihm, bemüht, nicht zurückzubleiben, ging der Kapitän, es folgte der Bootsmann in weißen Handschuhen, der einen Kübel mit auf Eis liegendem Champagner trug. Der feuchte Wind, welcher die Rockschöße blähte, kühlte angenehm Darwins nackte Brust. Er fühlte, wie ihm die Kräfte schnell wiederkehrten.

»Woran denkt Ihr gerade?« fragte der Kapitän.

»Ich denke … Mein Gott, sagt denen doch, daß sie mit dem Gegröle aufhören sollen.«

Der Kapitän gab mit der Hand ein Zeichen, und das letzte Hurra verhallte.

»Ich denke über meine Forschungen nach«, sagte Darwin nüchtern.

»Sir Charles«, sagte der Kapitän, »wenn ich mir die Höhen und Tiefen vor Augen führe, die Euer furchtloser Geist durchstreift, so wird mir ganz ungeheuerlich zumute, glaubt mir. Eure Ideen mögen einem einfachen Offizier Ihrer Majestät nicht einsichtig sein, für ganz unbeleckt halte ich mich jedoch nicht. Auch ich habe seinerzeit in Oxford studiert ...«

Mit einer raschen Bewegung raffte der Kapitän seinen Rockärmel und wies Darwin die Tätowierung vor: drei verschwommene blaue Kronen und dazwischen das aufgeschlagene Buch mit der besagten Inschrift. Darwins Blick hellte sich auf.

»Ich habe in Cambridge studiert«, sprach er, »aber das ist nicht wichtig. Ich denke nach über das Dasein. Dazusein ist etwas Großartiges, finden Sie nicht? Doch erst der Kampf vermag einem diese Freude spürbar zu machen. Der grausame, unerbittliche Kampf um das Recht, diese Luft atmen, dieses Meer und diese Möwen sehen zu dürfen. Sie verstehen?«

Er heftete seine Augen auf den Kapitän. Der nickte tiefsinnig wie einer, der die Bedeutung der ihm zugeflogenen Worte noch nicht erfaßt hat, sich jedoch anstrengt, sie im Gedächtnis zu behalten, um sie von nun an viele Male einsam vor sich herzusagen und ihren Sinn eines Tages doch noch zu begreifen. Ihre Blicke trafen sich. Darwin hob die Hand, um sie seinem Gegenüber auf die Schulter zu legen, doch unversehens schienen die Augen des Kapitäns zu erlöschen – die euphorische Aufmerksamkeit in ihnen wurde von einer beinahe physisch zu spürenden Furcht abgelöst. Traurig lächelnd ließ Darwin die Hand sinken. Zum wievielten Male schon spürte er die Wand, die ihn von den übrigen Menschen trennte, den geschäftigen Alltagsmenschen, inmitten derer zu leben so schwierig war für einen, der der Ewigkeit und der Geschichte angehörte.

Um den Kapitän nicht in Verlegenheit zu bringen, ließ Darwin den Blick nach hinten zum Heck schweifen, wo reihenweise Käfige standen. Dutzende von Affen blickten ihn aus stumpfen Augen an – manche hielten die Gitterstäbe gepackt, manche hockten im Schneidersitz auf dem Boden, andere rutschten träge umher.

Er steckte die Hand in die Tasche, ertastete etwas Feuchtklebriges und zog die zermanschte Banane hervor, an der ein paar dunkelrote Wollhaare hafteten. Er schleuderte die Banane über Bord und wandte sich an den Bootsmann.

»In etwa zwei Stunden schicken Sie mir die nächsten«, sagte er, »ich denke, noch zwei, dann reicht es für heute. Und jetzt ...«

»Champagner?« fragte der Kapitän, der sich wieder gefangen hatte.

»Danke«, sagte Darwin, »vielen Dank, ich muß arbeiten. Außerdem habe ich, um ehrlich zu sein, furchtbare Kopfschmerzen.«

# Ontologie der Kindheit

Meist bist du viel zu sehr in Anspruch genommen von dem, was dir im Augenblick widerfährt, als daß du auf den Gedanken kämst, dir die Kindheit in Erinnerung zu rufen. Überhaupt pflegt das Leben eines erwachsenen Menschen sich selbst zu genügen, es hat, wie soll man sagen, keine Leerstellen, wo eine Eingebung Platz fände, die nicht unmittelbar mit dem zu tun hat, was ringsum ist. Manchmal nur, ganz früh am Morgen, wenn du im Erwachen etwas allzu Vertrautes vor dir siehst – und sei es die Ziegelwand –, dann fällt dir ein, daß sie früher einmal anders war, nicht so wie heute – und das, obwohl sie sich seither nicht im geringsten verändert hat.

Die Ritze zwischen den beiden Ziegeln dort zum Beispiel, darin der Streifen Mörtel, wellenartig hervorgequollen und erstarrt: Sieht man einmal ab von den Jahren, da du der Abwechslung halber mit den Füßen in die andere Richtung liegend eingeschlafen bist, und von jener schon ganz fernen Zeit, da der Kopf sich noch mählich von den Füßen entfernte und der frühmorgendliche Anblick der Wand somit von Tag zu Tag winzige Verschiebungen erfuhr – läßt man all dies außer acht, so war das vertikale Wellenkämmchen im Spalt zwischen den Ziegeln allzeit der erste Morgengruß jener unermeßlichen Welt, in der wir leben – winters, da die Wand von Kälte durchdrungen und manchmal gar von einem zauberhaft schönen Hauch Silber überzogen war, ebenso wie sommers, da sich zwei Ziegel höher ein dreieckiger, unscharf konturierter Sonnenfleck einzustellen pflegte (allerdings nur die wenigen Junitage, an denen die Sonne genügend weit im Westen aufgeht). Im Laufe ihrer langen Reise aus dem Vergangenen ins Heute büßten die Dinge im Umkreis jedoch das Wesentliche ein, eine gewisse undefinierbare, nicht einmal näher zu beschreibende Qualität. Allein schon, wie damals der Tag begann: Die Erwachsenen gingen auf Arbeit, die Tür fiel hinter ihnen ins Schloß, und der ganze große Raum um dich her, die ganze unendliche Vielfalt von Gegenständen und Konstellationen fiel dir zu. Sämtliche Verbote waren aufgehoben, die Dinge schienen gelöst und hatten vor dir nichts mehr zu verbergen. Du konntest hernehmen, was du wolltest, getrost das Allergewöhnlichste, die Pritsche zum Beispiel, die obere, die untere, egal: drei Längsbretter, ein Bandeisen quer darunter, und auf jedem dieser Eisen drei hervorstehende Nagelköpfe. War also auch nur ein Erwachsener in der Nähe, so zog sich die Pritsche zusammen, wirklich, sie wurde schmal und unbequem. Erst wenn alle weg waren, auf Arbeit, wurde sie wieder breit, ließ es jedenfalls zu, daß du bequemer auf ihr zu liegen kamst. Und die Oberfläche jedes dieser Bretter, damals noch ungestrichen, füllte sich mit Ornamenten – die Jahresringe wurden sichtbar, von der Säge in allen nur erdenklichen Winkeln angeschnitten. Sei es, daß sie im Beisein der Erwachsenen Deckung suchten, sei es, daß es dir einfach nicht in den Sinn kam, auf derlei Dinge achtzugeben, wenn die Gespräche von Schichtwechseln, Normen und nahendem Tod schwergewichtig den Raum erfüllten.

Das Erstaunlichste von allem ist freilich die Sonne. Nicht einmal auf diesen blendenden Fleck am Himmel kommt es an, sondern auf den vom Fenster sich herüberziehenden Streifen Luft voller flockiger Stäubchen und winziger eingerollter Fäserchen. Deren Bewegungen sind so rund und fließend (wobei du als Kind ihren Schwarm auch von weitem erstaunlich gut erkennen kannst), daß du bald schon eine eigene kleine Welt in ihnen zu sehen meinst, nach eigenen Gesetzen existierend, in der du entweder schon einmal gelebt hast oder irgendwann später dich wiederfinden würdest, als eines dieser blitzenden, schwerelosen Pünktchen. Und auch hier das gleiche: Du weißt, nicht eigentlich darum geht es, doch anders kannst du es nicht sagen, nicht anders als von ungefähr. Plötzlich siehst du in deiner Nähe getarnte Zonen völliger Freiheit und vollkommenen Glücks. Die Sonne hat die verblüffende Fähigkeit, aus dem wenigen, was sie zu streifen vermag, während sie vom oberen Winkel des einen Fensters in den unteren Winkel des anderen wandert, das Beste herauszuholen. Selbst die mit Stahlblech beschlagene Tür weiß dir nun etwas von sich mitzuteilen, das du verstehst, nämlich: Zu fürchten, was durch sie hereintreten könnte, lohnt nicht. Ja, es gibt überhaupt nichts zu fürchten, sagen die Streifen von Licht auf dem Fußboden und an den Wänden. Nichts Furchtbares ist in der Welt. Jedenfalls so lange nicht, wie diese Welt mit dir spricht; später, von einem ungewissen Moment an, wird sie dir nur noch Bescheid geben.

Als Kind wirst du morgens meist vom Schimpfen der Erwachsenen geweckt. Schimpfend gehen sie in den Tag; im Schlaf, der noch ein wenig fortdauert, erscheint ihre Rede merkwürdig zäh und gedehnt, und an ihrer Stimmlage kannst du nur zu gut ablesen, daß die, die den Streit anzetteln, ebenso wie jene, die sich zur Wehr setzen, in Wahrheit durchaus nicht das empfinden, was sie zu sagen sich Mühe geben. Auch sie sind nämlich noch nicht lange wach, noch nicht zur Besinnung gekommen nach alledem, was ihnen im Traum begegnet ist – selbst wenn sie es schon nicht mehr wissen –, und nun wollen sie sich und den anderen so schnell als möglich beweisen, daß der Morgen, das Leben, die wenigen Minuten bis zum Sammeln, daß all dies wirklich ist. Und kaum ist es ihnen gelungen, sind sie schon ineinander verbissen. Die letzten Morgenzweifel klingen ab, und sie legen sich ins Zeug, um in der Hölle, in die sie eben mit solcher Zielstrebigkeit eingefahren sind, ein etwas behaglicheres Plätzchen abzubekommen. Vom Fluchen geraten sie unversehens ins Scherzen. Daß sie alle ein und dasselbe Schicksal teilen, wird bedeutungslos, sobald es nur minimale Unterschiede gibt, die auszumachen sie gelernt haben – und daß sie allesamt hier ihr Leben aushauchen werden, spielt keine Rolle mehr; eine Rolle spielt, daß einer oben schlafen muß und in Entfernung vom Fenster. Und entscheidend ist, daß du all dies schon begreifst, wenn du noch sehr klein bist und nie imstande wärest, dem Ausdruck zu geben; den Stimmen der Erwachsenen lauschend, die dich durch den morgendlichen Halbschlaf erreichen, geht es dir ein. Seltsam und erstaunlich mag es dir vorkommen – doch ist die ganze Welt zu jener Zeit noch erstaunlich, alles an ihr ist seltsam. Und später wirst du dann ohnehin mit den anderen geweckt.

Es beginnt damit, daß die Erwachsenen sich von oben her über dich beugen und dir ihr zu einem Lächeln verzerrtes Gesicht präsentieren. Anscheinend herrscht in der Welt ein Gesetz, das ihnen gebietet zu lächeln, wenn sie dich meinen – das Lächeln ist selbstverständlich gespielt, Hauptsache, du begreifst: Sie werden dir wahrscheinlich nichts tun. Ihre Gesichter sind wüst – borstig, voller Furchen und Flecken. Sie ähneln in gewisser Weise dem Mond im Fenster; ebenso viele Details. Die Erwachsenen sind leicht zu durchschauen, doch sagen läßt sich über sie fast nichts. Ihr konzentriertes Augenmerk auf dein Leben ist dir oft einfach zuwider. Dem Anschein nach wollen sie gar nichts von dir: Für einen Moment werfen sie die unsichtbare Bürde ab, die sie ihr Leben lang tragen, beugen sich lächelnd über dich und recken sich anschließend, um die Bürde wieder aufzunehmen und weiterzutragen. Doch dies scheint nur auf den ersten Blick so zu sein. In Wirklichkeit erwarten sie, daß du so wirst wie sie, denn sie brauchen jemanden, dem sie im Angesicht des Todes ihre Bürde übergeben können. Nicht umsonst haben sie sie bis dorthin getragen. Abends rotten sie sich des öfteren zusammen und verprügeln einen; derjenige, welcher geprügelt wird, kommt den Prügelnden zumeist auf dezente Weise entgegen und wird darum ein wenig verhaltener geprügelt. In der Regel lassen sie sich dabei nicht gern zuschauen, doch kann man sich immer irgendwo zwischen den Pritschen versteckt halten und durch den üblichen fingerbreiten Spalt in den Planken verfolgen, was sich abspielt. Und eines Tages dann – mag der dem Augenblick auch noch so fern sein, da du aus deinem Versteck der ganzen Prozedur zuschaust – eines Tages wird es soweit sein, und du selbst kauerst zum ersten Mal zwischen den nach vorn schnellenden, in Segeltuchlatschen und Filzstiefeln steckenden Füßen – bemüht, denen, die dich prügeln, entgegenzukommen.

Wenn du dann lesen lernst, ist es zunächst nicht der Text, der deine Gedanken lenkt, nein, deine Gedanken lenken den Text. Der Riß verläuft immer an der spannendsten Stelle, und wenn du aus dem Fetzen Zeitung erfährst, daß der Saal die Genossen Soundso und Soundso mit Beifall begrüßte, dann überlegst du erst einmal, daß es sich doch um zwei sehr hohe Tiere handeln muß, wenn selbst die Saalmauern sich herabgelassen haben, Beifall zu spenden. Und du schließt die Augen und beginnst, dir den Saal samt Genossen und Beifall auszumalen, und dabei gelingt es dir auf die Schnelle, ein richtiges kleines Extraleben zu leben, eines, das denen, die auf den Nachbarpritschen hocken, absolut verborgen bleibt. Und all dies aufgrund eines Zeitungsschnipsels, nicht größer, als er auf die Seite eines Teepäckchens paßte, mit einem Schuhsohlenabdruck darauf. Wenn dir dann erst ein richtiges Buch in die Hände fällt, ist das schon ganz und gar unvergleichlich. Welches, ist ganz egal – es gibt hier nicht viele, fünf oder sechs vielleicht, du liest sie alle mehrmals. Und sowieso liest du jedesmal anders. Anfangs sind die Wörter selbst wichtig, hinter jedem von ihnen blitzt sogleich eine Bedeutung auf (›Stiefel‹, ›Pritsche‹, ›Jacke‹), oder aber sinnlose Schwärze gähnt an deren Stelle (›Ontologie‹, ›Intellektueller‹), und man müßte einen Erwachsenen fragen gehen, was man in der Regel lieber nicht tut, weshalb aus der Ontologie eine Taschenlampe und aus dem Intellektuellen ein großer Universalschraubenschlüssel wird. Beim nächstenmal interessieren dich schon die Situationen: Wie einer festen Schrittes in die enge, stinkende Küche geht und mit kräftigen Arbeiterfäusten das widerwärtige, Grimassen schneidende Gesicht des Kellners Proschka demoliert. Kein Erwachsener, der dieses Büchlein nicht irgendwann geschmökert hätte – und jedesmal, wenn sie sich zu dem gewohnten Ring um ihr jeweils anstehendes Opfer scharen und einander ihren stinkigen Atem ins Gesicht schlagen, tun sie reihum den kleinen Ausfallschritt nach vorn und werden für einen Moment zu dem gerechten Arbeiterburschen Artjom, der in seine Attacke allen Haß hineinlegt auf das, was sich da, einem Grimassen schneidenden Kellner ähnlich, vor ihm auf dem Boden sielt. Keine Züchtigung, bei der nicht die Gerechtigkeit triumphierte! Und schließlich, beim dritten Mal, entdeckst du die Stelle, wo der heiße Atem eines Mädchens auf irgendeiner der oberen Pritschen beschrieben steht, und schon ist alles übrige für dich vergessen. Man muß erst ganz erwachsen werden, um zu begreifen, wie kümmerlich und uninteressant das alles ist, was man so viele Male gelesen hat.

Das Glückliche an der Kindheit ist die Einbildung, wenn du dich erinnerst. Glück ist überhaupt Erinnerung. Als du klein warst, haben sie dich den ganzen Tag laufenlassen, du konntest auf allen Fluren spazierengehen, deine Nase überall hineinstecken und dich zum Träumen an Stellen verkriechen, wo vor dir – und außer den Erbauern – keiner je gewesen sein mochte. Inzwischen ist es eine sorgfältig gehütete Erinnerung, damals nicht der Rede wert gewesen: Du gehst den Flur entlang, trübsinnig, weil der Winter anbricht und es nun wieder die meiste Zeit dunkel hinter dem Fenster sein wird; du gehst um eine Ecke, wartest sicherheitshalber, bis zwei fluchende Lederjacken auf dem benachbarten Flur davongepoltert sind, und biegst noch einmal ab, durch eine Tür, die sonst immer verschlossen ist, heute aber steht sie plötzlich sperrangelweit auf. Am Ende des dahinterliegenden Korridors ist Licht. Längs der Wand verlaufen zwei mächtige Rohre, verputzt und sogar geweißt, wie du nun siehst. Ganz hinten, wo das Licht herkommt und eine eiserne Luke offensteht, rumort es von unten, und da du dich vorsichtig über die Luke beugst, siehst du ein riesiges blaues Aggregat stehen, ein sanftes Brummen und Vibrieren geht von ihm aus, dahinter zwei weitere dieser Art, und kein Mensch in der Nähe; man könnte jetzt die Stiege hinabklettern und wäre mittendrin in diesem magischen, von geballten Kräften bebenden Raum. Du tust es nur deshalb nicht, weil hinter dir jeden Augenblick die Tür zuschlagen könnte – lieber kehrst du um und nimmst dir vor, irgendwann wiederzukommen. Später, da dich dein Weg täglich hierher führt und die Pflege der nie ermüdenden eisernen Schildkröten zu deiner offiziellen Lebensaufgabe geworden ist, wird dich des öfteren die Erinnerung heimsuchen: wie es war, als du sie zum ersten Male sahst. Doch Erinnerungen bleichen aus, wenn man sie zu oft benutzt, deshalb behältst du die eine – die an das Glück – in Reserve.

Eine andere, fast nie beanspruchte Erinnerung hängt gleichfalls mit der Unterwerfung eines Raums zusammen. Anscheinend liegt dies noch weiter zurück. Du bist auf einem der Seitenflure, an einem Wintertag (die Fenster bläulich: es dämmert schon); in dem ganzen großen Gebäude herrscht Stille – alle sind auf Arbeit. Es scheint wirklich keiner da zu sein, du erkennst es daran, wie alles ringsum ausschaut. Erwachsene verändern die Umwelt; jetzt jedenfalls wirkt der halbdunkle Flur ungewöhnlich geheimnisvoll, ganz in Schatten versunken – ein bißchen furchterregend sogar. Das Licht ist noch nicht eingeschaltet, bald wird es soweit sein, doch bis dahin kann man sich ein sehr seltenes Vergnügen leisten: zu rennen. Du startest bei der Brandschutztafel an dem stumpfen, dunklen Ende des Korridors (eine höchst merkwürdige Tafel: darauf sind mit Ölfarbe ein Beil, ein Brandhaken und ein Eimer gemalt), du fegst ein Stück den Flur entlang und genießt dabei die Leichte und Losgelassenheit, mit der du den Flur in die Kurve zwingst, die Wände soweit bringst, sich zu neigen, zu nahen oder zu fliehen – und all dies nur auf die winzigen Befehle hin, die du deinem Körper erteilst. Am faszinierendsten freilich ist es, nach rechts einzubiegen, in das kurze Stück Flur, welches auf ein mit Drahtgeflecht bespanntes Fenster stößt. Ungefähr zwanzig Meter vor der Ecke schon hältst du dich links,

nahe der Wand, und wenn gegenüber die sperrhölzer-
ne Klappe mit der Aufschrift ›PK15-Sch‹ auftaucht,
stößt du dich ab und ziehst in weitem Bogen, den Körper tief geneigt, nach rechts. Die Sekundenbruchteile,
die du mit deiner rechten Hüfte beinahe über den Fuß-
bodenfliesen hängst, machen dich unvergleichlich frei.
Dann fliegst du leichtfüßig das letzte Stück Korridor
entlang, krallst die Finger in die Waben des Drahtgit-
ters und spähst aus dem Fenster: Draußen ist es schon
dunkel, und über dem Zaun, auf dessen Säulen hohe
Schneehauben sitzen, brennen ein paar kalte, blaue
Laternen.

Die Laute, die von draußen hereindringen, sind völlig
anders geartet als die, die irgendwo auf dem Flur oder
hinter den Trennwänden ihren Ursprung haben. Der
Unterschied liegt weniger in der Beschaffenheit dieser
Laute – ob sie laut oder leise, schrill oder gedämpft
sind – als vielmehr in dem, was man sich dahinter
vorzustellen weiß. Von Menschen verursacht sind sie
allesamt; die aber, die im Inneren des mächtigen Ge-
bäudes entstehen, nimmt man als Kollern im Gedärm
oder Knacken der Gelenke dieses großen Organismus
wahr, zu profan und zu erklärlich, als daß sie Neugier
wecken könnten. Ganz anders das, was von jenseits
des Fensters kommt: Es ist nahezu der einzige Beweis,
daß die übrige Welt existiert, und jeder Laut von da ist
außergewöhnlich bedeutsam. Das Klangbild dieser
Welt hat sich seit der Kindheit kräftig gewandelt, auch
wenn seine wesentlichen Komponenten die gleichen
geblieben sind. Zu den ganz typischen Klängen von
außerhalb zählen zum Beispiel die fernen, dröhnenden
Schläge Metall gegen Metall, die Frequenz doppelt oder
dreifach so niedrig wie der Puls. Es gibt dazu ein sehr
interessantes Echo, dem Anschein nach kommt das
Hämmern nicht von einem Punkt, sondern vom

ganzen Horizontbogen zugleich. Zuallererst, also noch zu der Zeit, da du nach dem allgemeinen Wecken weiterschlafen durftest, waren diese Schläge eine Skala, wenn nicht gar ein äußeres Fundament für die Zeit, anhand dessen die abendlichen Abreibungen und die morgendlichen Wortgefechte der Erwachsenen ihre nötige Dimension und Kontinuität erhielten. Später verwandelte sich dieses gleichmäßige Hämmern in das Pulsieren eines Weltherzens – und blieb es so lange, bis irgendwer Auskunft gab, daß da auf einer Baustelle Pfähle eingerammt würden. Dazu kamen das Brummen ferner Autos, das Tuten einer Rangierlok auf dem Güterbahnhof, Stimmen und Gelächter (häufig von Kindern), das Dröhnen von Flugzeugen am Himmel (welches etwas Prähistorisches an sich hat), die Geräusche des Windes und schließlich Hundegebell. Es heißt, früher habe einmal eine Methode existiert, die es erlaubte, mit dem Zellennachbarn in Kontakt zu treten (damals saß man angeblich einzeln ein, was eigentlich unvorstellbar ist), und das ging so: Einer fing an, auf bestimmte Weise an die Wand zu klopfen, wobei in der Abfolge der Klopfzeichen eine Nachricht chiffriert war, und dann wurde aus der Nachbarzelle unter Verwendung desselben Kodes Antwort gegeben. Bestimmt ist dies eine Legende. Welchen Sinn soll es haben, eine besondere Sprache zu entwickeln, wenn sich doch ganz prima über alles reden läßt, während man den ganzen Tag zusammen auf Arbeit ist? Wichtig ist aber die Idee – Kombinationen für sich genommen sinnloser, anscheinend nur zufällig hereindringender Schläge übermitteln das Wesentliche. Manchmal denkst du: Wenn es nun unserem Schöpfer einfiele, per Klopfzeichen mit uns in Kontakt zu treten – wie würde sich das anhören? Gewiß so ähnlich wie das ferne Einschlagen von Pfählen in den hartgefrorenen Grund. Jedenfalls in steten Intervallen. Zu morsen gäbe es da nichts.

Je erwachsener du bist, desto weniger verzwickt ist diese Welt; und dennoch gibt es da viel Unbegreifliches. Nimmt man nur einmal die zwei Himmelsquadrate an der Wand (purer Himmel von der unteren Pritsche aus; wer oben sitzt, sieht noch die dicken Schornsteinenden in der Ferne). Des Nachts erscheinen die Sterne darin, tagsüber Wolken; letztere werfen sehr viele Fragen auf. Wolken begleiten dich seit frühester Kindheit, und so viele sind in diesen Fenstern schon geboren worden, daß es dich jedes Mal wundert, wenn du wieder auf etwas Neues stößt. Jetzt zum Beispiel hängt gerade ein aufgeklappter Fächer im rechten Fenster, roséfarben (bald schon geht die Sonne unter), aus einer Unzahl flockiger Streifen zusammengesetzt, so als wären die Luftflotten aller Welt zugange gewesen (nebenbei gesagt, wüßtest du gern, wie einer die Welt sieht, der sein Leben dort oben in den Lüften fristet), während der Himmel im linken Fenster einfach von schrägen Linien durchzogen ist. Du kommst zu dem Schluß, daß jener unendlich ferne Punkt, woher der Wind weht, heute just dem rechten Fenster gegenüberliegt. Gewiß hat das etwas zu bedeuten, dir ist nur leider der Kode nicht bekannt ... Da hast du es, Gottes Klopfzeichen. Irrtum ausgeschlossen. Genausowenig irrst du, wenn du in einem anderen Schauspiel einen bestimmten Sinn siehst: Auf der grauen Front der Novemberwolken zeichnet sich plötzlich ein verschwommener Fleck ab, ein blasses, unregelmäßiges Dreieck (du sahst es bereits einmal an einem Sommermorgen auf den Ziegeln neben deinem Gesicht), und aus dessen Mitte scheint, durch rasch dahinziehende Nebelschwaden hindurch, die Sonne. Oder – im Sommer – der rote, den halben Himmel einnehmende Wolkenhügel am Horizont (nur von der oberen Pritsche aus). Früher gab es eine Menge Gegenstände und Geschehnisse, die bereit waren, dir auf den ersten Blick ihre wahre Natur zu offenbaren –

eigentlich beinahe alle. Als einmal ein Photo des Gefängnisses von Hand zu Hand ging, aufgenommen von außerhalb (vermutlich von dem Wachturm über der geschlossenen Abteilung der Großbäckerei), da fragtest du dich, wieso die alteingesessenen Gefangenen dermaßen ergriffen waren. Hatte ihr Leben etwa nichts Wunderlicheres zu bieten? Das miese Stück Kuchen am Abend zum Beispiel, der bekannte Mief aus der Latrine, der naive Stolz auf die Gaben des menschlichen Verstandes. Und daß man bei Gott anklopfen kann. Denn alles das zu fühlen und zu verstehen heißt ja schon, ihm Antwort zu geben. So denkst du als Kind, wenn die Welt noch aus simplen Analogien gefügt ist. Erst später begreifst du, daß mit Gott Zwiesprache zu halten schon deshalb unmöglich ist, weil du selbst seine Stimme bist, die mit der Zeit immer dumpfer und leiser wird. Mit dir geschieht, wenn man es recht bedenkt, ungefähr dasselbe wie mit einem Schrei aus der Kehle eines der Fußballspieler auf dem Hof, während er zu dir herauffliegt.

Etwas ging vor sich mit der Welt, wo du aufwuchst – Tag für Tag veränderte sie sich ein wenig, Tag für Tag gewann, was dich umgab, eine Bedeutungsnuance hinzu. Begonnen hat alles einmal am sonnigsten und glückseligsten Ort auf Erden, wo ein paar Leute wohnen, die in ihrem Gebundensein an Segeltuchlatschen und schwarze Wattejacken etwas komisch wirken – und dadurch um so vertrauter; auf den freudvollen grünen Fluren, beim heiteren Spiel der Sonne am Drahtgitter mit dem blätternden Anstrich, beim inbrünstigen Gezwitscher der Schwalben, die sich ihr Nest unter dem Blechdach der Werkhalle gebaut hatten, beim festlichen Dröhnen der zur Parade kriechenden Panzer – wenn sie auch nicht zu sehen sind hinter der Mauer, so vermagst du doch am Klang zu unterscheiden, wann ein Kampfpanzer kommt und wann ein Schützenpanzer; beim einträchtigen Gelächter der Erwachsenen, mit dem sie auf einige deiner Fragen reagieren; beim Lächeln des Wächters, wenn du mit ihm auf dem Flur zusammenstößt; beim Schwanzwedeln des großen Schäferhundes, mit dem er auf dich zugesprungen kommt. Späterhin beginnt dieser allerschönste Ort zu verblassen. Plötzlich gewahrst du die Risse in den Wänden, den schweren Gestank aus dem Küchentrakt, lästig vor allem in seiner Alltäglichkeit; und allmählich schwant dir, daß auch hinter der vertrauten Mauer mit den frisch verschmierten Scharten Leben ist – kurz, mit jedem neuen Tag bleiben bezüglich deines wahren Schicksals immer weniger Fragen offen. Und je weniger dir verborgen bleibt, desto weniger sind die Erwachsenen geneigt, ob deiner Reinheit und Arglosigkeit Nachsicht zu üben; die Welt zu sehen, bedeutet demnach schon, sich schmutzig zu machen, teilzuhaben an all den Widerwärtigkeiten dieser Welt – und in den toten Winkeln der Flure, den dunklen Ecken der Zellen geschieht des Abends viel Schreckliches. Und wie beim Scharfstellen einer Kamera taucht da plötzlich aus dem schütteren Nebel der in Vergessenheit geratenden Kindheit etwas hervor: Du begreifst, im Gefängnis geboren und aufgewachsen zu sein, am schmutzigsten, stinkigsten Ort der Welt. Und in dem Moment, da du es ganz begriffen hast, beginnen die Gesetze deines Gefängnisses in vollem Maße auch für dich zu gelten. Doch was ist dabei? Die Welt ist nicht von Menschen erdacht, mußt du wissen – so sehr sie sich den Kopf zerbrechen, sie können das Leben des allergeringsten Häftlings von dem, sagen wir, des Wirtschaftsleiters nicht im geringsten unterscheidbar machen. Wenn das in den verschiedenen Seelen erzeugte Glück sich aber so sehr gleicht – was spielt dann noch für eine Rolle, woran es sich entfacht hat? Es gibt ein

Mindestmaß an Glück, das dem Menschen im Leben zusteht, und was immer ihm geschieht, dieses Glück ist ihm nicht zu nehmen. Um sagen zu können, was gut ist und was schlecht, müßte man zumindest wissen, wer den Menschen konstruiert hat und wozu.

Die Dinge verändern sich nicht, doch etwas an ihnen vergeht, während du heranwächst. In Wirklichkeit bist du es, der dieses Etwas verliert, jeden Tag gehst du unwiderruflich daran vorbei, an der Hauptsache. Es geht abwärts – und kein Halt, kein Aufschub bei diesem langsamen Fall ins Nichts, nur die Worte lassen sich wählen, mit denen du beschreibst, was dir geschieht. Die Möglichkeit, aus dem Fenster zu sehen, ist die Hauptsache nicht, und dennoch nimmt es dich gehörig mit, wenn sie dich plötzlich nicht mehr auf den Flur lassen – du bist nun beinahe erwachsen und bekommst zur Feier irgendeines Tages Stiefel und Wattejacke ausgehändigt. Aus der Vielzahl von Panoramen, dir einst zur ständigen Verfügung, ist ein einziges geblieben, an dem du dich auch nur erfreuen kannst, wenn du die kurze Bank zur Wand klappst und dich auf ihren Rand stellst: der von einer nicht sehr hohen Betonmauer umgebene Hof, die beiden rostigen Busse – besser gesagt, Wracks, toten Wespen ähnlich –, die hohlen gelben Karossen; das langgestreckte Gebäude des Nachbargefängnisses mit dem braunen Kuppeldach; dazu die entlegeneren Gefängnisse am Horizont und schließlich der Himmel, der den Rest des viereckigen Fensterschachts einnimmt. Was du über viele Jahre hin täglich zu Gesicht bekommst, wird allmählich zu einem Denkmal deiner selbst – dessen nämlich, der du einmal gewesen –, es trägt den Abdruck der Gefühle eines schon fast entschwundenen Menschen, der in dir für ein paar Augenblicke Gestalt annimmt, wenn du siehst, was auch er einst gesehen hat. Sehen heißt in Wirklichkeit, dem Standardabbild auf der Netzhaut des menschlichen Durchschnittsauges die Seele aufzulegen. Früher haben sie auf diesem Hof Fußball gespielt, sind hingefallen und wieder aufgestanden im Kampf um den Ball. Jetzt sind nur noch die verrosteten Busse da. In Wirklichkeit bist du, seit du mit den anderen zur Schicht gehst, nur zu müde, als daß sich in deinem Innern noch etwas regen und auf deiner Netzhaut Fußball spielen könnte. Doch ganz gleich, welcher landesweite Wäschewechsel gerade einmal wieder ansteht: Was einer (dein früheres Ich – wenn das auch nur irgend etwas zu bedeuten hat), auf der kippelnden Bank stehend und aus dem Fenster blickend, einmal gesehen hat, ist seiner Vergangenheit nicht mehr zu entreißen: Ein paar Männer spielen einander den Ball zu, lachend – ihre Stimmen, die Fußtritte gegen das Leder dringen mit einiger Verspätung an dein Ohr; einer – er trägt ein grünes Trikot – stößt urplötzlich nach vorn, dribbelt mit dem Ball auf das Tor aus zwei alten Radkappen zu, schießt und trifft, verschwindet aus dem Blickfeld – und die Freudenschreie der Spieler klingen zu dir herauf. Wie merkwürdig! In dieser Zelle lebte einmal ein kleiner Häftling, der hat all dies gesehen, und jetzt ist er nicht mehr da. Hin und wieder scheint ein Fluchtversuch zu glücken, vorausgesetzt, er wurde in aller Heimlichkeit begangen – und wo der Geflohene sich verbirgt, weiß keiner, nicht einmal er selbst.

# Die blaue Laterne

Im Schlafsaal war es der vor dem Fenster stehenden Laterne wegen fast taghell. Das Licht schien bläulich und leblos, und ohne den Mond, den man sehen konnte, wenn man sich weit nach rechts aus dem Bett herausbeugte, wäre es noch viel gruseliger gewesen. Der Mondschein milderte das Totenlicht, das keilförmig von dem hohen Pfahl hereinschlug, machte es geheimnisvoller und sanfter. Aber wenn ich mich rechts heraushängte, hoben die beiden Bettpfosten auf der anderen Seite für einen Moment ab, um kurz darauf kräftig auf den Boden zurückzukrachen, ein düsterer Ton, der zu dem blauen Lichtstreif zwischen den zwei Bettreihen auf merkwürdige Weise paßte.

»Hör endlich auf da hinten«, sagte Krücke und zeigte mir die fahlblaue Faust, »man versteht ja nichts.«

Ich fing an zuzuhören.

»Kennt ihr den von der toten Stadt?« fragte Tolstoi.

Keiner antwortete.

»Also. Ein Mann fährt zwei Monate auf Dienstreise. Wie er wieder nach Hause kommt, sieht er, daß alle Leute tot sind.«

»Wie, liegen die alle tot auf den Straßen rum?«

»Nein«, sagt Tolstoi, »sie gehen auf Arbeit, reden miteinander und stehen Schlange. Alles wie immer. Aber er sieht, daß sie in Wirklichkeit tot sind.«

»Woran sieht er das?«

»Woher soll ich das wissen«, erwidert Tolstoi, »ist ja nicht mir passiert, sondern ihm. Irgendwie hat ers mitbekommen. Jedenfalls hat er erstmal beschlossen, so zu tun, als merkte er nichts, und fährt zu sich nach Hause. Er hat eine Frau, und wie er die sieht, weiß er gleich, daß sie auch tot ist. Dabei hat er sie sehr liebgehabt. Und er fängt sie an auszufragen, was denn passiert ist, während er weg war. Und sie antwortet, gar nix ist passiert. Sie weiß nicht mal, was er von ihr will. Da beschließt er, ihr alles zu sagen, und meint: ›Weißt du eigentlich, daß du tot bist?‹ Und die Frau sagt: ›Klar weiß ich das.‹ Und er wieder: ›Weißt du, daß alle Leute in der Stadt tot sind?‹ Und sie: ›Klar. Weißt du denn nicht, warum alle tot sind?‹ ›Nein.‹ – ›Auch nicht, warum ich tot bin?‹ – ›Nein.‹ – ›Soll ichs dir sagen?‹ fragt sie. Der Mann kriegt einen großen Schreck, meint aber trotzdem: ›Los, sags mir!‹ Da sagt sie: ›Weil du selber auch tot bist.‹«

Den letzten Satz brachte Tolstoi mit so trockener und offizieller Stimme hervor, daß man wirklich Angst bekommen konnte.

»Was muß der auch auf Dienstreise fahren ...«

Das kam von Kolja, einem ganz kleinen Jungen – ein, zwei Jahre jünger als alle anderen. Was man ihm aber nicht ansah, da er eine riesige Hornbrille trug, die ihm Würde verlieh.

»Jetzt bist du dran«, sagte Krücke zu ihm. »Weil du als erster geredet hast.«

»Das war heute nicht abgemacht«, sagte Kolja.

»Gilt aber immer«, gab Krücke zurück, »mach schon, halt uns nicht auf.«

»Besser, jetzt erzähle ich was«, sagte Wasja. »Kennt ihr den vom blauen Fingernagel?«

»Natürlich«, kam ein Flüstern aus der Ecke. »Kennt doch jeder.«

»Dann vielleicht den vom roten Fleck, kennt den einer?« fragte Wasja.

»Kennt niemand«, antwortete Krücke für alle. »Erzähle.«

»Kommt einmal eine Familie nach Hause«, beginnt Wasja gemächlich, »und sieht, an der Wand ist ein roter Fleck. Die Kinder sehen ihn als erste und rufen die Mutter, um ihn ihr zu zeigen. Die Mutter sagt nichts. Guckt bloß und lächelt so komisch. Da rufen die Kinder den Vater. ›Guck mal, Papa!‹ Aber der hat schreckliche Angst vor der Mutter. Zu den Kindern sagt er: ›Los, raus hier, das geht euch nichts an.‹ Und die Mutter steht da, lächelt und sagt nichts. Dann sind sie ins Bett gegangen.«

Wasja macht eine Pause und seufzt.

»Und, weiter?« fragt Krücke nach ein paar Sekunden Stille.

»Weiter gings am nächsten Früh. Sie wachen auf und merken, daß das eine Kind nicht da ist. Die übrigen Kinder gehen zur Mutter und fragen: ›Mama, Mama, wo ist denn unser großer Bruder?‹ – ›Er ist zur Oma gefahren‹, antwortet die Mutter, ›bei der Oma ist er.‹ Die Kinder glauben ihr das. Die Mutter geht auf Arbeit, am Abend kommt sie wieder und lächelt. Die Kinder sagen zu ihr: ›Mama, wir haben Angst!‹ Und sie lächelt bloß wieder so und sagt zum Vater: ›Sie hören nicht auf mich. Gib ihnen eine Tracht Prügel.‹ Der Vater tut das. Die Kinder wollen weglaufen, aber die Mutter hat ihnen etwas Bestimmtes zum Abendbrot gegeben, daß sie nicht aufstehen können ...«

Die Tür ging auf, alle schlossen sofort die Augen und stellten sich schlafend. Nach kurzer Zeit ging die Tür wieder zu. Wasja wartete ab, bis sich die Schritte auf dem Flur entfernt hatten.

»Am nächsten Früh wachen sie auf und sehen, es fehlt schon wieder ein Kind. Nur noch ein kleines Mädchen ist da. Das läuft zum Vater und fragt: ›Wo ist denn mein mittlerer Bruder?‹ Der Vater antwortet: ›Er ist im Ferienlager.‹ Und die Mutter sagt: ›Wenn du es weitersagst, kriegst du Dresche!‹ Nicht mal in die Schule darf das Mädchen gehen. Abends kommt die Mutter und füttert das Mädchen, so daß es wieder nicht aufstehen kann. Derweil verriegelt der Vater Türen und Fenster.«

Wasja verstummte aufs neue. Diesmal bat ihn keiner fortzufahren, nichts als Atmen war im Dunkeln zu hören.

»Irgendwann kommen welche vorbei und sehen, daß die Wohnung leersteht«, hob Wasja wieder an. »Es dauert ein Jahr, dann ziehen neue Mieter ein. Die sehen den roten Fleck an der Wand, gehen näher ran, reißen die Tapete ab – und da sitzt die Mutter dahinter, ganz blau, so vollgepumpt mit Blut, daß sie nicht rauskriechen kann. Sie hat die ganze Zeit die Kinder gefressen, und der Vater hat mitgeholfen.«

Eine Zeitlang herrschte Schweigen, bis einer fragte:
»Wasja, was ist deine Mutter von Beruf?«
»Geht dich nichts an«, sagte Wasja.
»Hast du eine Schwester?«
Von Wasja kam keine Antwort mehr – entweder war er beleidigt oder eingeschlafen.
»Tolstoi«, sagte Krücke, »erzähl noch was von den Toten!«
»Wißt ihr, wie man ein Toter wird?« fragte Tolstoi.
»Klar«, sagte Krücke, »man stirbt und fertig.«
»Und dann?«
»Nix weiter«, meinte Krücke. »Alles wie im Traum. Nur daß man nie wieder aufwacht.«

»Nein«, sagte Tolstoi, »das mein ich nicht. Womit alles anfängt, wißt ihr das?«

»Womit denn?«

»Damit, daß man sich Totenwitze erzählt. Und dann liegt man da und fragt sich: Wieso erzählen wir uns eigentlich Totenwitze?«

Jemand kicherte nervös, Kolja setzte sich plötzlich auf und sagte sehr ernst:

»Leute, hört jetzt auf.«

»Siehst du«, sagte Tolstoi befriedigt, »genauso geht das. Hauptsache, du hast erstmal gemerkt, daß du tot bist, der Rest ist ganz einfach.«

»Du bist ja selber tot«, warf Kolja verzagt hin.

»Bestreite ich gar nicht«, sagte Tolstoi. »Und nun überleg mal, wieso du plötzlich mit einem Toten reden kannst.«

Kolja ließ sich Zeit zum Überlegen.

»Krücke«, fragte er, »du bist aber nicht tot, stimmts?«

»Ich? Wie soll ich sagen …«

»Und du, Ljoscha?«

Ljoscha war Koljas Freund von zu Hause.

»Kolja«, sagte er, »denk doch mal selber nach. Du wohnst eigentlich in der Stadt, stimmts?«

»Ja«, erklärte Kolja sich einverstanden.

»Und plötzlich bringen sie dich woandershin, ja?«

»Ja.«

»Und plötzlich merkst du, daß du zwischen Toten liegst und selber tot bist.«

»Ja.«

»Na also«, sagte Ljoscha, »streng dein Gehirn an.«

»Die ganze Zeit haben wir gewartet und gedacht, er muß doch mal endlich selber drauf kommen«, sagte Krücke. »Seit ich tot bin, hab ich noch keinen so dämlichen Toten erlebt. Du weißt wohl nicht mal, wieso wir uns hier alle getroffen haben?«

»Nein, weiß ich nicht«, sagte Kolja. Er hockte im Bett, die Beine eng an die Brust gezogen.

»Wir nehmen dich ins Reich der Toten auf«, sagte Krücke.

Etwas zwischen Murmeln und Schluchzen entrang sich Koljas Kehle, er sprang vom Bett und flitzte wie ein Geschoß auf den Korridor; das schnelle Trappeln seiner nackten Füße war von dort zu vernehmen.

»Nicht lachen«, flüsterte Krücke. »Das hört er.«

»Gibts doch gar nichts zu lachen«, meinte Tolstoi melancholisch. Ein paar lange Sekunden war es völlig still, dann fragte Wasja aus seiner Ecke:

»Mensch, wenn nun …«

»Ist schon gut«, sagte Krücke. »Tolstoi, erzähl lieber noch einen.«

»Da ist mal folgendes passiert«, fing Tolstoi nach kurzer Pause an. »Ein paar Leute wollten ihrem Freund einen Schreck einjagen. Sie haben sich als Tote verkleidet, sind zu ihm hingegangen und haben gesagt: ›Wir sind tot. Und jetzt holen wir dich.‹ Der andere kriegt einen Schreck und rennt weg. Die übrigen stehen da und lachen, und dann sagt einer: ›Hört mal, Leute, wieso sind wir eigentlich als Tote verkleidet?‹ Alle gucken ihn an und wissen nicht, was er meint. Und er wieder: ›Wieso laufen die Lebenden vor uns weg?‹«

»Und?«, fragte Krücke.

»Nix und. Sie haben es gemerkt.«

»Was gemerkt?«

»Na, was schon!«

Es wurde still. Dann fing Krücke wieder an:

»Hör mal, Tolstoi. Kannst du nicht normal erzählen?«

Tolstoi schwieg.

»He, Tolstoi«, bohrte Krücke weiter, »wieso sagst du nichts? Bist du schon tot oder was?«

Tolstoi schwieg weiter, sein Schweigen wurde mit jedem Moment vielsagender. Vorsichtshalber mußte ich jetzt etwas sagen.

»Kennt ihr den von der ›Aktuellen Kamera‹?«

»Erzähl.«

»Der ist aber nicht sehr zum Fürchten.«

»Macht nichts, erzähl.«

Ich konnte mich nicht genau entsinnen, wie das Ende der Geschichte war, die zu erzählen ich vorhatte, aber ich hoffte, es würde mir beim Erzählen wieder einfallen.

»Na ja, da war einmal ein Mann, ungefähr dreißig Jahre alt. Der will sich die ›Aktuelle Kamera‹ angucken. Er schaltet den Fernseher ein, macht sichs im Sessel bequem. Zuerst erscheint die Uhr, wie immer. Er guckt nach, ob seine richtig geht. Alles ganz normal. Jedenfalls schlägt es zehn. Und auf dem Bildschirm erscheint die Schrift – ›Aktuelle Kamera‹ – aber nicht weiß, wie sonst immer, sondern schwarz. Na, er wundert sich ein bißchen und denkt, sie haben sich halt was Neues einfallen lassen, er guckt weiter. Und weiter ist alles wieder normal. Erst zeigen sie einen Traktor, dann die israelische Armee. Danach wird gesagt, daß ein Professor gestorben ist, dann kommt noch ein bißchen Sport und dann die Wettervorhersage. Das wars, die ›Aktuelle Kamera‹ ist zu Ende, und der Mann will aus seinem Sessel aufstehen…«

»Erinnert mich mal dran, daß ich nachher den vom grünen Sessel erzähle«, fiel Wasja mir ins Wort.

»Also, er will vom Sessel aufstehen und merkt, daß es nicht geht. Er hat überhaupt keine Kraft. Er guckt auf seine Hand und sieht, daß die Haut schon ganz schlaff ist. Er erschrickt, nimmt alle Kraft zusammen und steht auf, geht ins Bad zum Spiegel, er kann kaum laufen … Irgendwie kommt er grad so hin. Er guckt sich im Spiegel an und sieht – die Haare sind total grau, das Ge-

sicht voller Falten und keine Zähne mehr. Während die
›Aktuelle Kamera‹ lief, ist sein ganzes Leben verga-
gen.«

»Den kenn ich«, sagte Krücke. »Denselben, bloß anders, mit Hockey. Da guckt einer Hockey.«
Vom Korridor hörte man Schritte, dazu eine gereizte
Frauenstimme, sofort waren wir still, Wasja fing sogar
künstlich zu schnarchen an. Ein paar Sekunden später
flog die Tür auf, und das Licht im Schlafsaal ging an.
»Also, wer ist hier der Obertote? Tolstenko, du wieder?«
Auf der Schwelle stand Antonina Wassiljewna im
weißen Kittel und neben ihr der verheulte Kolja, der
angestrengt unter die Heizung schaute.
»Der Obertote«, antwortete Tolstoi mit Würde, »liegt
in Moskau auf dem Roten Platz. Wieso wecken Sie
mich mitten in der Nacht?«
So viel Dreistigkeit brachte Antonina Wassiljewna aus
der Fassung.
»Marsch, Awerjanow«, sagte sie endlich, »ab ins Bett.
Und die Toten wird sich morgen der Lagerleiter vor-
knöpfen. Vielleicht wollen die ja nach Hause fahren.«
»Antonina Wassiljewna«, fragte Tolstoi und betonte
jedes Wort, »wieso haben Sie einen weißen Kittel
an?«
»Weil es sich so gehört. Kapito?«
Kolja warf einen schnellen Blick zu Antonina Wassiljewna hin.
»Geh in dein Bett, Awerjanow«, sagte sie, »und schlaf.
Bist du ein Mann oder nicht? Und du«, sie wandte sich
zu Tolstoi, »wenn ich noch einen Ton von dir höre, stell
ich dich nackig in den Mädchenschlafsaal. Ist das
klar?«
Tolstoi schaute schweigend auf Antonina Wassiljewnas
Kittel. Sie sah an sich herunter, dann wieder zu Tolstoi

116

und tippte sich an die Stirn. Unversehens geriet sie in Rage, wurde ganz rot vor Zorn.

»Ich warte auf eine Antwort, Freundchen«, sagte sie. »Hast du verstanden, was mit dir passiert?«

»Aber, Antonina Wassiljewna«, sagte Krücke, »Sie haben doch selbst gesagt, wenn Sie noch einen Ton von ihm hören ... Wie soll er denn da antworten?«

»Mit dir, Kostyljew«, versetzte Antonina Wassiljewna, »gibt es noch ein ganz spezielles Hühnchen zu rupfen, und zwar im Beisein des Direktors, das kann ich dir sagen.«

Das Licht ging aus, die Tür schlug zu.

Einige Zeit – an die drei Minuten vielleicht – stand Antonina Wassiljewna hinter der Tür und horchte. Dann hörte man ihre vorsichtigen Schrittchen über den Korridor huschen. Sicherheitshalber warteten wir noch weitere zwei Minuten ab. Dann meldete sich Krücke im Flüsterton:

»Kolja, mach dich drauf gefaßt, du kriegst morgen eins aufs Maul von mir ...«

»Ich weiß«, versetzte Kolja trübselig.

»Hach, wenn du wüßtest ...«

»Wollt ihr den vom grünen Sessel hören?« fragte Wasja.

Keine Antwort.


»In einem großen Betrieb war das«, fing er an, »im Arbeitszimmer vom Direktor. Da gabs einen Teppich, einen Schrank, einen großen Tisch und davor einen grünen Sessel. In der Ecke stand die rote Wanderfahne, die hatten die dort schon ewig. Eines Tages kriegen sie einen neuen Betriebsdirektor. Er kommt in das Arbeitszimmer, guckt sich um, gefällt ihm alles prima. Da setzt er sich also in den Sessel und fängt an zu arbeiten. Nach einer Weile kommt sein Stellvertreter ins Zimmer und sieht, anstelle von dem Direktor sitzt ein Gerippe im

Sessel. Die Polizei wird gerufen, die durchsuchen alles und finden nichts. Wird also der Stellvertreter zum Direktor ernannt. Der setzt sich in den Sessel und macht sich an die Arbeit. Gehen nach einer Weile welche rein, gucken – sitzt schon wieder ein Gerippe im Sessel. Sie holen wieder die Polizei, Durchsuchung, nix. Wird halt wieder ein neuer Direktor ernannt. Der weiß aber schon Bescheid, was mit den anderen passiert ist, und läßt sich eine Puppe bauen, in Menschengröße. Der zieht er seinen Anzug an und setzt sie in den Sessel, versteckt sich selber hinterm Vorhang – erinnert mich mal nachher, mir ist noch der vom gelben Vorhang eingefallen – und nun wartet er, was wird. Eine Stunde vergeht, noch eine. Plötzlich sieht er, wie Metallstäbe aus dem Sessel rauskommen und die Puppe von allen Seiten einklemmen. Ein Stab drückt direkt auf die Gurgel. Und als die Stäbe die Puppe erdrosselt haben, kommt die rote Wanderfahne aus der Ecke, geht zum Sessel und bedeckt die Puppe mit ihrem Tuch. Nach paar Minuten ist von der Puppe nichts mehr da, die Wanderfahne geht und stellt sich wieder in die Ecke. Da schleicht der Mann aus dem Zimmer, rast runter, nimmt die Axt von der Brandschutztafel, geht zurück ins Arbeitszimmer und hackt gleich auf die Wanderfahne ein. Ein Stöhnen ist zu hören, und aus der Fahnenstange, die er eben zerhackt hat, fließt Blut auf den Fußboden.«

»Und weiter?« fragte Krücke.

»Das war alles.«

»Und was war mit dem Mann?«

»Der mußte ins Gefängnis. Wegen der Fahne.«

»Und die Fahne?«

»Die haben sie repariert und wieder in die Ecke gestellt«, antwortete Wasja nach kurzem Überlegen.

»Und als der neue Direktor kam, was ist mit dem passiert?«

»Genau dasselbe.«

Mir fiel plötzlich ein, daß im Zimmer vom Lagerleiter gleich mehrere Fahnen in der Ecke standen, auf die Stiele waren mit Farbe die Gruppennummern gemalt; die Fahnen hatte er schon zweimal zu Festappellen ausgeteilt. Er hatte zwar auch einen Sessel in seinem Zimmer stehen, aber der war nicht grün, sondern rot und zum Drehen.

»Ach ja, ich hab vergessen«, sagte Wasja, »als der Mann hinterm Vorhang vorkam, hatte er schon ganz graue Haare. Kennt ihr den vom gelben Vorhang?«

»Ich ja«, sagte Krücke.

»Tolstoi, du?«

Tolstoi schwieg.

»He, Tolstoi!«

Tolstoi gab keine Antwort.

Ich dachte daran, daß bei mir zu Hause in Moskau gelbe Vorhänge vor den Fenstern hingen – gelbgrüne, genauer gesagt. Im Sommer, wenn die Balkontür die ganze Zeit offenstand und der Lärm der Autos herauf- drang, dazu der Gestank von den Benzinabgasen, ver- mischt mit dem Duft von irgendwelchen Blumen, saß ich oft in dem grünen Sessel vorm Balkon und schaute zu, wie der Wind die gelben Vorhänge bauschte.

»Paß auf, Krücke«, sagte Tolstoi plötzlich, »ins Toten- reich gehst du ganz anders ein, als du denkst.«

»Nämlich?« fragte Krücke.

»Kommt drauf an. Jedenfalls wird nie drüber geredet, daß du ins Totenreich eingehst. Und deswegen wissen die Toten gar nicht, daß sie schon tot sind, die denken, sie leben noch.«

»Haben sie dich denn schon aufgenommen?«

»Weiß ich nicht«, sagte Tolstoi. »Vielleicht. Oder erst,

wenn ich von hier zurückkomme. Ich sag doch, man kriegt es nicht mitgeteilt.«

»Von wem eigentlich?«

»Von wem schon. Von denen, die auch tot sind.«

»Du könntest mal von was andrem reden«, sagte Krücke. »Es nervt langsam.«

»Genau«, ließ Kolja sich hören. »Es nervt.«

»Du sei ganz ruhig«, sagte Krücke. »Du kriegst morgen sowieso Dresche.«

Tolstoi schwieg wieder ein Weilchen.

»Vor allem«, sagte er dann, »wissen die, die einen aufnehmen, auch nichts davon.«

»Wie können sie einen dann aufnehmen?«

»Das ist egal. Angenommen, du fragst jemanden irgendwas oder machst den Fernseher an, und in Wirklichkeit wirst du damit ins Totenreich aufgenommen.«

»Das mein ich nicht. Die müssen doch wissen, wenn sie einen aufnehmen.«

»Im Gegenteil. Wie können sie was wissen, wenn sie doch tot sind.«

»Da sieht keiner mehr durch«, meinte Krücke. »Wie soll man noch wissen, wer lebt und wer tot ist?«

»Weißt dus etwa nicht?«

»Nein«, sagte Krücke, »ich seh da keinen Unterschied mehr.«

»Aha. Dann denk mal nach, was du selber bist«, sagte Tolstoi.

Krücke machte im Dunkeln eine Bewegung, und etwas knallte knapp über Tolstois Kopf gegen die Wand.

»Idiot«, sagte Tolstoi. »Beinähe hätte ich den an den Kopf gekriegt.«

»Wir sind sowieso tot«, sagte Krücke. »Vergiß das nicht.«

»Leute«, sagte Wasja, »soll ich nun den vom gelben Vorhang erzählen oder nicht?«

»Leck mich am Arsch mit deinem gelben Vorhang, Wasja. Hundertmal haben wir den schon gehört.«

»Ich noch nie«, sagte Kolja aus seiner Ecke.

»Na und, denkst du, wegen dir hören sich den alle nochmal an? Und am Ende rennst du wieder zur Antonina und heulst.«

»Ich hab geheult, weil mir der Fuß wehtut«, sagte Kolja. »Ich hab mir beim Rausrennen den Fuß verstaucht.«

»Übrigens bist du immer noch mit Erzählen dran. Du hast vorhin als erster geredet. Denk nicht, daß das vergessen ist!«

»Wasja hat doch für mich erzählt.«

»Er hat nicht für dich erzählt, sondern einfach so. Und jetzt bist du dran. Sonst kriegst du morgen erst recht Dresche.«

»Kennt ihr den vom schwarzen Häschen?« fragte Kolja.

Irgendwie wußte ich sofort, welches schwarze Häschen er meinte – auf dem Flur vor dem Speisesaal hing zwischen anderem Kram eine Sperrholzplatte mit eingebranntem Häschen, das ein Pionierhalstuch trug. Die Arbeit war so penibel und gewissenhaft ausgeführt, daß das Häschen wirklich ganz schwarz war.

»Siehst du. Hast ja doch was auf Lager. Mach schon, erzähle.«

»Es war mal in einem Ferienlager. Im Hauptgebäude hingen alle möglichen Bilder mit Tieren an der Wand, eins davon war ein schwarzes Häschen mit Marschtrommel. In die Pfoten waren zwei Nägel eingeschlagen. Einmal ist ein Mädchen vorübergegangen, die kam vom Essen und ging zur Mittagsruhe. Der tat das Häschen leid. Sie ging hin und zog die Nägel raus. Und plötzlich hat sie das Gefühl, das schwarze Häschen guckt sie an, als ob es lebendig ist. Aber sie denkt, das

121

kommt ihr nur so vor, und geht in den Schlafsaal. Die Mittagsruhe geht los. Plötzlich fängt das schwarze Häschen zu trommeln an. Und alle, die im Lager sind, schlafen sofort ein. Und sie träumen, daß die Mittagsruhe zu Ende ist, daß sie aufstehen und zum Kaffeetrinken gehen. Danach ist alles wie immer – sie spielen Tischtennis und lesen und so weiter. Dabei träumen sie das alles nur. Dann ist der Feriendurchgang zu Ende, sie fahren nach Hause. Dann werden sie größer, kommen aus der Schule, heiraten, gehen arbeiten und ziehen Kinder groß. Und in Wirklichkeit schlafen sie die ganze Zeit. Und der schwarze Hase trommelt dazu.«

Kolja verstummte.

»Irgendwas stimmt da nicht«, meinte Krücke. »Du sagst, sie sind nach Hause gefahren. Aber da sind doch ihre Eltern und Bekannten. Schlafen die etwa auch?«

»Nein«, sagte Kolja, »die schlafen alle nicht richtig. Die träumen bloß.«

»Absoluter Blödsinn«, sagte Krücke. »Versteht das hier vielleicht einer?«

Niemand antwortete. Wahrscheinlich waren die meisten schon eingeschlafen.

»Tolstoi, hast du das verstanden?«

Tolstoi quietschte mit seinem Bett, er beugte sich zu Boden und feuerte etwas zu Kolja hinüber.

»Du Mistvieh«, sagte Kolja. »Gleich hau ich dir eine runter.«

»Gib her«, sagte Krücke.

Es war sein Turnschuh, mit dem er vorhin nach Tolstoi geschmissen hatte.

Kolja reichte ihm den Turnschuh.

»He«, sagte Krücke zu mir, »was bist du eigentlich die ganze Zeit so still?«

»Nur so«, sagte ich. »Ich möchte schlafen.«

Krücke wälzte sich auf die andere Seite. Ich dachte, er müßte noch etwas sagen, doch es blieb still. Keiner sagte mehr etwas. Wasja murmelte im Schlaf.

Ich sah zur Decke. Die Laterne hinter dem Fenster schaukelte, die Schatten im Zimmer bewegten sich mit. Ich drehte mein Gesicht zum Fenster. Der Mond war nicht mehr zu sehen. Alles war vollkommen still, nur ganz in der Ferne schlugen die Räder des Nachtzuges ihren Trommelwirbel. Lange schaute ich auf die blaue Laterne und merkte nicht, wie ich einschlief.

# Die Tarzanschaukel

Der breite Boulevard und die Häuser zu beiden Seiten erinnerten an den Unterkiefer eines greisen Bolschewiken, der auf seine alten Tage zu demokratischen Ansichten gefunden hat. Die ältesten Gebäude stammten noch aus der Stalinzeit – wie Weisheitszähne, verrußt vom jahrzehntelangen Machorkarauchen, standen sie da. Trotz ihrer Monumentalität wirkten sie morsch und hinfällig, so als hätte man die Nerven in ihnen schon lange mit Arsenplomben abgetötet. Dort, wo die alten Bauten weggerissen waren, klemmten nun achtstöckige Wohnblöcke wie grob geschusterte Prothesen. Mit einem Wort, es sah düster aus.

Einziger Farbfleck auf diesem freudlosen Hintergrund war das von Türken errichtete Business-Centre, welches in seiner pyramidalen Form und dem purpurnen Neonglanz wie ein Riesengoldzahn mit frischen Blutstropfen wirkte. Und als stomatologische Lampe am Spezialgestänge, so eingestellt, daß alles Licht in den Mund des Patienten fiel, stand der Vollmond hell am Himmel über der Stadt.

»Wem soll man was glauben?« sagte Pjotr Petrowitsch zu seinem schweigsamen Gesprächspartner. »Ich selber bin ein einfacher Mensch, vielleicht sogar ein Idiot. Vertrauensselig und naiv. Ich brauch bloß in die Zeitung zu gucken, schon glaub ich dran.«

»In die Zeitung?« fragte der andere mit dumpfer Stimme zurück und rückte die dunkle Kapuze auf seinem Kopf zurecht.

»Die Zeitung, ja«, sagte Pjotr Petrowitsch. »Egal welche. Du sitzt in der Metro, neben dir sitzt einer und liest – da beugst du dich rüber, schielst ein bißchen rein, und schon glaubst dus.«

»Glaubst dus?«

»Ja doch. Alles mögliche. Außer an den lieben Gott vielleicht. Dafür ist es schon zu spät. Wenn ich damit jetzt noch anfinge, das wär irgendwie nicht ehrlich. Das ganze Leben gings ohne, und plötzlich, wenn du auf die Fünfzig zugehst, überlegst du dirs anders? Dann glaub ich doch lieber an Herbalife oder an die Gewaltenteilung. Sie werden natürlich fragen, wozu?«

»Wozu?« fragte der andere.

›Ein finstrer Typ‹, dachte Pjotr Petrowitsch bei sich. ›Redet nicht, krächzt bloß alles nach. Wieso bin ich so offen zu dem? Ich kenn ihn doch gar nicht.‹

Eine Weile liefen sie schweigend – einer hinter dem anderen, etwas breitbeinig, die Hauswände mit den Händen streifend.

»Wozu, wozu«, sagte Pjotr Petrowitsch schließlich. »Das ist wie im Bus, wenn du dich irgendwo festhältst. Egal woran, Hauptsache, du fällst nicht um. Wie schon der Dichter sagte: ›Und weiter geht die Jagd durch Nacht und Nebel, den Blick gewagt in Fensterhöhlen…‹ Jetzt gucken Sie und werden denken: Ach so einer bist du, Romantiker im tiefsten Herzen, sieht man dir gar nicht an. Das denken Sie doch, stimmts?«

Der andere bog um die Ecke und war weg. Pjotr Petrowitsch kam sich vor, als hätte ihm einer das Wort abgeschnitten, er rannte ihm hinterher. Als er den krummen, schwarzen Rücken wieder vor sich auftauchen sah, fühlte er Erleichterung. Plötzlich, wie aus heiterem Himmel fiel ihm ein, daß sein Weggefährte der zipfeligen Kapuze wegen einer abgebrannten Kirche glich.

»Ach so einer bist du, Romantiker«, murmelte der Rücken.

»Von wegen Romantiker«, erwiderte Pjotr Petrowitsch heftig. »Ich bin das blanke Gegenteil. Ein ausgesprochen praktischer Mensch. Immer zu tun. Manchmal weiß man gar nicht mehr, wofür man eigentlich lebt. Für die Geschäfte bestimmt nicht, diesen ewigen Mist ... Jaja ... Dafür nicht, sondern ...«

»Sondern?«

»Dafür vielleicht, daß du abends an die frische Luft gehst und richtig durchatmest, und dann fühlst du, daß du ein Teil von dieser Welt bist, ein Staubkörnchen sozusagen, ein Staubkörnchen auf dem Beton, haha ... Bloß schade, daß es mich so selten packt, dieses Gefühl, so bis ins Mark wie jetzt. Bestimmt wegen dem da ...«

Er wies mit der Hand hinauf zu dem riesigen, leuchtenden Mond am Himmel – bis ihm einfiel, daß sein Gesprächspartner ja vorausging und die Geste nicht sehen konnte. Doch wahrscheinlich hatte der Augen im Nacken, denn er vollzog Pjotr Petrowitschs Handbewegung beinahe synchron nach.

»In solchen Momenten frage ich mich immer: Womit verbringe ich eigentlich meine ganze übrige Lebenszeit?« fuhr Pjotr Petrowitsch fort. »Warum sehe ich die Dinge selten so wie jetzt? Warum verfalle ich immer auf dasselbe: in meinem Kämmerchen zu hocken und in die dunkelste Ecke zu starren?«

Seine letzten Worte erschienen ihm so unerwartet treffend, daß Pjotr Petrowitsch eine gewisse bittere Befriedigung empfand. Doch da stolperte er, ruderte mit den Armen, und augenblicklich war ihm das Thema seiner Rede entfallen. Mit einer affenartigen Rumpfbewegung suchte er die Balance zu wahren und fand an einer Mauer Halt, wobei die andere Hand um ein Haar das daneben befindliche Fenster eingeschlagen hätte.

Dahinter war ein kleines, von einer Nachttischlampe rötlich erhelltes Zimmer. Offenbar handelte es sich um eine Gemeinschaftswohnung – zwischen den Möbeln stand der Kühlschrank, und das Bett war halb von einem Schrank verstellt, so daß nur die nackten, dürren Füße des Schlafenden zu sehen waren. Pjotr Petrowitschs Blick fiel auf die Wand über der Nachttischlampe, wo eine Vielzahl Fotos hingen. Familienfotos waren darunter, Porträts von Kindern, Erwachsenen, Greisen, Greisinnen, Hunden; in der Mitte dieser Exposition fand sich ein Klassenfoto, ein Studienjahrgang von der Fachschule vielleicht, die einzelnen Gesichter in ovalen Rahmen auf weißem Grund, wodurch das Ganze wirkte wie eine Schachtel halbierter Eier. Die eine Sekunde, die Pjotr Petrowitsch in das Zimmer sah, war genug, daß ihn aus jedem Oval ein vergilbtes Gesicht anzulächeln vermochte. All diese Fotos schienen ergraut, ein so gründlich verlebtes Leben wehte einen von ihnen an, daß Pjotr Petrowitsch davon für einen Moment übel wurde. Schnell wandte er den Kopf ab und ging weiter.

»Tja«, meinte er nach ein paar Schritten, »tjaja. Ich weiß, was Sie sagen wollen, sagen Sie lieber nichts. Das ist es. Die Lebenserfahrung. Wir verlieren einfach die Fähigkeit, rings um uns her noch etwas anderes zu sehen als die staubigen Fotos der Vergangenheit, die da irgendwo im leeren Raum hängen. Die starren wir an und denken: Warum bloß ist aus der Welt um uns her so eine Müllkippe geworden? Und dann geht der Mond auf, und plötzlich merkst du, das hat gar nichts mit der Welt zu tun, du selber bist so geworden und weißt nicht mal, wann und wieso …«

Stille trat ein. Das in dem Zimmer Gesehene hatte Pjotr Petrowitsch sehr mitgenommen, diese dottergelben Gesichter vor allem. Weil er wußte, daß ihn in der Dunkelheit keiner sehen konnte, riß er den Mund auf, streckte die Zunge heraus und ließ die Augen so aus den Höhlen quellen, daß sich sein Gesicht in eine Art afrikanische Maske verwandelte – das körperliche Empfinden dieser Grimasse lenkte ihn ein paar Augenblicke von der Schwermut ab, die ihn übermannt hatte. Alle Lust zum Reden war ihm mit einem Mal vergangen – ja, das ganze, vielstündige Gespräch schien ihm im nachhinein ins rote Funzellicht der Nachttischlampe getaucht. Pjotr Petrowitsch musterte den Mann vor sich und fand ihn auf einmal zu jung und nicht sehr helle.

»Mir ist nicht recht klar, worüber wir beide eigentlich reden«, sagte er in übertrieben höflichem Ton.

Der andere erwiderte nichts.

»Vielleicht schweigen wir lieber ein Weilchen?« schlug Pjotr Petrowitsch vor.

»Schweigen wir«, murmelte der andere.


Je weiter Pjotr Petrowitsch und sein Begleiter gingen, um so schöner und geheimnisvoller wurde die Welt ringsumher. Es gab wirklich keinen Grund, ein Wort zu verlieren. Die schmale Straße unter ihren Füßen blinkte im Mondsilber; die Mauern, deren Farbe sich fortwährend änderte, schurrten mal die linke und mal die rechte Schulter, die vorüberschwimmenden Fenster aber waren schwarze Höhlen, ganz wie in dem Gedicht, welches Pjotr Petrowitsch vorhin zitiert hatte. Manchmal ging es ein wenig bergan, dann wieder bergein, und manchmal, wie durch eine schweigende Übereinkunft, verharrten sie beide, wo sie gerade waren, in Betrachtung irgendeiner Herrlickeit.

Besonders hübsch anzusehen waren die fernen Lichter. Etliche Male blieben sie stehen, um sie zu betrachten, und jedesmal ließen sie sich viel Zeit – zehn Minuten oder mehr. Pjotr Petrowitsch sann vor sich hin, irgend etwas Vages, das in Worte kaum zu fassen war. Die Lichter, so schien es, hatten keine besondere Beziehung zu den Menschen, sie waren Teil der Natur – faulende Baumstümpfe in einem gewissen Stadium vielleicht, oder Sterne, die in Rente gegangen waren. Außerdem war die Nacht absolut finster, so daß die gelben und roten Pünktchen am Horizont gleichsam den Umfang der Welt absteckten, die sie umgab – wären die Lichter nicht gewesen, man hätte nicht gewußt, wo Leben war und ob überhaupt.

Immer wieder waren es die leisen Schritte des Begleiters, die ihn aus seinen Gedanken rissen. Sowie er sich in Bewegung setzte, schreckte Pjotr Petrowitsch auf und eilte hinterdrein. Schon bald waren die Photographien aus jenem weit hinter ihnen gebliebenen Fenster endgültig vergessen, in der Seele war es wieder licht und festlich, und das Schweigen wurde bedrückend.

›Ich weiß ja nicht mal‹, überlegte Pjotr Petrowitsch, ›wie dieser Mensch eigentlich heißt. Fragen sollte ich ihn.‹

Er wartete noch ein paar Sekunden und sagte sehr höflich:

»Ach ja, was ich noch sagen wollte: Wir gehen hier und reden in einem fort, und dabei haben wir uns noch nicht einmal bekanntgemacht, kann das sein?«

Der andere schwieg.

»Nun ja«, sagte Pjotr Petrowitsch begütigend, als nach geraumer Zeit klar war, daß keine Antwort mehr kommen würde, »vielleicht ist das sogar in Ordnung so. Was hat man schon davon, den Namen zu wissen, ha … Kennst du jemanden erst richtig, und er kennt dich, kannst du mit ihm nicht mehr einfach so reden. Immerzu überlegst du: Was wird er von dir denken? Und was hinterher über dich sagen? So aber, wenn du nicht weißt, mit wem du es zu tun hast, kannst du sagen, was du willst, es gibt keine Hemmschwellen. Wie lange unterhalten wir zwei uns jetzt schon miteinander – zwei Stunden vielleicht? Ja? Und, sehen Sie, ich rede beinahe die ganze Zeit. Normalerweise bin ich ein wortkarger Mensch, heute hat es mich mitgerissen. Womöglich komme ich Ihnen nicht sehr intelligent vor, wer weiß, aber wenn ich mich so höre – vorhin besonders, da wo diese Standbilder waren, wissen Sie noch? Als es ums Schicksal ging … Also, ich höre mir zu und staune. Kann es sein, daß ich so viel vom Leben weiß, so viel kluge Sachen?«

Pjotr Petrowitsch legte den Kopf in den Nacken, schaute zu den Sternen und seufzte tief; auf seinem Gesicht erschien, dem Schatten eines unsichtbaren Flügels gleich, ein Lächeln, das nicht von dieser Welt war.

Einige Minuten waren sie schon wieder schweigend gegangen. Immer noch wiegte sich der dunkle Rücken vor Pjotr Petrowitsch, doch war sich dieser nach einiger Überlegung gar nicht mehr sicher, ob es wirklich der Rücken war und nicht die Brust. Um seine Gedanken zu sammeln, schloß er die Augen bis auf einen Spalt und senkte den Blick. Nur noch der silberne Pfad unter seinen Füßen blieb sichtbar – der Anblick wirkte beruhigend, sogar ein wenig hypnotisierend, und allmählich flutete eine nicht ganz nüchterne Hellsichtigkeit in sein Gemüt, Gedanken flossen dahin, einer nach dem anderen, ohne daß er sich besonders anstrengen mußte – genauer gesagt, es war der Gedanke an den Mann vor ihm, der sich in seinem Kopf abspulte und immer wieder in den Schwanz biß.

›Wieso ahmt der die ganze Zeit meine Bewegungen nach?‹ überlegte Pjotr Petrowitsch. ›Und in allem, was er zu mir sagt, ist das Echo meines vorherigen Satzes zu hören. Er benimmt sich wie ein Spiegelbild, das muß ich schon sagen. Ringsum sind ja auch so viele Fenster! Vielleicht ist es bloß eine optische Täuschung, und ich bin ein bißchen verwirrt vor lauter Aufregung, so daß es mir nur so vorkommt, als wären wir zwei? Wieviel von dem, woran die Menschen früher geglaubt haben, läßt sich durch optische Täuschungen erklären! Beinahe alles!‹

Dieser Gedanke verhalf Pjotr Petrowitsch mit einem Mal zu einer forschen Unbekümmertheit. ›Nein, wirklich‹, dachte er, ›das Mondlicht, und daß sich ein Fenster im anderen spiegelt, dazu der aufreizende Duft der Blüten – man darf nicht vergessen, daß wir Juli haben – all das zusammen könnte solch eine Täuschung hervorrufen. Und was er sagt, ist einfach ein Echo, ein leises, leises Echo ... Aber ja doch! Immer wiederholt er die Worte, die ich eben gesagt habe!‹

Pjotr Petrowitsch warf einen raschen Blick auf den gemessen vor ihm herschaukelnden Rücken. ›Außerdem habe ich oft genug gelesen‹, dachte er, ›wenn dich jemand aus der Fassung bringt oder sonstwie in Verlegenheit, besteht immer Anlaß zu der Vermutung, daß es sich nicht um einen Menschen handelt, sondern um ein Spiegelbild oder einen Schatten. Wenn man nämlich über längere Zeit reglos bleibt oder irgendwelche monotonen Handlungen ausführt, Gehen zum Beispiel oder Denken, dann kann einen sein Spiegelbild wie ein selbständiges Wesen anmuten. Es kann sogar in seinen Bewegungen ein wenig aus dem Takt geraten – ohne daß es zu merken ist. Es kann plötzlich etwas anderes tun als du – nichts Besonderes natürlich. Bis es am Ende so dreist wird zu glauben, daß es wirklich existiert, und gegen dich vorgeht ... Wenn ich mich recht entsinne, gibt es nur eine Möglichkeit zu prüfen, ob es sich um eine Spiegelung handelt oder nicht – man muß eine jähe, sehr entschiedene Bewegung machen, eine, die das Spiegelbild unbedingt nachvollziehen muß.

Denn es ist und bleibt ein Spiegelbild und muß sich den Gesetzen der Natur beugen, manchen jedenfalls ... Man müßte also versuchen, ihn in ein Gespräch zu ziehen, dann plötzlich etwas Hemmungsloses anstellen und sehen, was passiert. Erstmal weiterreden, egal über was, nur kein Zögern.‹

Er hüstelte und sagte:

»Gar nicht verkehrt, daß Sie so einsilbig sind. Das ist auch eine Kunst: zuhören können. Den anderen soweit bringen, daß er sich öffnet, sich ausspricht ... Außerdem heißt es, die großen Schweiger seien die treuesten Kameraden, die es gibt. Wissen Sie, worüber ich gerade nachdenke?«

Pjotr Petrowitsch wartete kurz auf eine Erwiderung, fuhr dann aber schnell fort:

»Warum ich die Sommernächte so mag, darüber. Ist an sich klar – die Dunkelheit, die Stille. Einfach schön. Aber das ist nicht die Hauptsache. Manchmal will es mir scheinen, als gäbe es in meiner Seele einen Bereich, der die ganze Zeit schläft und nur in Sommernächten für ein paar Momente erwacht, um einen Blick nach draußen zu werfen und sich zu erinnern, wie es war – damals und ganz woanders. Das Blau ... Die Sterne ... Ein Mysterium ...«

Nach einiger Zeit wurde der Weg beschwerlicher.

Dies lag daran, daß sie sich nach der nächsten Kurve auf der Schattenseite wiederfanden, der Mond war durch das Dach des gegenüberliegendenden Hauses verdeckt. Sogleich nahmen Wehmut und Wankelmut von Pjotr Petrowitsch Besitz. Zwar hörte er nicht auf zu reden, doch jedes Wort war anstrengend und eigentlich zuviel. Dem anderen erging es offenbar ähnlich, er hörte sogar auf, das Gespräch durch seine kurzen Repliken in Gang zu halten – allenfalls murmelte er etwas, das nicht zu verstehen war.

Ihre Schritte wurden kleiner und vorsichtiger. Von Zeit zu Zeit blieb der andere, der immer noch vorn lief, sogar stehen, um abzuwägen, wo es am besten weiterging – den Entschluß faßte immer er, und Pjotr Petrowitsch mußte ihm wohl oder übel folgen.

Ein Stück voraus an einer Mauer gab es ein rechteckiges Lichtfeld, das der Mond durch die Lücke zwischen den Häusern warf. Als Pjotr Petrowitsch wieder einmal den Blick vom fahlsilbrigen Band des Weges zu seinen Füßen löste, konnte er in dem Viereck ein armdickes Elektrokabel hängen sehen. Augenblicklich reifte in seinem Kopf ein Plan, der ihm schlüssig und sogar einigermaßen geistreich vorkam.

›Ah ja‹, dachte er, ›so könnte es gehen. Man packt dieses Ding und stößt sich mit den Beinen ordentlich von der Wand ab. Und wenn meine Theorie richtig ist, muß er Farbe bekennen. Das heißt, er müßte genau das gleiche tun, aber ohne dieses Ding und nach der anderen Seite. Oder noch besser wäre … – ja! Daß ich nicht gleich darauf gekommen bin! Noch besser, ich segle gleich mit vollem Schwung auf ihn zu. Und wenn er ein Spiegelbild ist oder irgendein anderes Monster, dann …‹

Pjotr Petrowitsch formulierte nicht zu Ende, was dann geschehen würde, doch es war vollkommen klar, daß der ihn plagende Verdacht auf diese Weise entweder zu erhärten oder zu zerstreuen war.

›Unerwartet muß es kommen, das ist das A und O‹, dachte er. ›Es muß ihn kalt erwischen!‹

»Wasserski ist Geschmackssache«, sagte er und gab dem abgetrudelten Gespräch geschickt eine Wendung, »aber auch in der Stadt, so erstaunlich es ist, kann man der Welt in ihrer Ursprünglichkeit ziemlich nahe kommen, es langt schon, ein bißchen vom Üblichen abzuweichen. Unsereins ist dazu freilich kaum imstande – so verknöchert, wie wir sind. Aber die Kinder, sage ich Ihnen, die tun das jeden Tag.«

Pjotr Petrowitsch machte eine Pause, um dem anderen Gelegenheit zu geben, etwas zu sagen, doch der schwieg sich aus, und Pjotr Petrowitsch fuhr fort:

»Ich meine ihre Spiele. Oft sind sie gemein und grausam, klar, und mitunter kann man durchaus den Eindruck gewinnen, sie entstammten dem Schmutz und der Armut, worin die Kinder von heute aufzuwachsen gezwungen sind. Doch ich kann mir nicht helfen, mit Armut hat das Ganze, denke ich, nichts zu tun. Und ob sie sich nun irgendwelche Motorräder und Scateboards kaufen können oder nicht. Da ist bei ihnen zum Beispiel so ein Ding im Schwange, das nennen sie Tarzanschaukel. Schon mal gehört?«

»Gehört«, brummelte der andere.

»Ein Seil wird an einen Baum geknotet, an irgendeinen dicken Ast, je höher, desto besser.« Pjotr Petrowitsch spähte voraus zu dem Mondlichtviereck und überschlug, daß sie höchstens noch eine Minute bis dorthin brauchen würden. »Besonders wenn der Baum an einem Hang steht. Der Hang muß steil sein, das ist wichtig. Am allerbesten direkt am Wasser, damit man springen kann. Die Tarzanschaukel heißt so wegen Tarzan, der, wo im Film immerzu in den Lianen schaukelt. Das Ding ist ganz einfach zu gebrauchen, man packt das Seil, stößt sich mit den Füßen ab und beschreibt eine weite, weite Kurve – und wer will, läßt los und fliegt mit Schwung ins Wasser. Um ehrlich zu sein, ich bin mit so einer Schaukel nie geflogen, aber den Moment, wo du nach einem betäubenden Schlag auf die Wasseroberfläche langsam in die glitzernde Stille wegtauchst, in die kühle, stumme Tiefe, den kann ich mir sehr gut vorstellen … Ach, wenn man doch wüßte, wohin diese Jungen an ihren Lianen entschweben …«

Der andere betrat das mondlichtübergossene Geviert. Nach ihm überschritt auch Pjotr Petrowitsch die Grenze.

»Und wissen Sie, warum ich daran denken muß?«
redete er weiter, während sein besorgter Blick die Entfernung zum Kabel abschätzte. »Ganz einfach: Ich
weiß noch, wie ich als Kind mal vom Turm ins Bassin
gesprungen bin. Beim Aufprall hab ich mir den Bauch
geprellt, aber davon abgesehen, muß ich in dem Moment irgendetwas Wesentliches begriffen haben – denn
beim Auftauchen hab ich mir eingehämmert: ›Nicht
vergessen, ja nicht vergessen!‹ Und als ich ans Trockne
kam, da wußte ich nur noch: ›Nicht vergessen!‹ – aber
nicht, was ...«
In diesem Augenblick war Pjotr Petrowitsch mit dem
Kabel auf einer Höhe. Er blieb stehen, zog daran und
stellte fest, daß es hielt.
»Auch jetzt«, sagte er, während er sich zum Sprung rü-
stete, und seine Stimme wurde leise und innig, »be-
komme ich noch manchmal Lust, zu springen und die
Füße von der Erde loszureißen. Das ist blöd und infan-
til, gewiß, aber immer noch glaube ich, man müßte dabei nochmal etwas begreifen, etwas heraufholen ...
Also dann, wenn Sie erlauben ... – wird schon schief-
gehen!«
Bei diesen Worten nahm Pjotr Petrowitsch Anlauf,
sprang kräftig ab und schwang sich in die milde Nacht-
luft.
Sein Flug (wenn man es überhaupt so nennen konnte)
war nur von sehr kurzer Dauer. Er gewann vielleicht
zwei Meter Abstand von der Mauer, drehte sich dabei
um die eigene Achse, wurde wieder nach vorn getragen und knallte unmittelbar vor seinem Weggefährten
gegen die Wand. Der sprang erschrocken zur Seite,
Pjotr Petrowitsch verlor die Balance und mußte sich an
des Mannes Schulter festhalten, wonach freilich klar
war, daß da kein Spiegelbild und kein Schatten vor ihm
stand. All dies geschah sehr unelegant und unter Keu-
chen. Die Überrumpelung ließ den anderen Nerven

zeigen – er schüttelte Pjotr Petrowitschs Hand von seiner Schulter, sprang zurück, zog die Kapuze vom Kopf und brüllte schrill:

»Was sind das für Opern hier!«

»Verzeihen Sie, um Himmels willen«, sagte Pjotr Petrowitsch und spürte die Röte ins Gesicht steigen, nur gut, daß es dunkel war, »es war ehrlich nicht meine Absicht, ich …«

»Haben Sie nicht vorhin erzählt«, unterbrach ihn der andere, »daß alles im Rahmen bleibt, daß Sie kein Theater machen, daß Sie einfach mit jemandem reden möchten … War es so?«

»Jaja«, stammelte Pjotr Petrowitsch und faßte sich an den Kopf, »das stimmt, ich hatte vergessen … Mir sind da so sonderbare Gedanken in den Kopf geschossen – daß Sie gar nicht Sie sind, sondern bloß mein Spiegelbild in den Scheiben, oder mein Schatten vielleicht. Komisch, nicht wahr?«

»Ich find das überhaupt nicht komisch«, erwiderte der andere. »Ist Ihnen jetzt wenigstens eingefallen, wer ich bin?«

»O ja«, sagte Pjotr Petrowitsch und machte eine seltsame Kopfbewegung, man wußte nicht, ob er sich verbeugen oder den Kopf zwischen die Schultern ziehen wollte.

»Na Gott sei Dank. Heißt das, Sie wollten mich anspringen, um zu sehen, ob ich ein Spiegelbild bin oder nicht, ja? Und von der Tarzanschaukel schwätzten Sie, um mir den Kopf zu verdrehen?«

»Wo denken Sie hin!« rief Pjotr Petrowitsch aus, riß eine Hand von dem Elektrokabel und legte sie sich auf die Brust. »Das heißt, nun ja, zuerst wollte ich Sie vielleicht tatsächlich bloß ablenken, aber nur am Anfang. Beim Reden kam ich sofort auf das, was mich mein Leben lang peinigt. Wie in der Beichte …«

»Sie reden da ein seltsames Zeug zusammen«, meinte der andere. »Ich beginne um Ihren Verstand zu fürchten. Das muß man sich vorstellen: Geht zwei Stunden neben einem her, unterhält sich und denkt dabei allen Ernstes, daß er es mit seinem Spiegelbild zu tun hat. Kann so etwas einem normalen Menschen passieren?«

Pjotr Petrowitsch dachte nach.

»N-nein«, sagte er dann, »eigentlich nicht. Von außen gesehen, mag es wirklich verrückt erscheinen. Ein sprechendes Spiegelbild, das einem den Rücken zuwendet ... Und das mit der Tarzanschaukel ... Aber wissen Sie, von innen her war das alles vollkommen logisch ... Wenn ich Ihnen den Gang meiner Überlegungen schildern könnte, Sie würden aufhören, sich zu wundern.«

Er schaute auf. Der Mond über dem Dach vis-à-vis hatte sich hinter eine große Wolke mit fransigen Rändern verzogen. Aus irgendeinem Grunde schien ihm das ein ungutes Zeichen zu sein.

»Ja«, fing er wieder an, »wenn man die unterschwellige Motivation meiner Handlungen analysieren wollte, käme man wohl darauf, daß ich einen Augenblick der Ekstase spüren wollte ...«

»Was das Spiegelbild angeht«, fiel ihm der andere ins Wort, »das könnte ich vielleicht noch einsehen. Weit merkwürdiger scheint mir, was Sie von dieser Tarzanschaukel gesponnen haben. Die Füße von der Erde losreißen ... Noch einmal etwas begreifen ... Und so weiter. Was wollen Sie denn begreifen?«

Pjotr Petrowitsch hob den Kopf, sah seinem Gegenüber in die Augen und ließ den Blick anschließend zu dessen kahlrasiertem Schädel hinaufgleiten.

»Was schon«, sagte er. »Ich möchte nicht gern banal werden. Die Wahrheit eben.«

»Welche Wahrheit?«, fragte der andere, während er seine Kapuze wieder auf den Kopf zog. »Über sich

selbst, über die anderen, über die Welt? Es gibt alle
möglichen Wahrheiten.«

Pjotr Petrowitsch überlegte.

»Über mich selbst wahrscheinlich«, meinte er. »Oder
besser so: über das Leben. Über mich selbst und über
das Leben. Klar.«

»Soll ich sie Ihnen sagen?« fragte der andere.

»Sagen Sie sie, wenn Sie sie wissen«, erwiderte Pjotr
Petrowitsch mit plötzlicher Feindseligkeit.

»Und Sie fürchten sie nicht?« fragte der andere im gleichen unfreundlichen Tonfall.

›Er will mich psychisch unter Druck setzen‹, dachte
Pjotr Petrowitsch. ›Wäre ich bloß nicht an so einen geraten. Und was ist das eigentlich für ein Verhör? Ich
hab ihn an der Schulter gepackt, na und, hab mich sogar entschuldigt anschließend.‹

»Nein«, sagte er, straffte die Schultern und bohrte seinen Blick in die Augen des anderen, »ich fürchte sie
nicht. Nur heraus damit.«

»Na schön. Sagt Ihnen das Wort Mondsucht etwas?«

»Mondsucht? Meinen Sie die Leute, die nachts nicht
schlafen, sondern auf den Simsen spazierengehen?
Klar, kenn ich … Mein Gott!«


Das plötzliche Erwachen war am ehesten mit jenem
Sprung ins kalte Wasser zu vergleichen, von dem Pjotr
Petrowitsch seinem erbarmungslosen Gesprächspartner zu erzählen versucht hatte – nicht nur, weil er jetzt
merkte, wie kalt es war. Pjotr Petrowitsch hatte an sich
hinuntergesehen und entdeckt, daß es sich bei dem
schmalen, glänzenden Pfad, den er so ausdauernd ent-
langgegangen war, in Wahrheit um ein tatsächlich
recht schmales Gesims aus dünnem Blech handelte,

welches unter dem Gewicht seines Körpers ordentlich durchhing.

Unterhalb des Bleches war Leere, und jenseits dieser Leere, in etwa zwanzig Metern Tiefe, brannten, von den Pfützen gespiegelt, die Laternen, zitterten die schwarzen Baumkronen im Wind, lag düster der Asphalt, und all das war, wie Pjotr Petrowitsch mit Schrecken erkannte, absolut real und unumstößlich – das heißt, nichts davon ließ sich ignorieren, am allerwenigsten der Umstand, daß er, barfuß und in Unterwäsche, hoch über der nächtlichen Stadt stand und seltsamerweise nicht hinunterfiel. Es war wirklich ein Wunder: Seinen Händen bot sich, von den winzigen Unebenheiten der Betonwand abgesehen, nicht der geringste Halt, und er brauchte sich nur ein ganz klein wenig von ihrer klammen Oberfläche wegzubeugen, dann würde ihn die teilnahmslose Schwerkraft hinabziehen. Zwar hing in seiner Nähe ein Stromkabel – doch um zu ihm zu gelangen, hätte er einige Schritte den Sims entlang tun müssen, woran überhaupt nicht zu denken war. Aus den Augenwinkeln heraus sah er den Parkplatz unten liegen, sah die zigarettenschachtelgroßen Autos und dazwischen, wie extra für ihn bestimmt, ein Fleckchen leeren Asphalts.

Davon, daß der hereingebrochene Alptraum Wirklichkeit war, zeugte vor allem der Gestank eines in der Nähe brennenden Müllplatzes. Dieser Gestank machte umgehend alle Fragen überflüssig, er stank gewissermaßen als Beweis zum Himmel: Eine Welt, wo solche Gerüche möglich sind, muß wirklich und wahrhaftig sein.

Ein Schwall von Angst überflutete Pjotr Petrowitschs Seele und spülte für Bruchteile von Sekunden alles übrige hinaus. Die Leere in seinem Rücken hatte einen Sog. Er klebte an der Wand wie das Wahlplakat einer wenig bekannten Partei – vollkommen chancenlos.

»Und?« fragte der andere.

Vorsichtig, um kein zweites Mal in den Abgrund unter seinen Füßen blicken zu müssen, schaute Pjotr Petrowitsch zu ihm hin.

»Lassen Sie das«, bat er leise und sehr eindringlich, »hören Sie bitte auf damit! Ich falle runter!«

»Hm. Wie sollte ich damit aufhören? Es passiert doch Ihnen, nicht mir!«

Pjotr Petrowitsch begriff, daß der andere recht hatte, im nächsten Augenblick aber wurde ihm noch etwas klar, weshalb sogleich Entrüstung in ihm aufkam.

»Das ist doch hundsgemein«, rief er erregt, »das könnte man doch jedem Beliebigen erzählen, daß er mondsüchtig ist und über dem Abgrund steht, ohne ihn zu sehen! Auf dem Sims ... Eben noch ... Und jetzt ...«

»Stimmt«, nickte der andere. »Sie ahnen ja gar nicht, wie recht Sie damit haben.«

»Warum wischen Sie dann ausgerechnet mir eins aus?«

»Man kann Ihnen schwer folgen, wissen Sie. Mal schießt Ihnen das eine in den Kopf, mal das andere. Eben noch sannen sie darüber nach, wo man überall hinfliegen könnte mit dieser Tarzanschaukel. Ich war gerührt, ehrlich. Und außerdem interessierten Sie sich für die Wahrheit. Nun haben Sie sie. Es ist noch längst nicht die letzte, nebenbei bemerkt.«

»Was soll ich denn jetzt machen?«

»Sie? Am besten gar nichts«, sagte der andere, und plötzlich fiel auf, daß er sich nirgends richtig festhielt, er stand sogar ein wenig schräg. »Alles wird sich fügen.«

»Wollen Sie sich lustig machen?« fragte Pjotr Petrowitsch gepreßt.

»Nicht doch.«

»Sie sind ein Schuft«, sagte Pjotr Petrowitsch kraftlos.
»Ein Mörder. Sie haben mich umgebracht. Gleich
stürze ich ab.«

»Da haben wirs«, sagte der andere. » Sich in die Hosen
machen, ausfällig werden, Gift spritzen. Gleich werden
Sie mich wieder anspringen – oder anspucken, wie
manche das tun. Ich gehe.«

Er drehte sich um und lief los, ohne Eile.

»He«, brüllte Pjotr Petrowitsch. »He! Warten Sie!
Bitte!«

Doch der andere blieb nicht stehen – er winkte ihm
noch einmal kurz zum Abschied mit seiner blassen
Hand, die aus dem Ärmel seines langen schwarzen, einer Mönchskutte ähnelnden Regenmantels hervorsah,
das war alles. Dann bog er um die Ecke und war weg.
Pjotr Petrowitsch schloß wieder die Augen und lehnte
die feuchte Stirn gegen die Mauer.

›Das wars also‹, dachte er. ›Das ist nun wirklich das
Ende. Mein Leben lang hab ich mich gefragt: Wie wird
es sein? Und nun das. Ein kurzes Schwanken, ein Rudern mit den Armen, und dann … Ruhig, Petja, ruhig
… Ob ich wohl schreien werde? Ruhig bleiben, Petja.
Nur nicht dran denken. An irgendwas anderes, nur
nicht daran. Bitte. Hauptsache, Ruhe bewahren – um
jeden Preis. Panik ist gleichbedeutend mit Tod. Denk an
was Schönes, komm … Aber an was? Heute zum Beispiel, was hatten wir da Schönes? Na, vielleicht das
Gespräch bei den Denkmälern, als ich dem Kahlkopf
etwas vom Schicksal erzählt habe … Und was hat er
darauf gesagt? Das war, als er noch geantwortet hat,
glaub ich … Mein Gott, jetzt denk ich schon wieder an
ihn. Was bin ich bloß für ein Idiot. Hätte ich nicht einfach nur spazierengehen können, den Blick schweifen
lassen und mich des Lebens freuen. Nein, ich mußte
unbedingt erfahren, was das für einer war. Ob Spiegel-

bild oder Schatten. Das hab ich nun davon. Weil ich auch jeden Blödsinn lesen muß. Aber wer ist er nun eigentlich wirklich? Verdammt, eben hab ich es noch gewußt. Oder nein, gewußt nicht, aber er hat irgendwas gesagt ... Wo kam er überhaupt her?‹

Pjotr Petrowitsch blinzelte kurz und sah, daß die Mauer neben seinem Gesicht im Lichtschein lag und gelb leuchtete – der Mond war wieder hinter den Wolken hervorgekommen. Davon wurde ihm beinahe leichter ums Herz.

›Also‹, überlegte er weiter, ›wo habe ich ihn getroffen? Bei den Denkmälern, genau. Als die Denkmäler auftauchten, war er schon da. Und dann hab ich losgelegt – von der Natur hab ich geschwafelt und von der Schönheit ... Da war zwar so ein Gefühl, daß ich lieber hätte nichts sagen und alles für mich behalten sollen, wenn ich nicht wollte, daß mir jemand auf der Seele herumtrampelt ... Wie es in der Bibel steht: Eure Perlen sollt ihr nicht vor die Säue werfen, auf daß sie nicht zertreten werden, oder so ... Siehst du, Petja, so ist das Leben. Selbst dann, wenn dir irgendeine Kleinigkeit zu Kopf steigt, beispielsweise der Mond, wenn er so schön über den Denkmälern steht – du mußt alles für dich behalten. Schweigen wie ein Grab. Wer den Mund aufmacht, bereut es ... Und seltsam, gewußt habe ich das schon lange, und trotzdem muß ich immer wieder für meine Vertrauensseligkeit büßen. Jedes Mal lege ich es darauf an, daß mir einer in die Seele spuckt ... Und dieser Typ – ein Schuft, ein Schurke ohnegleichen! Es wird sich fügen, sagt er – von wegen! ... So gönnerhaft sagt er das ... Zum Teufel mit ihm, wirklich, eine geschlagene Stunde denk ich schon nach über ihn, währenddessen geht der Mond unter. Zuviel der Ehre.‹

Pjotr Petrowitsch drehte den Kopf nach der anderen Seite, hob den Blick und lächelte schwach. Der Mond schien aus einem runden, flockigen Wolkenloch hervor, es sah aus wie ein Eisloch – und er wie sein eigenes Spiegelbild darin. Die Stadt unten war still und friedlich, die Luft voller hauchzarter Blütendüfte, von Kräutern wer weiß welcher Art.

Plötzlich hörte er es singen von irgendwoher, aus einem fernen Fenster. Eine rauchige Piratenstimme, wohl etwas zu laut für diese nachtschlafene Stunde. Sting sang, ›Moon over Bourbon Street‹ – ein Song, den Pjotr Petrowitsch seit seiner Jugend kannte und mochte. Er lauschte und vergaß alles übrige. Einmal mußte er sogar heftig zwinkern, weil ihm etwas einfiel, was er lange vergessen hatte.

Allmählich ließen der Schmerz und die Kränkung nach. Der Streit mit dem zufälligen Weggesellen kam ihm von Sekunde zu Sekunde überflüssiger vor, zuletzt schien ihm unbegreiflich, worüber er sich noch Minuten zuvor so entrüstet hatte. Als des Sängers Stimme allmählich verklang, nahm Pjotr Petrowitsch die Hand von der Wand und schnipste zu den letzten, verzweifelten Worten den Takt:

> And you'll never see my face
> or hear the sound of my feet
> while there's a moon over Bourbon Street.

Schließlich war das Lied zu Ende. Pjotr Petrowitsch seufzte, er schüttelte den Kopf, um seine Gedanken zu sammeln. Es war Zeit, nach Hause zu gehen.

Er machte kehrt, schritt um die Ecke und sprang behende ein paar Meter tiefer, wo es sich besser lief. Die Nacht war so sanft, so geheimnisvoll, daß es nicht leicht fiel, von ihr Abschied zu nehmen, doch morgen früh wartete eine Menge Arbeit auf ihn, und er mußte wenigstens noch ein Weilchen schlafen. Ein letztes Mal schaute er in die Runde und dann kurz nach oben;

lächelnd und ohne zu eilen, wandelte er den blinkenden Silberstreifen entlang, ließ sich vom Nachtwind
liebkosen und dachte dabei, daß er doch eigentlich ein
ganz glücklicher Mensch war.

# Musik aus dem Lautsprecher

» ...schen Niveau. Der amerikanische Physiker Ka ... Ka ...« (Matwej überlas den langen Namen, registrierte jedoch das jüdische Suffix) » ... beispielsweise hielt kürzlich einen Vortrag ...« (›Ach, diese Hunde‹, dachte Matwej, und ihm fiel die fette, aufgeblasene Puppe ein, Ehegattin eines Professors, die gestern abend in der Sendung ›Von Herz zu Herz‹ mit ihren Goldzähnen und Armreifen geblinkert hatte, ›überall hocken sie und saugen uns das Blut aus, im Fernsehen und wo du hinguckst!‹) »... welcher die mathematische Möglichkeit der Existenz von Punkten im Raum behandelt, die, auf mehreren Evolutionslinien zugleich liegend, gewissermaßen deren Schnittstellen bezeichnen. Allerdings sind diese Punkte extern nicht festzustellen. Wird ein solcher Punkt durchlaufen, führt das dazu, daß anstelle des Ereignisses A1 aus dem Bereich A ein Ereignis B1 aus dem Bereich B abläuft. Das heißt, ein stattgefundenes Ereignis aus dem Bereich A ereignet sich nun im Bereich B, wobei dieses Ereignis B1 zwangsläufig eine bestimmte Vorgeschichte hat, die sich ausschließlich auf den Bereich B bezieht und nichts mit der Vorgeschichte des Ereignisses A1 gemein hat. Erläutern wir das Gesagte an einem Beispiel. Man stelle sich den Schnittpunkt zweier Eisenbahnlinien vor und einen Zug, der auf einer von ihnen dieser Weiche entgegenrast. Er nähert sich dem Pu ... » An dieser Stelle war das Blatt abgerissen. Matwej drehte das Stück Zeitung um. »... die Erste des Ministeriums für

Gesundheitswesen, in der Fremde die Heimat. Ein Intellektueller ...«
Senkrecht verlief ein roter Balken, der die Seite in zwei Spalten teilte; rechts davon gab es ein blaues Flugzeug im Querschnitt zu sehen. Matwej wischte sich die Finger an dem Papier ab, knüllte es zusammen und warf es weg, dann lehnte er sich mit dem Rücken an den Zaun.

Das Auto mit dem Schweißgerät war gegen zehn erwartet worden, mittlerweile ging es auf Mittag zu. So lagen sie schon über eine Stunde vor der Verkaufsstelle im Gras, hörten die Fliegen summen und den Lautsprecher am dicken, grauen, etwas schief in die Erde gerammten Mast im Brustton der Überzeugung reden. Der Laden war geschlossen, und das schien ein weiterer Beweis für die Unmöglichkeit zu sein, in einem einzelnen, mit der Errichtung beschäftigten Land zu existieren.
»Vielleicht hockt sie hinten, im Lager?«
»Vielleicht«, antwortete ihm Pjotr, »aber sie macht sowieso nicht auf. Geld haben wir auch keins.«
Matwej schaute in Pjotrs blasses Gesicht mit der an der Stirn klebenden schwarzen Locke und dachte: ›Was wissen wir eigentlich von den Leuten, neben denen wir unser Leben leben, selbst wenn es unsere besten Freunde sind? Nichts ...‹
Pjotr war an die vierzig. Er war ein Mensch von großer innerer Kraft, die er spontan und sporadisch verausgabte, in trunkenen Disputen und wüsten Eskapaden. Beim Anblick seines fahlen Gesichts dachten Zugereiste aus der Stadt an eine ganz besondere, tiefe Seele, Einheimische hingegen an Sümpfe und Wasserleichen. Seinen geistigen Neigungen nach war er homophober Antisemit, das heißt, er verabscheute jüdische Männer, während er sich Frauen gegenüber tolerant verhielt

(und sogar selbst einmal mit einer Jüdin namens Tamara verheiratet gewesen war; sie ging nach Israel, während Pjotr seines Fußpilzes wegen nicht einreisen durfte). Das war im Grunde alles, was Matwej und die anderen in der Brigade von Pjotr wußten. Etwas aber haftete ihm hartnäckig an, was man in anderem Milieu mit dem Begriff der geistigen Elite umschrieben hätte – auch wenn er wortkarg war und zu vielen Lebensfragen keine bestimmte Meinung äußern wollte.

»Ich brauch unbedingt einen Schnaps«, sagte Semjon, der, mit dem Rücken gegen einen Baum, Pjotr gegenübersaß.

»Unsere nordischen Vorfahren tranken keinen Schnaps«, sprach Pjotr, während er die Augen unverwandt auf die Straße richtete, »sie berauschten sich vielmehr mit Fliegenpilzen.«

»Soweit kommts noch«, sagte Semjon, »da kann man doch abkratzen. Fliegenpilze sind giftig, das steht in jedem Buch.«

Pjotr lächelte schmerzlich.

»Guck doch mal nach«, sagte er, »wer solche Bücher schreibt. Die halten ja nicht mal mehr ihre Namen geheim. Das flößen die uns extra ein, Junge. Ich für meinen Teil zahle diesen Hunden eines Tages noch jedes bißchen heim.«

»Ich auch«, sagte Matwej.

Semjon stand schweigend auf und ging den Zaun entlang auf das kleine Wäldchen zu, das hinter der Verkaufsstelle lag.

»Hast dus denn schon mal probiert?« fragte Matwej.

Pjotr gab keine Antwort. Das war seine Gewohnheit – auf gewisse Fragen reagierte er nicht. Matwej fragte nicht weiter, er schwieg.

»Guck mal, was ich habe«, sagte Semjon, als er zurück war, und warf Matwej etwas hin, das in eine zerknitterte Zeitung gewickelt war. Matwej packte aus und fand an die zwei Dutzend Fliegenpilze verschiedener Form und Größe.

»Wo hast du die her?«

»Die wachsen gleich da hinten.« Semjon zeigte in Richtung des Wäldchens, wohin er vor einigen Minuten verschwunden war.

»Und was sollen wir damit?«

»Na was schon. Wir berauschen uns damit«, sagte Semjon, »wie unsere nordischen Vorfahren. Wenn diese Weiber sich schon nicht blicken lassen.«

»Laß uns lieber nochmal klopfen«, schlug Matwej vor.

»Wenn wir Glück haben, schreibt uns Larissa noch eine an.«

»Wir haben schon genug geklopft«, antwortete Semjon.

Voller Zweifel schaute Matwej auf das rot-weiße Häuflein und dann zu Pjotr hinüber.

»Bist du dir sicher, Petja? Das mit den nordischen Vorfahren, meine ich?«

Pjotr zuckte verächtlich mit den Schultern, hockte sich vor den Pilzhaufen, zog ein Exemplar mit langem, krummem Fuß und noch nicht entfalteter Kappe daraus hervor und fing an zu kauen. Semjon und Matwej verfolgten neugierig die Prozedur. Als Pjotr den ersten Pilz intus hatte, langte er nach dem zweiten. Er schaute zur Seite und benahm sich so, als sei das, was er da tat, die natürlichste Sache der Welt. Matwej verspürte keine große Lust, es ihm nachzutun, doch da zog Pjotr noch ein paar von den ansehnlicheren Pilzen zu sich heran, so als müßte er sie vor etwaigen Übergriffen in Gewahrsam nehmen, und Semjon setzte sich ergeben neben ihn hin.

»Die essen ja alles auf«, dachte Matwej plötzlich und saß gleich darauf als dritter im Schneidersitz vor der ausgebreiteten Zeitung.

Die Fliegenpilze waren alle. Matwej verspürte keine Wirkung, nur der strenge Pilzgeschmack im Mund verging nicht. Auch bei Pjotr und Semjon schlugen die Pilze allem Anschein nach nicht an. Die Männer tauschten Blicke, in denen die Frage zu stecken schien, ob es normal war, wenn erwachsene, ernsthafte Leute sich einfach hinsetzten und einen ganzen Haufen Fliegenpilze aufaßen. Semjon zog die Zeitung zu sich heran, knüllte sie und steckte sie in die Tasche; davon, daß das großflächige quadratische Erinnerungsstück an eben Vorgefallenes von der Bildfläche verschwand und an seiner Stelle das zartgrüne Gras sproß, wurde einem irgendwie leichter.

Pjotr und Semjon standen auf und liefen miteinander plaudernd zur Straße; Matwej ließ sich ins Gras zurückfallen und richtete den Blick auf den blauen Stakettenzaun vor der Verkaufsstelle. Wie von selbst krochen die Augen zum schwankenden, rauschenden Blätterwerk eines Baumes hinüber, den er nicht kannte, dann fielen sie ihm zu. Matwej ging in sich, konzentrierte sich auf die Empfindung, die der am Nasenbein klebende Brillensteg in ihm hervorrief. Über sich selbst nachzudenken war nicht sonderlich angenehm – an einem stillen, warmen Sommertag wie diesem, wo alles ringsum friedlich und wohlausgewogen war, mochte man lieber an etwas Schönes denken. Matwej fiel nun die Musik auf, die aus dem Lautsprecher am Mast kam und die Reportage über irgendwelche Rohre abgelöst hatte.

Es war eine wundersame Musik. Sie klang sehr alt und paßte absolut nicht – weder zum Ort, an dem sie sich befanden, noch zum gegebenen historischen Moment. Matwej versuchte herauszuhören, auf was für einem Instrument da gespielt wurde, doch er kam nicht darauf und ging stattdessen dazu über, die Musik auf die Umgebung wirken zu lassen; durch einen schmalen

Spalt zwischen den Wimpern schaute er, was passierte. Allmählich verloren die umliegenden Dinge ihre barbarischen Züge, die Welt schien sich zu glätten, und plötzlich geschah gänzlich Unerwartetes.

Etwas Eingezwängtes, Verkorkstes und in den hintersten, dunkelsten Winkel der Matwejschen Seele Getriebenes begann sich zu regen und kroch zaghaft zutage, zitternd und darauf gefaßt, im nächsten Augenblick mit einem Hieb zurückbefördert zu werden. Matwej ließ diesem seltsamen, unnütz erscheinenden Etwas Zeit, ganz herauszutreten, um anschließend zu versuchen, einen Blick von innen darauf zu werfen und herauszubekommen, was es war. Bis er plötzlich merkte, daß er nun selbst dieses Unding war und auf etwas blickte, was sich vor kurzem noch als sein Ich gebärdet hatte, daß er also mit Blicken zu erfassen versuchte, was eben noch auf gleiche Weise mit ihm selbst beschäftigt gewesen war.

Matwej war verblüfft. Als er Pjotr herankommen sah, richtete er sich auf und wies, ohne ein Wort zu sagen, mit feierlicher Handbewegung zum Lautsprecher hinauf.

Pjotr äugte irritiert nach oben und dann wieder auf Matwej, was letzteren bewog, ein paar erklärende Worte zu sagen – doch erwies sich, daß etwas Sinnvolles über die Gefühle, die ihn beherrschten, nicht zu sagen war; nichts weiter ging ihm von der Zunge als ein wirres:

»Aber wir … Mensch, wir sind doch …«

Doch Pjotr schien plötzlich zu verstehen; er zog die Stirn kraus, schaute Matwej unverwandt an, drehte den Kopf zur Seite und dachte nach. Als er damit fertig war, wandte er sich um, marschierte mit großen Schritten auf den Mast zu und riß heftig an dem herunterführenden Draht.

Die Musik verstummte.

Pjotr hatte sich noch nicht wieder umgedreht, da hielt Matwej schon ein schweres, längliches Requisit, das er in einem Wechselbad von Haß auf diesen Mann und Scham über die eigene plötzliche Wehleidigkeit aus seinem Innenleben hervorgekramt hatte, auf das ekle, kriechende Etwas gepreßt, das es gewagt hatte, sich der nun schon verklungenen Lautsprechermusik entgegenzustellen; ein Knirschen durchlief Matwejs Inneres, dann war Stille; gleichzeitig floß ein eindeutiges Gefühl der Befriedigung in den Körper, den Matwej Sekunden später ausfüllte. Pjotr drohte mit dem Finger und verschwand; da brach Matwej in stille Tränen aus und fiel zurück ins Gras.

»He«, rief Pjotrs Stimme, »schläfst du?«
Geschlafen hatte Matwej nicht, geträumt schon. Er schlug die Augen auf und sah über sich Pjotr und Semjon, zwei schmal zulaufende Säulen, die in den blassen Augusthimmel hineinragten. Er schüttelte ein paarmal den Kopf und setzte sich auf, wobei er sich mit den Händen im Gras abstützen mußte. Dasselbe hatte er eben geträumt – wie er dalag, die Augen geschlossen, und Pjotrs Stimme von oben ertönte: »He, schläfst du?« Und dann war er wohl erwacht, hatte sich aufgesetzt, die Arme nach hinten gestellt und gemerkt, daß ihm eben im Traum dasselbe widerfahren war. In eine dieser Aufwachphasen hinein packte ihn Petja bei der Schulter und brüllte ihm ins Ohr:
»Steh auf, Blödmann! Lariska hat aufgeschlossen.«
Matwej ließ den Kopf kreisen, um die Reste des Traums zu verscheuchen, und stand auf. Pjotr und Semjon verschwanden, leicht schwankend, um die Ecke. Plötzlich erschrak Matwej zutiefst über seine Einsamkeit; wenn die auch nur die drei Schritt weit bis zur Ecke währte, erschien es ihm eine Schwerstarbeit, sie zu durchmessen, denn alles, was ringsum war – der Zaun, der La-

den, selbst die Angst – all das konnte nicht garantieren, daß es wirklich da war. Doch dann tauchte die Zaunecke sanft in die Vergangenheit ein, und Matwej schwankte, den zwei vertrauten Rücken hinterdrein, auf das schwarze Einstiegsloch in den Verkaufsstellenanbau zu. Dort stand Lariska schon vor der Tür.

Die Verkäuferin des Dorfladens war eine kleine, dralle Frau. Trotz ihrer Fülle war sie flink und muskulös, konnte saftige Backpfeifen austeilen. Gerade ließ sie keinen Blick von Matwej, der plötzlich den Wunsch hatte, sich bei ihr für Pjotr zu entschuldigen und zu berichten, wie er den Draht abgerissen hatte, die Rundfunkleitung. Er streckte den Zeigefinger in Richtung auf Pjotrs Rücken und schüttelte den Kopf.

Daraufhin verfinsterte sich Lariskas Gesicht, und eine haßerfüllte, sich überschlagende Männerstimme drang harsch hinter ihrem Rücken hervor:

»Das werden Sie dem Führer berichten!«

»Welchem Führer?« fragte Matwej wankend. »Wen hat sie denn da hinter sich?«

Doch Semjon war mit Pjotr schon vom schwarzen Anbauloch geschluckt worden, und Matwej blieb nichts weiter übrig, als ihnen mit großen Schritten zu folgen. Geredet hatte, wie sich herausstellte, der kleine Fernseher, der auf einem aus der blanken Erde ragenden Baumstumpf stand. Vom Bildschirm schaute das bekannte Gesicht von Stirlitz, und Matwej spürte in seiner Brust eine warme Woge von Sympathie.

Welcher Russe sieht es nicht gern, wenn Stirlitz im Mercedes durch die Schweizer Alpen braust?

Ein Kommunist erkennt in Stirlitz' Landhaus seine Parteidatsche wieder, in der Vierten Abteilung des RSHA die Erste des Ministeriums für Gesundheitswesen, in der Fremde die Heimat. Ein Intellektueller lernt von Stirlitz, wie man im totalitären Staat dazu kommt, Kognak zu trinken und, ohne an der Seele Schaden zu nehmen, Umgang mit Leuten pflegt, die einen bleiernen Totenkopf am Mützenschild tragen.

Matwej empfand diesem sympathischen SS-Mann in den besten Jahren gegenüber etwa das gleiche Weihegefühl, das eine minderbemittelte Kolchosbäuerin ihrem großen Bruder gegenüber hegt, wenn er zu einem wichtigen, schweinsmäuligen Professor in der Stadt aufgestiegen ist; und es ließ sich schwer sagen, was diesem Gefühl mehr Nahrung gab: der Neid auf ein fremdes, sattes, schönes Leben oder der Abscheu vor dem eigenen. Aber nicht vorrangig das war es, weswegen Matwej Stirlitz ins Herz geschlossen hatte.

Stirlitz kam ihm in beinahe beängstigendem Maße bekannt vor – mal erinnerte er ihn an den Nachbarn im Treppenaufgang, mal an den Kollegen aus der Abteilung nebenan, dann wieder an den Cousin seiner Frau. Und es war tröstlich, inmitten dieses üppigen, glücklichen fremden Lebens einen von den eigenen Leuten zu sehen – den Bruder, den Kumpel, hier nun mit Schlips und weißem Hemd unterm schwarzen Jackett, der mit den Leuten in seiner Umgebung kluge Gespräche in ihrer Sprache zu führen verstand und gar so viel schlauer und gewitzter war als alle um ihn her, daß er sie hintergehen und ihre wichtigsten Geheimnisse ausspionieren konnte. Aber nicht einmal das war die Hauptsache.

Am Ende nämlich – das wurde im Film nicht mehr gezeigt, war dem lebensbejahenden Pathos des Films jedoch ohne weiteres zu entnehmen –, am Ende kommt Stirlitz nach Hause, zieht den Übergangsmantel über, ein Produkt der Fabrik ›Stepan Chalturin‹, dazu die Schuhe Marke ›Schnelle Sohle‹, und stellt sich irgendwo an, wo es Bier gibt, wie es an einem fröhlichen Sonntag auf vielen unserer Straßen ausgeschenkt wird, und dann taucht Matwej neben ihm auf, der ebenfalls in der Schlange steht, und redet mit Stirlitz ehrerbietig über das Leben, und Stirlitz erzählt von seinem Schwager, von Autoreifen, und wenn zwei, drei Bier getrunken sind, läßt er sich von Matwej nicht lange bitten, er nickt gravitätisch, und Matwej stellt eine Flasche Weißen auf den Tisch. Etwas später ist Stirlitz an der Reihe …

»Oochh! …«, Semjon ächzte und verzog das Gesicht, als Stirlitz die volle Kognakflasche auf Holthoffs Kopf niedersausen ließ. »So ein Esel! Hätte er sich dafür nicht einen Ziegel vom Hof holen können …«
»Still«, zischte Pjotr, »der Esel bist du. So täte man sofort merken, daß es einer von uns ist.«
»Genauso würden sie's merken«, mischte sich Matwej ins Gespräch, »wenn er die Asche mit dem Fingernagel abstreift.«
Während Matwej redete, dachte er wieder: ›Wieso hat er den Draht abgerissen, wieso? Was hat ihn an der Musik gestört?‹ Und in seinem Gemüt kristallisierte sich allmählich ein Gefühl tiefer Kränkung heraus. Es war nicht einmal persönlicher Natur, eher eine universelle Klage über die allgemeine Infernalität des Daseins.
Lariska öffnete eine Flasche Wodka und legte ein paar saure grüne Äpfel auf den Tisch.

Stirlitz saß am Steuer und schaute auf die nasse Chaussee vor sich. Hinten  schaukelte willenlos ein Kopf mit schwarzer Augenbinde über dem Rücksitz. Nein, einen betrunkenen Freund ließ Stirlitz nicht im Stich …

»He, Männer«, drang Lariskas Stimme an sein Ohr (und er bemerkte erst jetzt, daß sie lila Haare hatte), »kommt da nicht euer Lastwagen?«

Matwej saß der Tür am nächsten; er erhob sich ein wenig vom Stuhl und spähte nach draußen.

»Auf gehts«, sagte er.

An der Straße, dreißig Meter von der Verkaufsstelle entfernt, stand ein Lastwagen, in dessen verschlissenem Laderaum wie ein Altar der Schweißtrafo prunkte.

»Auf gehts«, sagte Pjotr noch einmal, aber anders, härter, so als stünde es nur ihm zu, den anderen den Marsch zu blasen, und nun gingen sie wirklich.

Der Laderaum rüttelte heftig, und der Schweißtrafo kam manchmal bedrohlich auf Matwej zugerutscht, dann saß er mit ausgestreckten Beinen da und stemmte die Stiefel dagegen. Von dem Gerüttel, vielleicht auch von den Pilzen und dem Wodka, fing Semjon zu kotzen an, saute sich die ganze Vorderfront seiner Wattejacke ein und machte nun ein Gesicht, als steckten die anderen in der besudelten Jacke.

Nach fünf Kilometern Fahrt auf der Chaussee, mitten in der Öde, ging der Fahrer auf die Bremse. Matwej schaute nach rechts und sah zwischen den Bäumen einen Spalt, in den hinein ein kaum erkennbarer, zugewachsener Hohlweg von der Straße abzweigte. Es gab keinerlei Wegweiser. Der Fahrer reckte sich aus der Kabine:

»Was ist, kürzen wir ab?«

Pjotr erhob sich vom Sitz und tat eine Geste, die zeigte, wie einerlei es ihm war. Der Fahrer schlug die Tür zu, und das Auto rollte langsam die Böschung hinab in den Wald hinein.

Matwej lehnte an der Bordwand und dachte an dies und jenes. Ein Jugendfreund war ihm eingefallen, der damals hin und wieder den Sommer über in ihr Dorf auf Besuch kam. Dann sah er linkerhand zwischen den Birken eine verblichene Sperrholztafel stehen, darauf die landläufigen Bildnisse im Dreiergespann; als die Troika vorüberzog, mußte Matwej prompt an Gogol denken.

Kurze Zeit später fiel ihm auf, daß er eigentlich gar nicht an Gogol dachte, sondern an einen Hahn, und er wußte auch gleich, wieso – das deutsche Wort ›Gockel‹, das er offenbar kannte, war schuld. Er schaute zum Himmel, dachte noch einmal kurz an den Freund von damals und richtete seine Brille. Der dünne, goldene Steg blinkte in der Sonne, ein schmaler Lichtbogen zitterte an der Bordwand und folgte gehorsam den ruckartigen Bewegungen seines Kopfes. Dann zog die Sonne hinter eine große Wolke, und es blieb überhaupt nichts mehr zu tun – zwar steckte der kleine Band Goethe in seiner Jackentasche, doch es wäre unklug gewesen, ihn jetzt hervorzuziehen, weil der Führer, der auf der Klappbank gegenüber saß, es nicht ausstehen konnte, wenn einer seiner Untergebenen sich mit irgendwelchen nutzlosen, privaten Dingen abgab.

Himmler lächelte und schaute seufzend zur Uhr – bis Berlin war es nur noch ein Katzensprung, solange ließ es sich noch aushalten. Lächeln mußte er, weil er beim Blick auf die Uhr die wie aus Erz gegossenen Visagen der Generalstabsleute gesehen hatte – Himmler war sich sicher, daß man an ihren Körpern im Moment das Phänomen der hypnotischen Katalepsie, also einfacher gesagt, der herbeigeführten Muskelstarre hätte demonstrieren können. Er wußte selbst nicht, wie die seltsame, ohne allen Zweifel vorhandene (die Ärzte konnten sagen, was sie wollten) hypnotische Kraft des Führers zu erklären war, mit deren Erscheinungsformen er Tag für Tag konfrontiert wurde. Einfach zu begreifen wäre es gewesen, wenn Hitlers Persönlichkeit nur auf die ranghöchsten Reichsbeamten gewirkt hätte – die Furcht um die mit Mühe erlangte Stellung hätte als ausreichender Grund gelten können. Doch Hitler verzückte auch die einfachen Leute auf der Straße, für die es doch wahrlich keinen Sinn machte, diese Art Verzauberung vorzutäuschen.

Man brauchte nur den heutigen Zwischenfall herzunehmen, als der Chauffeur urplötzlich und aus unerfindlichem Grund ihren Panzerwagen zum Stehen gebracht hatte. Der Führer war aufgestanden, hatte sich über die gepanzerte Bordwand gelehnt; Himmler stand neben ihm und sah, wie der Fahrer aus der Kabine gekrochen kam, offenbar, um etwas Wichtiges zu sagen, doch plötzlich hatte er die Sprache verloren, starrte den Führer an wie das Kaninchen die Schlange. Die Absurdität der Szene wurde noch dadurch gesteigert, daß der Fahrer, während er Hitler mit großen Augen anglotzte, von hinten in einem fort Püffe und Tritte bekam, denn ein paar Geheimdienstleute waren lautlos aus dem eskortierenden Wagen gesprungen und nahmen sich seiner an. Auch Hitler begriff nicht, was los war, tat aber für alle Fälle eine erhabene Geste. Himmler lachte los, um das Ganze in einen Scherz zu wenden; der Fahrer kroch wieder in seine Kabine, die Wache tauchte ab; mit einem Schulterzucken nahm der Führer sein unterbrochenes Gespräch mit General Sievers wieder auf – es ging um Panzer und die neuen Waffen. Dieses Thema regte den in letzter Zeit zur Melancholie neigenden Führer außerordentlich an – er lebte auf, riß Witze und wurde es nicht müde, von den Vorzügen einer Flak oder einer Panzerabwehrkanone zu schwadronieren. Die heutige Ausfahrt hing damit zusammen: Als der Führer Wind bekommen hatte, daß ein neuer Panzerwagen in Dienst gestellt werden sollte, hatte er eine halbe Stunde lang per Telefon den Generalstab zusammengetrommelt und ihm den Vorschlag unterbreitet (den abzulehnen freilich keiner gewagt hätte), eine Spazierfahrt hinaus zu einem der Biergärten vor der Stadt zu unternehmen – auf dem neuen Panzerwagen, versteht sich.

Himmler blieb nichts weiter übrig, als eilends seine Leute an der Strecke zu postieren und den Biergarten mit verkleideten SS-Bonzen zu besetzen; der Führer wäre bestimmt erbost gewesen, hätte er erfahren, daß er nach dem Tee (Hitler selbst trank kein Bier) nicht mit einem namenlosen Mädel aus dem einfachen Volk das Tanzbein geschwungen hatte, sondern mit einer kampftechnisch wie politisch hervorragend geschulten SS-Scharführerin. Oder er hätte es erfahren und gemeint, ein einfaches Mädel aus dem Volke mußte eben so sein.

Als Himmler bemerkte, daß der Führer nervös wurde, waren sie schon in Berlin. Eigentlich ging nichts Besonderes mit ihm vor: Er fing nur an, die Enden seines Schnurrbarts zu zwirbeln. Die harten, kurzen Borsten streckten sich sofort wieder, doch ungerührt und mit gefurchter Stirn setzte Hitler sein Tun fort. Himmler, der die Gewohnheiten des Führers längst genaustens studiert hatte, ahnte, was nun kam, und er irrte sich nicht. Keine zwei Minuten waren vergangen, als Hitler mit dem Stiefel ein paarmal gegen die Trennwand trat, hinter der der Chauffeur saß, und laut brüllte:

»Wir sind da! Stop!«

Der Panzerwagen hielt unverzüglich, worauf es hinter ihnen zu hupen begann, ein Stau entstand: Sie waren fast schon im Zentrum von Berlin.

Himmler seufzte, nahm die Brille von der Nase und putzte sie mit einem kleinen schwarzen Tuch, in dessen Zipfel ein Totenkopf eingestickt war. Er wußte, weshalb sie hielten: Den Führer juckte es, eine Rede zu halten. Die Absonderung von Reden war bei Hitler ein rein physiologischer Prozeß, und lange an sich zu halten vermochte er nicht. Himmler schielte nach den Generälen. Immer noch in Erstarrung, schwankten sie hin und her, sie glichen den hypnotisierten Opfern einer Schlange; der Führer hatte eine Pistole dabei, anhand derer er unterwegs einige seiner Überlegungen bezüglich der ideellen Vorzüge einer Parabellum aus den Zeiten des Ersten Weltkriegs gegenüber einer Walther, selbst einer blaubrünierten, von sich gegeben hatte – und nun machten sie sich auf das gefaßt, was der von seiner eignen Rede mitgerissene Führer damit anstellen würde. Einem der Generäle, einem greisen Aristokraten, der es überhaupt nicht gewöhnt war, Bier zu trinken, war übel geworden; die Schulter seiner grünen Uniform glänzte dunkel vom Erbrochenen, wodurch sie Himmler wie eine SS-Uniform erschien.

Hitler stieg auf den würfelförmigen Maschinengewehraufsatz, der sich wie ein Altar aus der Mitte des Wagenkastens erhob, legte die Hände ineinander und schaute um sich.

Das Hupen hinter ihnen hörte sofort auf; rechts von ihrem gepanzerten Verdeck quietschten laut die Bremsen. Himmler erhob sich von der Bank und sah auf die Straße. Alle Autos standen, und beiderseits auf den Bürgersteigen schwoll die Menge an wie im Film, die vorderen Reihen drängte es bereits auf die Fahrbahn.

Himmler konnte sich denken, daß seine Leute in der Menge waren, und nicht zu knapp, trotzdem empfand er Unruhe. Er setzte sich wieder, nahm die Mütze ab und wischte sich den Schweiß.

Hitler hatte unterdessen schon zu reden begonnen.

»Ich dulde keine Vorworte, Nachworte, Kommentare und dieses ganze jüdische Geschwätz«, sagte er. »Mir als ganz normalem deutschem Manne sind Psychoanalyse und Traumdeutelei zuwider. Nichtsdestotrotz möchte ich nun von einem Traum erzählen, den ich geträumt habe.«

Es folgte, wie üblich zu Beginn seiner Auftritte, eine kurze Pause, während der Hitler den Anschein erweckte, als schaute er in sich hinein, was er in dieser Zeit auch wirklich tat.

»Mir träumte, ich gehe in den Ostgebieten übers Feld, in Begleitung einfacher Leute, Erdarbeiter. Zu beiden Seiten endlose Weiten mit verfallenen Hüttchen, Grabhügeln; hin und wieder einmal ein Dörfchen, wo die Bauern sich an ihren Häusern zu schaffen machen. Wir – meine Wegbegleiter und ich – gehen durch ein solches Dorf und machen Rast auf einer Bank, im Schatten alter Linden, mit ein paar alten Inschriften gegenüber …«

Hitler fuhrwerkte mit den Händen wie einer, der eine Zeitung aufschlug, mit den Augen überflog, dann angewidert zusammenknüllte und wegwarf.

»Und da«, fuhr er fort, »geht hinter mir der Radiolautsprecher an, und es erklingt eine wehmütige, alte Musik – gespielt auf dem Cembalo oder der Gitarre, genau entsinne ich mich nicht mehr. Heinrich dreht sich um zu mir …«

Hitler machte eine auffordernde Geste, und über den Tarnverkleidungen der Bordwand erschien das von goldblitzenden Brillenbügeln markierte Gesicht des Reichsführers SS.

»Im Traum war er einer von meinen Landarbeitsgenossen, und er sagte: ›Findest du nicht auch, daß die alte Weise diesem russischen Feldweg ganz wundersam entspricht? Oder nein, nicht entspricht, sie selbst ist es, die alles ringsumher so wundersam verwandelt! Spanien!… – oder was meinst du? Ach, vielleicht wird es nie wieder im Leben so schön‹, sagte er zu mir, ›laß uns diesen Moment in Erinnerung behalten.‹«

Himmler lächelte verlegen.

»Zunächst«, sprach Hitler weiter, »erklärte ich mich mit ihm einverstanden. Spanien, tatsächlich! Der Was-

serturm, jawohl, ein kastilisches Schloß! Der Hecken-
rosenstrauch – wie eine maurische Rose! Und hinter
den Hügeln blinkt das Meer! Jedoch …«

Hier nahm Hitlers Stimme ein ungewöhnlich starkes
Timbre an, wurde zugleich leiser und eindringlicher,
während die Hände, bis dahin an die Brust gelegt, sich
nun nach vorn bewegten – die eine abwärts zu den Leisten, die andere empor, in eine Pose, als hielte sie den
Schwanz einer großen, sich windenden Ratte zwischen
den Fingern.

»… Jedoch, als die Musik nach einigen letzten, schlichten und edlen Wendungen verklungen war, da wurde
mir klar, wie unrecht der arme Heinrich hatte …«

Hitlers Hand beschrieb einen Halbkreis und klatschte
gegen des Reichsführers Mützenschirm, worauf dessen
fahl gewordenes Gesicht langsam hinter der Panzerung
abtauchte.

»Jawohl, er hatte unrecht, und ich will sagen, wieso.
Als das Radio verstummte, fanden wir uns auf einer ab-
gewetzten Bank wieder, zwischen Hühnern und Klet-
tenbüschen. Ein Traktor tuckerte, schiefe Zäune standen da, und obgleich der Weg nach beiden Seiten
führte, wußte man nicht, wohin sich wenden, denn
dieser Weg führte nur immer wieder zu Kletten und
Hühnern, zu immer den gleichen vernagelten Krämer-
läden, Anschlagtafeln mit vergilbten Zeitungen, und es
war klar, wo immer wir auch hinkämen, überall würde
der Traktor tuckern und die Fäden unserer Leben auf
seine Trommel spulen.«

Hitler faßte sich mit der rechten Hand um die linke
Schulter, die Linke legte er in den Nacken.

»Und so stellte ich mir die Frage: wozu? Wozu klangen
diese Saiten und verwandelten die triste Mittagsstunde
im Osten in etwas Größeres, etwas, das jedweden Mittag an jedem beliebigen Punkt der Welt überragte?«

Hitler schwieg, er schien nachzudenken.

»Wäre ich jünger an Jahren – nun, wie damals, im Jahre 1914 – ich würde mir gewiß sagen: ›Adolf, in diesen Minuten hast du die Welt so gesehen, wie sie einmal werden wird, wenn ...‹ Und hinter dieses Wenn hätte ich vermutlich irgendeine passende Phrase gesetzt, wie sie für jedes dieser romantischen Löcher im Kopf existiert. Inzwischen aber unterlasse ich das, zu lange schon habe ich mich mit derlei Dingen abgegeben. Und ich weiß: Was uns da ergriffen hat, ist nicht das Wahre gewesen, denn es hat uns anschließend wieder alleingelassen, allein im Unkraut dieser großen, verwaisten Leidensfabrik, inmitten dieser ganzen, ringsum sich anhäufenden Sinnlosigkeit. Das Wahre hingegen wird sich derer annehmen, zu denen es kommt; man muß es nicht extra behüten, wenn es in einem ist, denn es ist gekommen, uns selbst zu behüten ... Nein, ich lasse mich nicht so leicht kaufen wie mein armer Freund Heinrich ...«

Hitler schickte einen zornentflammten Blick hinunter ins Wageninnere.

»Und sollte mich nun einer fragen: Worin lag der Sinn jener drei Minuten, da das Radio spielte und die Welt eine andere war, so werde ich sagen: Es gibt keinen Sinn. Doch was ist es dann gewesen? kommt die nächste Frage. Ja, was denn, wo war denn etwas? werde ich entgegnen. Ist da überhaupt etwas gewesen?«

Der Wind fuhr in Hitlers Haarschopf, spielte mit ihm und verwandelte ihn für einen Moment in eine Art Wegweiser, der nach rechts unten zeigte.

»... Warum haben wir so viel Angst, etwas zu verlieren, wovon wir nicht einmal recht wissen, was es ist? Nein, Kletten sollen einfach nur Kletten sein und Zäune nichts als Zäune, dann hat der Weg wieder einen Anfang und ein Ende, und es hat Sinn, ihn zu beschreiten. Verschaffen wir uns endlich eine Sicht auf die Dinge, die die Welt wieder so einfach werden läßt, wie sie ist, eine Sicht, die es uns ermöglicht, in dieser Welt zu leben, ohne fürchten zu müssen, daß uns am nächsten Tag schon wieder die Nostalgie auflauert ... Dann kann kein Radioapparat hinter unserem Rücken uns mehr etwas anhaben!«

Hitler ließ den Kopf sinken, nickte ein paarmal in ungewisse Richtung, heftete seinen Blick dann wieder auf die Massen und riß den rechten Arm nach oben:

»Sieg heil!«

Ohne die Antwort der brüllenden Menge abzuwarten, ließ er sich auf die Bank fallen.

»Kann losgehen«, gab Himmler durch die vergitterte Luke zum Fahrer hinein das Kommando.

Den Rest des Weges spähte Himmler durch die Bordgeschützscharte und tat, als sei er vom Geschehen draußen völlig in Anspruch genommen – so war es weniger wahrscheinlich, daß ihn jemand ansprach. Wie stets, wenn er schlecht gelaunt war, erschien ihm seine Brille wie ein großes Insekt mit durchsichtigen Flügeln, das sich in seiner Nasenwurzel festgesaugt hatte.

›Ich frage mich‹, dachte er, ›wie es kommt, daß dieser Mensch so viel von Gefühlen redet und dabei keinen Gedanken an seine Mitmenschen verschwendet? Weiß er denn wirklich nicht, wie leicht man jemanden kränken kann, der einem bedingungslos ergeben ist?«

Himmler nahm die Brille ab und steckte sie ein; nun erschien ihm die Umgebung verschwommen, dafür klärten sich die Gedanken im Kopf, und die Kränkung ließ nach.

»Was er sich nur heute ereifert hat über das Wahre in den Gefühlen? Die letzte Rede handelte von der Literatur, die vorletzte von den französischen Weinen, diesmal gings ihm um die Seele ... Was meint er mit dem Wahren? Und wieso glaubt er, die schönen Seiten der Welt hätten die Pflicht, ihn vor Verdauungsproblemen und engen Schuhen zu behüten? Das Schöne seinerseits, hat es denn irgendeine Obhut nötig? Und was die Kletten im Ural angeht ... mein Gott, was hat er nur für Vergleiche, gräßlich! ... kastilisches Schloß, Rose von Sevilla ... Oder war es nicht Sevilla? Irgendein Meer hinter den Hügeln kam auch vor ... Besser wäre, er ginge hin und suchte es, das Meer hinter den Hügeln, anstatt sich hinzustellen und herumzuposaunen, daß es nicht da ist. Wenn sich kein Meer fände, dann vielleicht etwas anderes. Sind das etwa die Lehren von Nietzsche und Wagner? Kriegt kein Bein vor das andere und erzählt, es lohnte nicht loszugehen. Was entscheidet er überhaupt für andere? Bildet sich ein, er sei der Größte. Dabei hat er erst vorige Woche in Jeschowsk am Schnapsladen eine aufs Maul bekommen. Wäre mal wieder fällig, am besten gleich ... Dem gehts zu wohl! Reißt einfach die Drähte ab, wenn andere Leute Musik hören wollen, und erzählt Weisheiten ... «

Matwej spuckte wütend in eine Ecke und gab sich Mühe, endlich an etwas anderes zu denken. Plötzlich bremste der Lastwagen und stand. Sie waren da.

Matwej sprang ab und lief eilig, so als müßte er dringend austreten, um einen halbfertigen Ziegelbau herum, dort blieb er stehen und ging in sich. Er versuchte noch eine Spur dessen heraufzuholen, was er Stunden zuvor gesehen hatte, als die Musik aus dem Lautsprecher tönte. Doch in ihm war es öde und leer – wie ein von der Hitlerarmee zerstörtes Pionierlager im Winter. Türen knarrten unnütz in den Angeln, ein zerfetztes Spruchband flatterte im Wind, das einzige noch zu lesende Wort war: »AUF«.

»Den bring ich um«, sagte Matwej leise und lief wieder um die Ecke, dorthin zurück, wo seine alltägliche innere Wirklichkeit war. Später, beim Arbeiten, sah er ein paarmal zu Pjotr hinüber und empfand Haß – abwechselnd auf dessen umgeschlagene Stiefelstulpen, den strammen Nacken, das, was er auf die volkseigene Schippe nahm, und überhaupt.

# Der gelbe Pfeil

## 12

Andrej wurde vom üblichen Morgenlärm geweckt – muntere Gespräche in der Toilettenschlange, die den Gang bereits wieder füllte, verzweifeltes Kindergeschrei hinter der dünnen Wand, Schnarchen in nächster Nähe. Ein paar Minuten versuchte er noch gegen den hereinbrechenden Tag anzukämpfen, da ging das Radio an. Musik spielte, es klang, als würde sie aus einem Großküchentopf in den Äther gekippt.

»Es kommt ganz darauf an«, sagte der unsichtbare Lautsprecher dicht neben seinem Kopf, »mit welcher Laune Sie in den neuen Morgen gehen. Möge der heutige Tag Ihnen Leichtigkeit und Freude bringen und voller Sonne sein – das wünscht Ihnen die populäre estnische Sängerin Guna Tamas.«

Andrej ließ die Füße auf den Boden hinab und tastete nach den Schuhen. Auf dem Nachbarbett schnarchte Pjotr Sergejewitsch. Nach den energischen Hebungen und Senkungen zu urteilen, die seine Hinterpartien unter dem mit dreieckigen blauen Stempeln versehenen Laken vollzogen, beabsichtigte er mindestens noch eine Stunde in Morpheus' Armen zu verweilen. Man sah, daß er sich von Guna Tamas' Morgengruß genausowenig stören ließ wie von den Stimmen auf dem Flur; den anderen aber, die kein solches luftgestricktes Kettenhemd hatten, half alles nichts, und auch für Andrej hatte der Tag unwiderruflich begonnen.

Nachdem er sich angezogen und ein halbes Glas kalten Tee getrunken hatte, nahm er das Handtuch mit dem aufgestickten doppelköpfigen Hahn vom Haken, ergriff den Beutel mit Seifendose und Zahnbürste und trat auf den Gang hinaus. Als letzter in der Schlange zum Klo stand ein Kaukasier namens Abel. Sein großes rundes Gesicht zeigte nicht die gewohnte Gutmütigkeit, selbst die Zahnbürste schaute aus seiner Faust wie ein kurzer Dolch.

»Ich komm nach dir«, sagte Andrej, »ich geh erstmal eine rauchen, okay?«

»Von mir aus«, sagte Abel finster.

Als die schwere Tür mit der tief eingekratzten Inschrift *Lok wird Meister* und dem verschmierten Guckloch hinter Andrej zuklappte, erinnerte er sich, daß ihm bereits gestern die Zigaretten ausgegangen waren. Glücklicherweise hockte ein Hütchenspieler gleich hinter der Tür, mehrere Männer standen um ihn herum. Andrej schnorrte von einem der Zuschauer eine ›Bahner‹ und blieb bei ihnen stehen.

Der Hütchenspieler war alt und runzlig wie ein sterbender Affe, und die leere Bierdose für eine milde Gabe hätte ihm besser angestanden als die drei braunen Plastikbecher, die er gemächlich über ein Stück Pappe rutschen ließ. Es konnte sich freilich auch um einen Altmeister handeln – seine Assistenten waren imposant und stattlich genug. Sie waren zu zweit, in den gleichen fuchsroten Jacken aus entsetzlich miserablem Leder, die von politischen Gefangenen in China genäht wurden; ihren Streit spielten sie durchaus glaubwürdig, rempelten einander vor die Brust und zockten bei ihrem Lehrer abwechselnd neue Fünftausenderscheine ab, die dieser ihnen schweigend und ohne aufzublicken aushändigte.

Andrej ging ein paar Schritte weiter und lehnte sich neben dem Fenster gegen die Wand. Das Radio hatte richtig geraten – ein sonniger Tag. Flache, goldene Strahlen trafen hin und wieder die leicht gewölbte Glatze des Hütchenspielers, die buschigen Reste seiner grauen Haare verwandelten sich vorübergehend zu einer glänzenden Aura, und seine Handgriffe auf dem Karton erschienen wie liturgische Praktiken einer längst versunkenen Religion.

»He«, meinte einer der Assistenten und schaute herüber, »was qualmst du hier alles voll? Man kriegt so kaum Luft.«

Andrej erwiderte nichts. ›Man könnte einen Leserbrief schreiben‹, dachte er. ›Brüder und Schwestern! Nun soll, wie man hört, auch keine Luft mehr zu kriegen sein …‹

»Hörst du schwer?« fragte der Adjutant und richtete sich zur vollen Größe auf.

Andrej blieb stumm. Nach Lage der Dinge hatte der Mann unrecht – hier war fremdes Territorium.

»Wo ist die Kugel, wo ist der Ball? Aufdecken und gewinnen«, knarrte der Hütchenspieler plötzlich.

Offenbar war das ein Kode – der Assistent fügte sich, zog den Kopf ein und nahm den unterbrochenen Zwist mit seinem Kompagnon umgehend wieder auf. Andrej tat einen letzten Zug und warf ihnen die Kippe vor die Füße.

Er kam gerade zurecht. Abel war verschwunden, als letzte stand vor ihm eine Frau mit einem Säugling auf den Armen. Wider Erwarten waren die beiden sehr schnell fertig.

Andrej verriegelte hinter sich die Tür, sperrte den Hahn auf, betrachtete im Spiegel sein Gesicht und dachte, daß es in den letzten fünf Jahren eigentlich nicht älter oder erwachsener, aber irgendwie unaktuell geworden war, aus der Mode gekommen – wie Schlaghosen, transzendentale Meditation oder die Gruppe ›Fleetwood Mac‹. In letzter Zeit waren andere Gesichter modern, im Geist der Dreißiger, Vorkriegszeit, woraus eine Menge weitreichender Schlüsse zu ziehen waren. Er ließ diese Schlüsse in den Orkus gehen, putzte sich die Zähne, wusch sich flüchtig und kehrte in sein Domizil zurück.

Pjotr Sergejewitsch war schon wach und saß am Tisch, er blätterte in einer alten Nummer von ›Reise & Verkehr‹, die Andrej gestern bei einem Zigeuner gegen eine Büchse Bier eingetauscht hatte, las nicht, kratzte sich bloß.

»Guten Morgen, Andrej«, sagte Pjotr Sergejewitsch und tippte mit dem Finger auf die Zeitung. »Hier schreiben sie: Die Existenz des Schneemenschen darf man als wissenschaftlich bewiesen ansehen.«

»Guten Morgen, Pjotr Sergejewitsch«, sagte Andrej. »Das ist Humbug. Sie haben heute wieder die ganze Nacht geschnarcht.«

»Lüg nicht! Ist das wirklich wahr?«

»Ja.«

»Und hast du gepfiffen?«

»Natürlich hab ich das«, antwortete Andrej. »Und wie. Hilft alles nichts. Sobald Sie sich auf den Rücken drehen, schnarchen Sie, und dann ist alles zu spät. Sie sollten sich lieber anbinden, damit Sie immer auf der Seite liegen. Wie voriges Jahr, wissen Sie noch?«

»Ich weiß«, sagte Pjotr Sergejewitsch. »Da war ich noch jünger. Jetzt kann ich so nicht mehr einschlafen. Schlimm, schlimm, oje. Alles die Nerven. Mensch, früher, Andrjuscha, vor den Reformen von diesen A…, da hab ich nie geschnarcht. Naja, was solls. Irgendwas wird uns schon einfallen.«

»Was schreiben sie noch?« fragte Andrej und deutete mit einem Kopfnicken auf die Zeitung; bevor Pjotr Sergejewitsch darauf kam, was vor den Reformen noch alles anders gewesen war, mußte man seinen Gedanken eine andere Richtung geben.

Pjotr Sergejewitsch fuhr mit dem Finger über das grünliche Papier und fing an, den Leitartikel zu referieren, den er mit monotonen Flüchen würzte, während Andrej, der nickte und Zwischenfragen stellte, sich seine Pläne für den Tag zurechtlegte. Zuerst ging es zum Frühstück, und anschließend mußte er zu Han – mit ihm gab es etwas zu regeln.

11

Im Restaurant, dem langen, schmalen Raum mit einem Dutzend unbequemer Tischchen, war es noch leer, roch aber schon angebrannt, und was da angebrannt war, konnte auch vorher nicht gut gewesen sein. Andrej setzte sich auf seinen Stammplatz am Fenster, mit dem Rücken zur Kasse, und sah, blinzelnd von der Sonne, in die Speisekarte. Graupensuppe, Tee und aserbaidshanischer Kognak waren zu haben, sonst nichts. Andrej fing den Blick des Kellners auf und nickte. Der Kellner stellte Daumen und Zeigefinger so in die Luft, daß ein Schnapsglas dazwischen paßte, und grinste fragend. Andrej schüttelte den Kopf.

Heißes Sonnenlicht fiel auf das von Krümeln und klebrigen Flecken übersäte Tischtuch, und Andrej kam plötzlich in den Sinn, daß es für Millionen Strahlen eine wahre Tragödie sein mußte: von der Sonnenoberfläche aus aufzubrechen, durch die endlosen Weiten des Kosmos zu eilen, Hunderte von Kilometern Erdatmosphäre zu durchdringen, und all dies nur, um auf den ekelerregenden Resten der Vortagssuppe zu verenden. Konnte es doch durchaus sein, daß diese schräg hereinfallenden gelben Pfeile vernunftbegabt waren, ausgestattet mit einer Hoffnung auf beßre Tage und mit einem Einsehen in die Vergeblichkeit dieser Hoffnung – daß sie also wie die Menschen alle Ingredienzen zur Verfügung hatten, die man brauchte, um zu leiden.

»Vielleicht gibt es jemanden, dem ich selbst als gelber Pfeil erscheine, der sich auf einer Tischdecke zu Tode stürzt. Und das Leben ist nichts als eine dreckige Scheibe, durch die ich fliege. Und da falle ich nun und falle, weiß der Teufel wieviel Jahre schon, auf den Tisch, vor den Teller, und jemand guckt in die Speisekarte und wartet aufs Frühstück ...«

Andrej schaute auf zum Fernseher in der Ecke und erblickte ein flimmerndes Gesicht, das tonlos vor drei braunen Mikrofonen den Mund aufriß. Dann schwenkte die Kamera und zeigte zwei Männer, die sich vor einem anderen Mikrofon heftig prügelten; in der schamlosen Art russischer Freudianer hielten sie einander am gleichen roten Schlips gepackt.

Der Kellner kam und stellte das Frühstück auf den Tisch. Andrej sah in die Aluminiumschüssel. Graupensuppe, darin ein schmelzendes Butterflöckchen, das aussah wie eine kleine Sonne. Andrej hatte absolut keinen Hunger, doch ihm fiel ein, daß er frühestens am Abend wieder herkommen würde, und stoisch begann er den warmen Brei zu schlucken.

Die ersten Gäste trafen ein, das Restaurant füllte sich allmählich mit ihren Stimmen – Andrej hatte das Gefühl, daß die Stille davon eigentlich unberührt blieb, ein paar Reizerreger, die um Aufmerksamkeit buhlten, waren nur dazugekommen. Die Stille war wie Graupensuppe so dick und zäh; sie deformierte die Stimmen, die vor ihrem Hintergrund abgehackt und hysterisch klangen. Am Nachbartisch war lautstark vom Schneemenschen die Rede, den eine verrückte Alte gestern gesehen haben wollte. Anfangs versuchte Andrej dem Gespräch zu folgen, dann ließ er es sein.

171

Ein grauhaariger Mann, rot im Gesicht, in einem strengen schwarzen Uniformrock mit kleinen silbernen Kreuzen auf den Kragenspiegeln nahm ihm gegenüber Platz.

»Guten Appetit«, sagte er und lächelte.

»Hören Sie doch auf«, sagte Andrej.

»Sie sind ja so mißmutig«, wunderte sich der Tischnachbar.

»Und Sie so lustig.«

»Ich bin nicht lustig«, sagte der Nachbar, »ich bin guter Dinge«.

»Und ich«, sagte Andrej, »bin nicht mißmutig, sondern in Gedanken. Ich sitze hier und denke nach.«

Er aß die Suppe auf, zog das Teeglas zu sich heran und rührte den Zucker hinein. Der Nachbar behielt sein Lächeln. ›Gleich fängt er wieder an‹, dachte Andrej und ließ den Löffel schneller kreisen.

»Das Denken, auch das Grübeln mitunter«, sprach der Herr, wobei seine Hand die Bewegung eines Dirigenten vollführte, »ist gewiß von Nutzen und im Leben sehr oft erforderlich. Doch es kommt immer darauf an, wo dieser Prozeß, wenn man so sagen darf, seinen Anfang nimmt.«

»Nanu«, fragte Andrej, »da gibt es wohl verschiedene Örtlichkeiten?«

»Sie nehmen es ironisch, nun ja, die gibt es wirklich, das nur nebenbei. Es kommt vor, daß ein Mensch irgendein Problem aus eigner Kraft zu lösen versucht, obwohl die Lösung schon Tausende von Jahren vorliegt. Er weiß es nur nicht. Oder er ahnt nicht, daß es genau sein Problem ist.«

Andrej trank seinen Tee aus.

»Vielleicht ist es ja wirklich nicht sein Problem«, meinte er.

»Wir alle haben in Wahrheit ein und dasselbe Problem. Nur Hoffart und Dummheit hindern uns, dies zu erkennen. Der Mensch, er kann noch so gut sein, ist immer schwach, wenn er allein ist. Er braucht einen Halt, etwas, was seiner Existenz einen Sinn gibt. Er muß einen Widerschein höherer Harmonie erkennen in allem, was er tut. In dem, was er tagein, tagaus zu sehen bekommt.«

Er wies mit dem Daumen aus dem Fenster. Andrej sah hinaus und sah Wald. Weit dahinter, ganz am Horizont, ragten drei riesige rostbraune Schornsteine irgendeines Kraftwerks oder einer Fabrik in den Himmel – so breit, daß sie eher wie gigantische Schnapsgläser wirkten. Andrej mußte lachen.

»Was haben Sie?« fragte der Nachbar.

»Ach, wissen Sie«, sagte Andrej, »ich stellte mir gerade einen betrunkenen Riesen mit Harmonika vor, unglaublich groß, aber völlig hohl im Kopf, und kann sich kaum auf den Beinen halten. Der spielt und singt auf seiner Harmonika irgendein dämliches Lied, das hört und hört nicht auf. Die Harmonika ist so speckig, daß sie glänzt. Und wer davon unten etwas merkt, nennt es Widerschein höherer Harmonie.«

Der Nachbar runzelte ein wenig die Stirn.

»Wissen Sie, das ist doch alles kalter Kaffee«, meinte er. »Hierarchie der Demiurgen, monströse Welt und so weiter, falls Sie die historischen Parallelen interessieren. Gnostizismus, mit einem Wort. Aber der macht Sie auch nicht glücklich, verstehen Sie?«

»Na, na«, sagte Andrej, »was Sie da für Worte in den Mund nehmen. Was macht mich denn glücklich?«

»Zum Glück führt nur ein einziger Weg«, sagte der Herr in wichtigem Ton und stocherte mit der Gabel in der Schüssel herum. »Man muß in allem Sinn und Schönheit sehen und sich der großen Idee unterordnen. Erst dann beginnt das wirkliche Leben.«

Andrej wollte fragen, wessen Idee es denn war, der man sich unterordnen sollte, welche von den vie-

len, die es gab, doch dann dachte er, daß ihm der
Herr als Antwort unweigerlich irgendeine Broschüre
in die Hand drücken würde, also sagte er lieber
nichts.

»Vielleicht haben Sie recht«, sagte er beim Aufstehen,
»ich danke für die Unterhaltung. Sie müssen entschuldigen, ich habe heute morgen schlechte Laune. Sie
sind, wie ich sehe, ein sehr gebildeter Mensch.«

»Das ist mein Beruf«, sagte der Herr. »Ich danke Ihnen.
Nehmen Sie das zur Erinnerung.«

Er reichte ihm ein kleines, buntes Faltblatt, worauf ein
Ohr gemalt war, unnatürlich rosa, in das hinein metal-
lisch glänzend – wohl mit einem Widerschein höherer
Harmonie – eine Note mit zwei Flügelchen geflogen
kam, Kaliber zwölf ungefähr. Andrej dankte, steckte
das Blatt in die Tasche und ging zur Tür.

Er ging zügig, auch wenn er es nicht sonderlich eilig
hatte; ab und zu streifte er einen von den vielen, die
wie immer um diese Tageszeit auf den schmalen
Gängen herumspazierten, und entschuldigte sich . Die
Leute schauten aus dem Fenster und lächelten, auf
ihren Gesichtern spielte das Sonnenlicht. Auffällig war
die große Zahl junger, schon in die Breite gegangener
Frauen in türkischen Jogginganzügen, Kinder wusel-
ten schweigend um sie herum, mit der unsystema-
tischen Erkundung ihrer Umwelt befaßt. Manchmal
waren auch die Männer in ihren über den Hosen hängenden Unterhemden dabei, die meisten mit einem
Bier in der Hand.

Andrej spürte, daß der eben angebrochene Tag ihn
schon in Beschlag genommen hatte und zwang, über
eine Menge Dinge nachzudenken, die ihn gar nicht interessierten. Dagegen war man machtlos: Die Stimmen
und Geräusche der Umgebung drangen einem unge-
hindert in den Kopf, begannen sich dort zu wälzen wie

die Kugeln in der Lotterietrommel und gaben sich eine Weile als eigene Gedanken aus. Erst waren es die aus den unsichtbaren Lautsprechern tönenden infernalischen Rundgesänge, die alles übrige verdrängten, dann war er gehalten, über irgendeine Hoffnung nachzudenken, die nach dem Großen Zapfenstreich wieder mal fällig sein sollte, dann kam der Wetterbericht, und Andrej schielte unwillkürlich aus den Fenstern, die an ihm vorüberzogen und hinter denen der Südwind auffrischen sollte. Ein paarmal mußte er einen Bogen um Grüppchen von Leuten machen, die sich vor dem Feldaltar des jeweiligen Revierhütchenspielers verneigten; am frappierendsten war, wie sehr all diese Hütchenspieler und ihre Assistenten einander glichen, sie redeten sogar denselben südlichen Dialekt, so als handelte es sich um ein besonderes Volk, wo man sich von Kindesbeinen an in der Kunst übte, eine Hartgummikugel unter dem dreckigen Daumennagel zu verstecken und drei umgedrehte Becher über ein Stück Pappe zu schieben. Nach einigen Minuten stand Andrej endlich vor der blaßgelben Kunststofftür mit der Ziffer XV und einem großen Kratzer, der aussah wie ein aufwärts gerichteter Pfeil.

Han war allein. Er saß am Tisch, nippte vom Tee und schaute aus dem Fenster. Wie üblich trug er einen schwarzen Trainingsanzug mit der Aufschrift ›Angels of California‹, der in Andrej stets leise Zweifel hinsichtlich kalifornischer Engel weckte. Des weiteren fiel Andrej auf, daß sich Han längere Zeit nicht rasiert hatte und inzwischen aussah wie Toshiro Mifune in seiner neuesten Rolle – um so mehr, als auch Han eines Schusses asiatischen Blutes wegen diese geschlitzten Augen hatte.

»Sei gegrüßt«, sagte Andrej.

»Hallo. Schließ die Tür ab.«

»Und wenn deine Leute wiederkommen?«

»Es kommt keiner«, sagte Han.

Andrej riegelte ab, das vernickelte Schloß schnappte geräuschvoll zu. Eine ungute Ahnung beschlich ihn – das Schnappen des Schlosses klang in seinen Ohren wie ein Gewehrschloß. Gleich darauf erschien ihm seine Furcht lächerlich.

»Setz dich« sagte Han und deutete mit dem Kopf auf den Sitz gegenüber.

Andrej setzte sich.

»Was gibts Neues?« fragte Han.

»Ach«, sagte Andrej, »eigentlich nichts. Manchmal denkt man so: Wo sind die letzten fünf Jahre eigentlich hin?«

»Wieso gerade fünf?«

»Die Zahl spielt keine Rolle«, sagte Andrej. »Ich sage fünf, weil ich mich erinnern kann, daß ich vor fünf Jahren genauso war wie heute. Herumschlendern und Glotzen, mit immer denselben Gedanken im Kopf. Und wenn die nächsten fünf Jahre um sind, wirds auch nicht anders sein, verstehst du ... Was guckst du mich so komisch an?«

»He, Mann!« sagte Han. »Komm zu dir!«

»Ich glaub, ich bin bei mir.«

Han schüttelte den Kopf.

»Los, sag mir schnell«, meinte er, »was ist ein gelber Pfeil?«

Andrej sah erstaunt auf.

»Komisch«, sagte er, »gerade vorhin im Restaurant mußte ich an gelbe Pfeile denken. Das heißt, nicht direkt an gelbe Pfeile, sondern überhaupt. An das Leben. Die Tischdecke war so dreckig, weißt du, und die Sonne schien drauf, und da hab ich ...«

»Komm, steh auf.«

»Wieso?«

»Du sollst aufstehn, sag ich«, wiederholte Han und kam hinter dem Tisch hervor.

Andrej erhob sich, und Han packte ihn ziemlich grob beim Kragen, schüttelte ihn ein paarmal.

»Weißt du vielleicht noch, warum du hergekommen bist?« fragte er.

»Nimm die Hände weg!« erwiderte Andrej. »Bist du verrückt geworden? Ich wollte dich einfach besuchen.«

»Wo befinden wir uns? Was hörst du?«

Andrej riß die fremden Hände von seiner Jacke, legte das Gesicht in bestürzte Falten, und plötzlich wußte er, daß er ein rhythmisches Stoßen von Stahl auf Stahl im Ohr hatte, ein Klopfen, das auch zuvor schon zu hören gewesen, ihm aber nicht zu Bewußtsein gekommen war.

»Der gelbe Pfeil, was ist das?« wiederholte Han. »Wo sind wir?«

Er drehte Andrej zum Fenster; dahinter waren Baumkronen zu sehen, die in rasendem Tempo von links nach rechts vorbeiflogen.

»Na, wirds bald?«

»Warte«, sagte Andrej, »warte.«

Er griff sich an den Kopf und setzte sich auf die Bank.

»Ich weiß«, sagte er dann. »Der gelbe Pfeil, das ist der Zug, der zur zerstörten Brücke unterwegs ist. Der Zug, in dem wir fahren.«


10


»Hast du eine Ahnung, was mit dir war?« fragte Han.

»Nicht mehr so richtig«, sagte Andrej. »Nur ungefähr. Eigentlich ist gar nichts weiter passiert. Ich hab gewußt, wie ich heiße und aus welchem Abteil ich bin. Und trotzdem war ich überhaupt nicht ich selber. Ich hatte so merkwürdige Anwandlungen – mir kam es so vor, als machte es einen Unterschied, in welchem Waggon man fährt. Als bekäme die ganze Geschichte mehr Sinn, wenn die Tischdecke im Speisewagen sauber wäre. Oder wenn sie im Fernsehen endlich mal andere Larven zeigten – verstehst du?«

»Du mußt das nicht weiter erklären«, meinte Han. »Du bist einfach eine Weile Reisender gewesen.«

Andrej drehte sich vom Fenster weg und schaute zum Durchgang hinüber, wo sich der eingebaute Schrank mit den zwei staubigen Meßuhren befand; unter den Uhren stand: ›Nächste Prüfung: ......‹, das Feld dahinter war freigelassen.

»Reisender bin ich auch jetzt noch«, sagte er. »Genauso wie du.«

»Ein normaler Reisender«, erwiderte Han, »sieht sich nicht als solcher. Sobald du im Bilde bist, bist du kein Reisender mehr. Daß man aus diesem Zug aussteigen könnte, kommt denen nämlich nicht in den Sinn. Es gibt für sie nichts als den Zug.«

»Es gibt auch für uns nichts anderes«, sagte Andrej finster. »Es sei denn, man betrügt sich selbst.«

Han grinste.

»Sich selbst, nun ja«, meinte er schleppend. »Wenn wir uns nicht selber betrügen, dann betrügen uns andere, und zwar ohne mit der Wimper zu zucken. Und überhaupt, diesen Betrug an dem, was du das Selbst nennst, muß man erst einmal fertigbringen, das ist eine große Leistung, denn meistens ist es umgekehrt: Wir lassen uns von ihm betrügen. Und ob es noch etwas anderes gibt als unseren Zug oder nicht, ist unwichtig. Wichtig ist, daß man so zu leben versteht, als gäbe es das. Als könnte man wirklich aussteigen. Dort liegt der ganze Unterschied. Aber wenn du versuchst, diesen Unterschied einem normalen Reisenden zu erklären, wirst du vermutlich wenig Erfolg haben.«

»Hast dus denn versucht?« fragte Andrej.

»Klar. Die begreifen ja gar nicht, daß sie im Zug sitzen.«

»Irgendwie ist das bescheuert«, sagte Andrej. »Reisende, die nicht begreifen, daß sie im Zug sitzen. Laß diesen Quatsch nur keinen hören!«

»Aber glaub mir, sie begreifen es nicht! Wie kann einer wirklich begreifen, was für ihn feststeht? Sie hören ja nicht mal mehr das Rattern über die Schienenstöße …«

»Ja«, meinte Andrej, »das stimmt. Das hab ich an mir selbst gemerkt. Als ich ins Restaurant ging, hab ich noch gedacht: Wie schön still es ist, wenn keiner da ist.«

»Genau. Schön still. Man hört den Löffel im Glas, nicht wahr … Merk dir das: Wenn einer das Rattern der Räder nicht mehr hört und trotzdem nichts dagegen hat weiterzufahren, dann ist er zum Reisenden geworden.«

»Uns fragt doch keiner«, wandte Andrej ein, »ob wir weiterfahren möchten oder nicht. Wir wissen nicht mal, wie wir hier reingeraten sind. Wir fahren, und fertig. Es bleibt einem nichts weiter übrig.«

»Doch. Das Schwierigste im Leben bleibt einem überlassen: Zugfahren, ohne Reisender zu sein«, sagte Han.

Die Zwischentür zum Waggon ging auf, der Schaffner kam. Andrej erkannte seinen Gesprächspartner aus dem Speisewagen wieder – nur hatte er jetzt die Mütze auf. Der Rock mit den Kragenspiegeln, worauf die gekreuzten Hämmer oder Schraubenschlüssel glänzten, stand offen über dem vorstehenden Bauch, darunter trug er ein schwarzes Uniformhemd und eine himbeerrote Strickweste. Gedankenverloren ließ er das Zeichen seiner Amtswürde am Strick um das Handgelenk kreisen: den kleinen, vernickelten Vierkantsteckschlüssel mit Kreuzgriff, der als Schlagring im Umgang mit angetrunkenen Reisenden beziehungsweise zum Flaschenöffnen benutzt wurde. Der Schaffner erkannte Andrej ebenfalls, setzte ein breites Lächeln auf und legte drei Finger gestreckt an die Mütze.

»Was grinst der so blöd?« fragte Han, als der Schaffner im Waggoninneren verschwunden war.

»Nichts weiter. Wir saßen beim Frühstück zusammen. Aber was tut man, wenn es wieder passiert?«

»Was denn? Redest du vom Schaffner?« fragte Han.

»Nein. Wenn ich wieder zum Reisenden werden sollte.«

»Damit aufhören, und fertig. Das hat jeder von uns mal.«

»Was heißt jeder von uns? Sind wir denn viele?«

»Ich glaube schon«, erwiderte Han. »Wir müssen viele sein, selbst wenn wir einander nicht kennen. Früher waren es jedenfalls viele.«

»Von wem hast du eigentlich das erste Mal davon gehört?«

»Weiß ich nicht«, sagte Han. »Hab ich nicht gesehen.«

»Wie denn das? Wie kannst du etwas von jemandem erfahren haben, den du gar nicht gesehen hast?«

»Einfach so«, sagte Han, und Andrej verstand, daß das Thema zu wechseln war.

»Und wo sind diejenigen jetzt?«

»Ich denke, dort«, meinte Han und deutete mit dem Kopf zum Fenster hinaus, wo endlose grünende Felder vorüberschwammen, in denen der Wind Wellen schlug.

»Sind sie tot?«

»Nein, ausgestiegen. Eines Nachts, als der Zug hielt, haben sie die Tür aufgemacht und sind raus.«

»Ich vermute, du bringst etwas durcheinander«, sagte Andrej. »Der Gelbe Pfeil hält niemals an. Das weiß jeder.«

»Hör auf«, sagte Han, »überleg, was du sagst. Die

Reisenden wissen nicht, wie der Zug heißt, in dem sie fahren. Sie wissen nicht mal, daß sie Reisende sind. Was können sie überhaupt wissen?«

9

Andrej brauchte nur die Tür zu öffnen, um zu merken, daß in seinem Waggon etwas vorgefallen war. An der Schwelle zu einem der Abteile standen einige Männer in schwarzen Anzügen; eine alte Frau mit schwarzem Schal weinte. Das Radio funktionierte nicht, stattdessen drang aus dem Abteil, in dem Abel wohnte, getragene Musik – ein kleiner Recorder spielte. Andrej ging in sein Abteil.

»Was ist los?« fragte er Pjotr Sergejewitsch.

»Soskin ist gestorben«, sagte Pjotr Sergejewitsch und legte sein Buch weg. »Gleich ist die Totenfeier.«

»Wann ist es passiert?«

»Letzte Nacht. Bei Abel wird schon der nächste einquartiert.«

»Deswegen war er so schlecht gelaunt«, sagte Andrej und spähte nach dem Buch, in dem Pjotr Sergejewitsch gelesen hatte. Es waren Pasternak-Gedichte, die ›Frühzüge‹.

»Das kann ich mir denken«, meinte Pjotr Sergejewitsch. »Hat nicht geklappt. Er wollte seinen Bruder zu sich rüberholen. Man weiß ja, wie das geht, ein Schwarzarsch beißt sich irgendwo fest und zieht die ganze Sippe nach sich. Der Zugführer hat die Dokumente geprüft und gesagt: Der fährt so schon zweite Klasse, bei uns in der dritten gibts ellenlange Wartelisten. Obwohl ich mir nicht vorstellen kann, daß er jemanden aus der dritten bei uns reinsteckt. Abel hat einfach zu wenig rübergeschoben, oder dem falschen, das ist es. Nun kann er sich die Pfeife anbrennen.«

Andrej fiel ein, daß er immer noch keine Zigaretten gekauft hatte.

»Worum gehts in dem Buch?«

»Ach«, gab Pjotr Sergejewitsch zur Antwort, »ums Leben halt.« Und er vertiefte sich wieder in seine Lektüre.

Andrej trat hinaus auf den Gang. Gerade wurde der Leichnam aus dem Abteil getragen, und Andrej blieb beim Fenster stehen – sich an der Trauergemeinde vorbeizuschieben wäre unschicklich gewesen. Sowieso pflegte die Prozedur nicht lange zu dauern.

In der geöffneten Abteiltür erschien das bleiche Profil des Dahingeschiedenen über dem Rand einer von zwei Schaffnern gehaltenen Preßspanplatte. Die Platte, speziell für solche Fälle in Gebrauch, war beidseitig rot angestrichen und mit einer schwarzen Umrandung versehen, was sie wie eine Trauerfahne aussehen ließ. Warum sie allgemein als ›Untersetzer‹ bezeichnet wurde, konnte keiner sagen.

Der Tote lag unter einer alten, himbeerroten Decke, die bis zum Hals reichte. Plötzlich erschien Abel, machte sich am Fenster zu schaffen, bekam es nicht auf – ein paar kräftige Männer gingen ihm zur Hand. Gemeinsam drückten sie den Rahmen nach unten, ein Spalt von vielleicht vierzig Zentimetern Breite entstand. Die Frau mit dem Trauerschal fing laut zu klagen an und wurde am Arm ins Abteil zurückgeführt. Die Schaffner stemmten den Untersetzer vorsichtig nach oben, bugsierten das Ende auf den Fensterrand und fingen an, den teuren Toten nach draußen zu schieben – langsam, um die Anwesenden nicht durch übertriebene Beflissenheit zu kränken. Einen Moment lang klemmte Soskin fest – die Decke staute sich auf seiner Brust.

Durch das Fenster, an dem Andrej stand, war der Kopf des Toten zu sehen, die Haare flatterten im Wind – drei

Meter über der Böschung schwebend, die halbgeschlossenen Augen zum Himmel gerichtet, über den sich hohe, düstere Wolkenberge schoben. Immer mehr entfernte sich der Kopf von der gelben Wand des Waggons, ruckte weiter und begann sich langsam zu senken. Dann flatterte der himbeerrote Zipfel der Decke für einen Moment vor Andrejs Scheibe, und es polterte dumpf. Einen Augenblick später flogen Kopfkissen und Handtuch am Fenster vorbei – nach altem Brauch wurden sie dem Toten hinterhergeworfen.

Andrej hätte sich nun endlich Zigaretten holen können, doch er stand immer noch da und schaute aus dem Fenster. Sekunden verstrichen. Plötzlich brach der grüne Hang draußen ab, das Rattern der Räder auf den Schienenstößen wurde schallend, und rostige Brückenbalken flitzten vorüber, dahinter lag das breite blaue Band eines unbekannten Flusses.

8

Im Restaurant spielte Musik, die ewig gleiche Kassette, auf der zuletzt ›Bridge over troubled water‹ mitten im Lied abbrach. An einem der Tische entdeckte Andrej seinen alten Freund Grischa Strupin: im modischen Tweedsakko, mit dem geflügelten Abzeichen des Verkehrsministeriums am Revers – es kostete ein Heidengeld, doch Strupin hatte welches. Noch unter den Kommunisten hatte er in den Zügen Handel getrieben, Bier und Zigaretten, jetzt florierte das Geschäft. Grischa gegenüber saß ein kurzgeschorener Ausländer und aß aus einer Aluminiumschüssel Graupen mit Kaviar. Grischa bemerkte Andrej und winkte ihn einladend heran, kurze Zeit später klemmte Andrej auf dem freien Platz neben ihnen. Grischa war in letzter Zeit noch fülliger, noch lockiger, noch fröhlicher geworden

– oder vielleicht schien es jetzt nur so, weil er schon ein wenig betrunken war.

»Grüß dich«, sagte er. »Macht euch bekannt, das ist Andrej, ein Freund aus unheilvoller Kindheit. Iwan, Kamerad und Geschäftspartner aus der Blüte meiner Jahre.«

›Also einer von den Emigranten‹, dachte Andrej für sich. Schweigend gaben sie sich die Hand. Andrej hielt nach weiteren Bekannten Ausschau. Es waren keine da, dafür saßen ringsum an den Tischen, wie immer um diese abendliche Stunde, viele betrunkene Finnen und Araber.

»Trinken wir einen?« fragte Grischa.

Andrej nickte, und Grischa schenkte aus einer Karaffe drei große Gläser ›Eisenbahner Edel‹ ein.

»Auf das Busineß«, sagte Iwan und erhob das Glas.

»Jawohl«, sagte Grischa und zwinkerte Andrej zu. »Ist doch kein Fremdwort für dich, oder?«

»Ich kann es mir ungefähr denken«, sagte Andrej und stieß an. »Busineß … das klingt nach Biß, Loch Ness und ›Bis nächste Woche‹. Und überhaupt lernt man in letzter Zeit allerhand Wörter dazu. Busineß, Gnostizismus, Voucher, Koprophagie.«

»Komm, hör auf, den Intellektuellen zu mimen«, sagte Grischa. »Trink lieber.«

»Ach ja, Grigori, was ich vergessen habe«, sagte Iwan schnaufend, als das Glas leer war, »eine große Charge Toilettenpapier, Marke Saddam Hussein, ist im Angebot. Restposten aus Kriegszeiten, die Nachfrage ist gefallen. Supergünstig. Wieviel könnte die bei euch kosten?«

»Kosten könnte sie viel«, meinte Grischa, »aber übernehmen wird sie keiner, das kann ich dir gleich sagen, Iwan. Der reale Markt für Klopapier ist sehr begrenzt – nur Schlafwagen. Lohnt sich gar nicht anzuschieben.«

»Was ist mit zweiter und dritter Klasse?« fragte Iwan. »In der dritten ist es nie gegangen, und in der zweiten nimmt man momentan wegen der Inflation auch lieber Zeitungspapier.«

»O. k. Zweite Klasse ist einzusehen. Aber erste? Die müssen doch auch irgendwie …

»Im Moment geht es noch«, antwortete Grischa. »Aber das ist egal. Kein Neuer, sag ich dir, rutscht da mehr rein.«

»Wieso denn?« bohrte Iwan. »Wenn du es billig genug verkaufst?«

»Wie das denn, Wanja? Du solltest weniger ›Financial Times‹ lesen. Verkauf ich nur eine Rolle unter Preis, schmeißen sie mich lebendig aus dem Fenster. Läuft nicht, glaubs mir.«

»Aber man kann doch nicht sein Leben lang Zigaretten und Bier verkaufen«, meinte Iwan und steckte sich eine an. »Wird langsam Zeit, größer einzusteigen. Hast du dich wegen dem Aluminium erkundigt?«

»Ja«, antwortete Grischa. »Sieht günstig aus.«

»Welches Schema?« fragte Iwan.

»Valuta – Rubel – Valuta – Valuta – Valuta«, kam die Antwort von Grischa.

Iwan kniff für einen Moment die Augen zusammen, als schaute er in die Ferne, wo ihm ein blendendes Licht erschienen war.

»Aha«, sagte er, zog einen Taschenrechner hervor und vertiefte sich in Kalkulationen.

»Worum geht es?« wurde Grischa leise von Andrej gefragt. »Was für ein Schema?«

»Du stellst Fragen. Also, du zahlst dem Oberschaffner dafür, daß er Teelöffel abschreibt. Ein ernsthafter Mann – nimmt nur Valuta. Die Löffel müssen zerbrochen sein, das ist Bedingung, sonst gehen sie beim Zoll nicht durch. Und überhaupt könnte es Probleme damit geben. Also braucht man Brecher. Die kriegen Rubel, ungefähr zehn Prozent vom Anteil des Oberschaffners. Bis hierhin also Valuta – Rubel. Und dann fällt noch dreimal Valuta an: Stabswaggon, Zoll, Schutzgeld.«

»Und wie rechnet er?« flüsterte Andrej und nickte in Richtung Iwan. »Woher weiß er denn, wer wieviel zu kriegen hat?«

»Der Kurs steht doch jeden Tag in der Zeitung«, sagte Grischa. »Ankauf und Verkauf. Wo lebst du überhaupt, sag mal? Ich hab das Gefühl, du bist seit längerem aus der realen Welt herausgefallen. Steckst immer mit diesem Han zusammen – ist das überhaupt ein Spitzname oder wie?«

»Nein, sein richtiger«, antwortete Andrej. »Sein Spitzname ist Haupthahn, wenn dus genau wissen willst.«

»Wieso denn Haupthahn?«

»Das Dampfablaßventil am Boiler heißt so. Er hat da früher mal gearbeitet, an der Heißwasserausgabe.«

»Mein Gott«, sagte Grischa. »Heißwasserausgabe. Nächstens nimmst du dir noch den Kellner zum Freund.«

Iwan hob den Kopf.

»Geht«, sagte er. »Das machen wir. Und wie siehts mit Messing aus?«

»Schon schwieriger«, antwortete Grischa. »Im Prinzip das gleiche Schema, aber alle Teeglasuntersätze sind mit Nummer registriert. Das heißt, für jedes Stück ein eignes Abschreibungsprotokoll. Dafür muß man den zweiten Zugführer löhnen, zu dem hab ich einstweilen noch keinen direkten Kontakt. Einen seiner Sekretäre hab ich auf dem Schwarzmarkt angesprochen, der war sehr auf der Hut. Sowie der von Teeglasuntersätzen gehört hat, hat er das Weite gesucht.«

»Weiß er Bescheid?«

»Noch nicht. Er ist, glaub ich, eher ein Grünspecht.«

»Gut«, sagte Iwan. »Mit den Löffeln fang gleich morgen an, über das Messing reden wir noch.«

Er stand auf, verabschiedete sich höflich und ging zur Tür. Grischa sah ihm nach und wandte sich wieder Andrej zu.

»Vor kurzem war ich bei ihm zu Besuch«, sagte er. »Stell dir vor, nur drei Abteile im Wagen, und jedes mit eigener Badewanne. Das nenn ich ein Leben ...«

»Leben, was ist das?« fragte Andrej.

»Laß sein, Andrej«, meinte Grischa stirnrunzelnd, »wenn ich etwas an dir nicht leiden kann, dann diese Masche, sich dumm zu stellen. Zischen wir lieber noch einen.«

»Einverstanden. Sag mir bloß noch, aber ehrlich: Hast du keine Angst, dir an den Teeglasuntersätzen die Finger zu verbrennen?«

Grischa hatte die Antwort schon auf der Zunge, doch dann besann er sich, schloß sogar die Augen dabei. Für einige Augenblicke wurde sein Gesicht leblos und wächsern – nur die Locken flatterten im Wind, der durch das offene Fenster wehte.

»Nein, ich hab keine Angst«, sagte er schließlich. »Die düsteren Gedanken, Andrjuscha, halte ich mir vom Leibe.«

7

»Kannst du mir nicht doch erklären«, sagte Andrej zu Han, »wie du eingeweiht worden bist von Leuten, die du nie zu Gesicht bekommen hast?«

»Um etwas zu erfahren, muß man den Informanten nicht unbedingt sehen. Es reicht, einen Brief von ihm zu bekommen.«

»Willst du damit sagen, daß du einen Brief bekommen hast?«

Han nickte.

»Kannst du ihn mir zeigen?« fragte Andrej.

»Kann ich. Aber da haben wir ein Stück zu laufen.«

Je weiter sie gen Osten kamen, desto verwahrloster wurden die Gänge der Dritte-Klasse-Liegewagen, desto schmutziger die Vorhänge, die die Kojen von ihnen trennten. Hier entlangzugehen war nicht einmal am Morgen ganz ungefährlich. Manchmal mußte man über Betrunkene hinwegsteigen oder ihnen Platz machen, wenn sie erst kurz davor waren, umzufallen und einzuschlafen. Dahinter kamen die Sitzplatzwagen, und seltsam, hier war die Luft frischer, die Reisenden, die einem entgegenkamen, sahen gepflegter aus: In Trainingsanzügen die Männer, die Frauen in ausgeblichenen Kleiderröcken; die Sitzbänke waren durch improvisierte Paravents voneinander abgeschirmt, und auf Zeitungen, die direkt auf dem Boden ausgebreitet waren, lagen Spielkarten, Eierschalen und geschnittener Speck. In einem Waggon sangen sie an drei Stellen zugleich zur Gitarre – überall das gleiche Lied, wie es schien, nämlich Grebenschtschikows ›Zug im Gefecht‹, aber je verschiedene Passagen: Die eine Runde fing gerade an, die andere war fast zu Ende damit, während die dritte trunken den Refrain wiederkäute, nur stimmte der Text nicht so ganz: »Der Zug ist im Feuerhagel« sangen sie, aber dann, anstelle von »… und keiner kennt ein Versteck« – »… das Leben hat keinen Zweck«.

»Übrigens, was die Briefe angeht«, sagte Han, während er unter der nächsten Wäscheleine hinwegtauchte, »du hast oft genug selbst welche erhalten. Du kriegst sie sozusagen täglich. So wie alle anderen auch.«

»Ich weiß nicht, wovon du redest«, sagte Andrej. »Ich persönlich habe nie einen Brief bekommen.«

»Hast du dir schon mal Gedanken gemacht, wieso unser Zug ›Gelber Pfeil‹ heißt?«

»Nein«, erwiderte Andrej, »ehrlich gesagt, habe ich dir in dieser Sache blind vertraut.«

»Dann denk mal drüber nach«, sagte Han.

Die Stimmen hinter den bunten Vorhängen bekamen allmählich einen anderen Klang – ein südlicher Akzent wurde unüberhörbar. Hinter dem Gefängniswagen, wo ein bewaffneter Schaffner in Wattejacke und Schirmmütze vor den verriegelten Türen auf und ab ging, kam eine Reihe völlig überfüllter Dritte-Klasse-Abteile, halb Müllkippe, halb Zigeunerlager, in denen es von schmutzigen Kindern wimmelte, und dahinter einige leere Wagen – es hieß, sie seien früher auch bewohnt gewesen, doch jetzt gab es nur noch die nackten Bänke mit von Taschenmessern aufgeschlitzten Polstern zu sehen und die kahlen Wände, von Kugeln durchsiebt, mit Brandspuren. Die Hälfte der Scheiben war eingeschlagen, ein kalter Wind pfiff herein, Müll bedeckte den Boden: alte Schuhe, Zeitungen und Flaschenscherben. Andrej wollte gerade fragen, wie weit sie noch zu gehen hatten, da wandte Han sich um:

»Wir sind gleich da«, sagte er, »auf der nächsten Plattform ist es. Na, nun sag, warum heißt unser Zug, wie er heißt?«

»Ich weiß nicht«, meinte Andrej. »Es hat sicher mit Mythologie zu tun. Vielleicht sieht er nachts, wenn alle Fenster erleuchtet sind, von der Seite wie ein fliegender Pfeil aus. Aber dann müßte ihn einer von der Seite gesehen haben und anschließend in den Zug zurückgekehrt sein.«

»Er sieht nicht nur von der Seite aus wie ein Pfeil.«

Sie betraten die Plattform. Han bog nach links ab und öffnete wortlos ein Türchen, hinter dem der schwarze Schlund eines rostigen Kanonenofens gähnte, ein Rohr mit Druckmesser ging von ihm ab, ein knochentrockener Lappen hing darüber. In den letzten Wagen vor der Grenze gab es schon lange kein heißes Wasser mehr, und dieser Ofen war, wie es aussah, an die zehn Jahre nicht geheizt worden, seit Anfang der Großen Verschiebung nicht mehr.

»Dort in der Ecke«, sagte Han, »an der Wand. Du mußt leuchten.«

Andrej zwängte sich in die dunkle, enge Kammer und zündete ein Streichholz an. Ein Schriftzug war in die Farbe der Wand geritzt, sehr alt und kaum noch zu sehen. Ein paar Sätze in Großbuchstaben standen da, in kurzen Zeilen untereinander, so als wären es Verse:

DER DIESE WELT WEGWARF
SAH IN IHR NUR GELBEN STAUB
DEIN KÖRPER IST WIE EINE WUNDE
UND DU KOMMST MIR WAHNSINNIG VOR
DIE GANZE WELT IST NUR
EIN GELBER PFEIL, DER DICH TRIFFT
DER GELBE PFEIL IST EIN ZUG
DU FÄHRST ZUR ZERSTÖRTEN BRÜCKE

»Wer hat das geschrieben?« fragte Andrej.

»Kann ich doch nicht wissen.«

»Hast du eine Vermutung?«

»Nein«, sagte Han. »Aber das ist auch nicht wichtig. Ich sag doch, Briefe gibt es überall – man muß sie bloß lesen können. Das Wort ›Erde‹ zum Beispiel. Auch ein Brief, mit dem gleichen Sinn.«

»Wieso das?«

»Überleg doch mal. Stell dir vor, du stehst am Fenster und guckst nach draußen. Häuser, Gärten, Gerüste, Masten – mit einem Wort, Kultür, wie die Intellektuellen sagen.«

»Kultur«, korrigierte Andrej.

»Genau. Und ein Großteil dieser Kultür besteht aus Leichen, gemixt mit leeren Flaschen und Bettwäsche. Das Ganze schichtenweise, und drüber wächst Gras. Auch dazu sagt man ›Erde‹. Das, worin die Knochen faulen, und das hier, die Welt, in der wir, wenn man es

190

so nennen will, leben, wird mit dem gleichen Wort bezeichnet. Wir alle sind Erdbewohner. Wesen in einem verwesenden Reich, einem Totenreich, verstehst du?«

»Natürlich«, sagte Andrej. »Ist ja nicht schwer zu verstehen. Aber ist dir schon mal eingefallen, woher wir eigentlich kommen? Wo dieser Zug losgefahren ist?«

»Nein«, sagte Han. »Das interessiert mich auch nicht weiter. Viel interessanter finde ich, wie man aus ihm rauskommt. Frag doch die Schaffner. Die bringen dir schon bei, wo wir losgefahren sind.«

»Das tun sie«, sagte Andrej nachdenklich, »darauf kann man Gift nehmen.«

»Gehen wir zurück?«

»Ich würde gern noch ein bißchen hierbleiben. In fünf Minuten komme ich nach.«

Als Han gegangen war, drehte Andrej sich zum Fenster. Hier war er zum ersten Mal. Und daß kein Mensch in der Nähe war, brachte ihn auf sonderbare Gedanken, die ihn nie zuvor heimgesucht hatten, auch im Speisewagen nicht, obwohl man dort durchaus hätte darauf kommen können.

Das, was er draußen vor dem Fenster sah, wenn er zurückschaute – ein Stück Böschung, geschmückt mit einem in die Vergangenheit dahinfahrenden Busch oder Baum – war der Punkt, an dem er eine Sekunde zuvor selbst gewesen war, und wäre der Wagen, in dem er fuhr, der letzte gewesen, es hätte dort nichts gegeben außer schaukelnden Zweigen am Rande der Gleise.

»Würde nicht all das, was eben noch existierte, im nächsten Augenblick verschwunden sein«, so überlegte er, »dann sähen wir mitsamt unserem Zug anders aus: ein Schatten, der über die Schwellen wischt. Wir wären wie ineinander verknäulte Schlangen zwischen endlosen Bändern von Kunststoff, Stahl und Glas. So aber ist alles immerzu im Vergehen. Jede vorige Sekunde mit allem, was in ihr war, entschwindet, und kein Mensch weiß, was mit ihm in der nächsten sein wird. Und ob er überhaupt sein wird. Oder ob es der liebe Gott nicht womöglich satt hat, ewig diese Sekunden zu schöpfen, eine nach der anderen, mit allem, was darin steckt. Keiner, wirklich keiner kann garantieren, daß die nächste Sekunde anbrechen wird. Und der Augenblick, in dem wir wirklich leben, ist so kurz, daß wir ihn gar nicht zu fassen kriegen. Wir können nichts weiter tun als uns erinnern. Und wenn es so ist, muß man sich fragen: Was existiert wirklich, und wer sind wir?«

Andrej sah in der Scheibe sein durchsichtiges Spiegelbild und versuchte sich vorzustellen, wie es verschwindet, an seiner Stelle ein anderes auftaucht, und immer so weiter.

»Ich möchte aus diesem Zug lebendig herauskommen. Ich weiß, daß das nicht möglich ist, und dennoch will ich es, etwas anderes zu wollen wäre Wahnsinn. Und ich weiß, dieser Satz – ›ich möchte aus diesem Zug lebendig herauskommen‹ – hat einen Sinn, auch wenn die Worte, jedes für sich genommen, sinnlos sind. Ich weiß nicht, wer ich bin. Wer also will da hinausfinden? Und wohin? Wohin soll ich gehen, wenn ich nicht weiß, wo ich mich befinde – dort, wo ich den Gedanken aufgriff, oder dort, wo ich ihn zu Ende dachte? Und wenn ich mir sage, ich bin hier – wo ist das?«

Er blickte wieder aus dem Fenster. Es war fast dunkel. In Abständen tauchten entlang der Strecke weiße Kilometersteine auf, die sich deutlich aus der Dämmerung abhoben und aussahen wie kleine, steinerne Wächter.

Andrej schlug den Mittelteil der neuen ›Reise & Verkehr‹ auf; dort war die Rubrik ›Gleise und Schwellen‹, wo in der Regel die interessantesten Artikel standen. Über die ganze Breite der Doppelseite lief die fette Überschrift:

# TOTALE ANTHROPOLOGIE

Er machte es sich bequem, faltete die Zeitung zweimal und begann zu lesen.

*Das Rattern der Räder, das uns von Geburt an bis zum Tod begleitet – es ist in unseren Ohren der allergewöhnlichste Klang. Wissenschaftler haben etwa zwanzigtausend verschiedene Varianten gezählt, mit denen dieses Geräusch in den Sprachen der Völker imitiert wird, wovon etwa achtzehntausend auf tote Sprachen entfallen; die meisten dieser vergessenen Lautmalereien sind anhand der spärlich überlieferten, oft auch nicht entzifferten Quellen nicht einmal zu reproduzieren. Songs that voices never share, wie Paul Simon sagen würde. Doch auch die gegenwärtig in jeder Sprache existierenden Nachahmungen sind vielfältig und aufschlußreich genug – etliche Anthropologen sind geneigt, sie auf metasprachlicher Ebene, nämlich als besondere kulturelle Parolen zu betrachten, anhand derer man seinen Waggonnachbarn erkennt. Die umfänglichste aller bekannten Varianten ist bei den Pygmäen vom Cannabis-Plateau in Zentralafrika im Schwange, sie lautet:*

*U-ku-le-le-u-ku-la-la-o-be-o-be-o-ba-o-ba.*

*Die kürzeste Lautverbindung wiederum ist ein explosives »p«, das am Oberlauf des Amazonas benutzt wird. Hier nun eine Aufstellung, wie die Räder in den verschiedenen Ländern der Welt über die Schienenstöße rattern.*

*In Amerika: ginger-ale-ginger-ale*
*In den Ländern des Baltikums: pa-dumme-ran*

*In Polen: pan-pan*
*In Bengalien: tschug-tschung*
*Im Tibet: dsog-chen*
*In Frankreich: clicot-clicot*
*In den turksprachigen Republiken Mittelasiens: bir-sum, bir-som bzw. bir-manat*
*Im Iran: ab-al-halladsch*
*Im Irak: dschalei-dernie*
*In der Mongolei: ulan-dalai (Interessanterweise klingen die Räder in der Inneren Mongolei ganz anders, nämlich: ungern-khan-khan.)*
*In Afghanistan: nakschbaden-nakschbaden*
*In Persien: karbeel-zebub*
*In der Ukraine: trich-terra-ruch*
*In Deutschland: drill-schrapp*
*In Japan: dodeska-zen*
*Bei den Aboriginals Australiens: tulup*
*Bei den Bergvölkern des Kaukasus und bezeichnenderweise bei den Basken: dalang-bitscheen*
*In Nordkorea: uldu-tschu-tschhe*
*In Südkorea: duldu-kwan-um*
*In Mexiko (insbesondere bei den Ouichotl-Indianern): tonal-nequal*
*In Jakutien: zudün-dikkedün*
*In Nordchina: cao-cao-tan-tiem*
*In Südchina: de-i-tschan-tschan*
*In Indien: bhai-ghosh*
*In Georgien: koba-zapp*
*In Israel: take-baz-buber-bum*
*In England: click-o-click (in Schottland: gluck-o-clock)*
*In Irland: bla-bla-bla*
*In Argentinien …*

Andrej ließ seinen Blick die Seite hinuntergleiten, wo die lange, mehrere Spalten umfassende Liste mit einer kurzen Schlußbemerkung endete:

*Am hübschesten freilich, am zartesten und seelenvollsten klingen die Räder in Rußland: tam-tam. Und es scheint, als deutete ihr Klopfen auf eine ferne Morgenröte – dort ist sie, dort, bezaubernd schön …*

Es klopfte an die Tür, und instinktiv hielt sich Andrej am Riegel des Schlosses fest, er wäre sonst vom Toilettensitz gefallen.

»Brauchst du noch lange?« fragte eine Stimme vom Gang.

»Ich bin gleich fertig«, sagte Andrej und knüllte die Zeitung zu einem unförmigen Ball.

Tam-tam, hämmerten die Räder unter dem nassen, schmierigen Boden, tam-tam, tam-tam, tam-tam, tam-tam, tam-tam, tam-tam, tam-tam …


Im Nachbarwaggon gab es einen Stau: eine Totenfeier war im Gange. Man wurde zwar vorbeigelassen, doch bewegte der Pulk sich schleppend, blieb immer wieder stecken.

»Badasow ist gestorben«, sagte eine Stimme in der Nähe.

Vor Andrej stand ein quirliges Mädchen mit großen, schmutzigen Schleifen im Haar. Es hämmerte mit den Fäusten gegen die Scheibe, schaute hinaus und drehte sich ab und zu nach der Mutter um, die im türkischen Jogginganzug neben ihr stand.

»Mama«, fragte sie auf einmal, »was ist da draußen?«

»Wo draußen?« fragte die Mama.

»Na da«, sagte das Mädchen und klopfte mit der Faust an die Scheibe.

»Da ist eben draußen«, sagte die Mama mit strahlendem Lächeln.

»Und wer wohnt da?«

»Da wohnen die Tiere«, sagte die Mama.

»Und wer noch?«

»Die Götter und die bösen Geister«, sagte die Mama, »aber die hat noch nie jemand gesehen.«

»Und keine Menschen?«

»Nein«, erwiderte die Mama, »keine Menschen. Die Menschen fahren alle Zug.«

»Und wo ist es schöner«, fragte das Mädchen, »im Zug oder draußen?«

»Keine Ahnung«, sagte die Mama. »Ich war noch nie draußen.«

»Da möcht ich hin«, sagte das Mädchen und tippte mit dem Finger an die Scheibe.

»Warts ab«, seufzte die Mutter, »du kommst schon noch hin.«

Die betrunkenen Schaffner hatten es endlich geschafft, mit dem »Untersetzer« fertigzuwerden, die Leiche klatschte auf, hüpfte noch einmal in die Höhe und kugelte die Böschung hinab. Kopfkissen und Handtuch flogen hinterher, zwei rote Kränze und ein marmoriertes Stück Preßpappe – allem Anschein nach war der Verstorbene eine bedeutende Person.

»Ich will da-ha ra-haus«, sang das kleine Mädchen nach einer nicht existierenden Melodie, »da-ha raus, wo die Geister sind, da-ha, wo man frei rumlaufen kann ...«

Die Mutter zerrte sie am Arm, legte den Finger auf die Lippen, wies mit dem Kopf in Richtung der Trauernden und rollte mit den Augen. Als sie merkte, daß Andrej dem Mädchen zusah, blickte sie ihn an und zog die Brauen ein wenig hoch, so als bäte sie ihn in die Höhen des gesegneten Alters, hinauf zu einem abstrakten Wachtang Kikabidse aus dem Klub der Hundertjährigen, um von dort solch rührend kindlicher Naivität ein nachsichtiges Lächeln zu schenken.

»Was schauen Sie mich so an«, sagte Andrej zu der Frau, »vielleicht will ich ja auch da raus.«

»Wozu denn das«, fragte die Frau, »wegen der Schneemenschen vielleicht?«

196

Andrej erinnerte sich an die Spur im Schnee, die er dort draußen vor einem Jahr durch das Speisewagenfenster gesehen hatte – Schuhabdrücke, ohne jeden Zweifel, die sich etliche Meter längs der Strecke hinzogen und dann urplötzlich abbrachen, so als hätte sich der Betreffende an dieser Stelle in Luft aufgelöst.


5


Die Lampe über dem Tisch brannte, Pjotr Sergejewitsch trank seinen Abendtee. Er führte das akkurat mit einem weißen Waffelmusterhandtuch umwickelte Glas zu den Lippen, blies hinein und schmatzte vernehmlich. Wenn Pjotr Sergejewitsch Tee trank, geschah dies stets mit einem Anflug von Überwindung, so als küßte er eine Frau, die er längst nicht mehr liebte, aber nicht durch Mißachtung kränken wollte.

»Die gehören vor Gericht«, sagte er unvermittelt. »Vor Gericht, diese Schufte, das sag ich dir.«

»Wer?« fragte Andrej. Er lag auf seinem Bett, die Hände unter dem Kopf verschränkt, und schaute zur Decke, wo ein lebendiger schwarzer Punkt entlangkroch.

»Alle«, erklärte Pjotr Sergejewitsch, wobei er seltsamerweise zum Flüstern überging. »Der ganze Stabswaggon, beim Zugführer angefangen. Guck dir doch an, was los ist. Löffel gibts keine mehr, na schön, man gewöhnt sich dran. Aber jetzt auch noch die Untersätze. Wo sind die auf einmal hin, he? Sag mir, wo sind die Teeglasuntersätze?«

»Geklaut, müßte man meinen«, sagte Andrej.

»Und wer tut sowas?« schrie Pjotr Sergejewitsch im Tone des Tschazki, wenn der auf der Plattform von Famussows Waggon Klage führte. »Diebe ist schon kein Ausdruck mehr. Die gabs früher. Weißt du, was das ist, was heute passiert? Der Ausverkauf der Heimat, so siehts aus!«

»Machen Sies halblang«, sagte Andrej. »Sie sind doch nicht im Teeglas geboren. Und auf dem Löffel schon gar nicht.«

»Löffel hin, Löffel her. Denkst du, mir geht es um die Löffel? Nein, die Mädels tun mir leid, unsere sauberen, blauäugigen Schwälbchen, die sich in der dritten Klasse an jedes Gesindel verkaufen, verstehst du?«

Andrej schwieg.

»Sie klauen, ohne mit der Wimper zu zucken«, sagte Pjotr Sergejewitsch nun schon in ruhigerem Ton. »Sie haben nichts zu fürchten. Weil die Macht auf ihrer Seite steht.«

»Zeiten, wo nicht geklaut wurde, hats noch nie gegeben«, meinte Andrej. »Jetzt schmeißen sie wenigstens keinen mehr lebendig aus dem Fenster.«

An die verriegelte Tür wurde heftig geklopft.

»Wer ist da?«

»Andrej, ich bins!« rief eine Stimme von draußen. »Mach auf, schnell!«

Die Stimme gehörte Grischa. Andrej sprang auf und öffnete, Grischa schlüpfte herein und riegelte hinter sich sogleich wieder zu. Sein Gesicht war blutig, auch das Jackett an etlichen Stellen besudelt. Andrej fiel auf, daß das geflügelte Ministerialabzeichen nicht mehr am Revers steckte, an seiner Stelle klaffte ein fransiges Loch.

»Was ist passiert?« fragte er, nachdem er Grischa auf dem Bett plaziert hatte.

»Ich bin überfallen worden«, sagte Grischa. »Grad, wie ich vom Speisewagen komme, allein. Ich war schon fast zuhause, und da passierts, kannst du dir das vorstellen? Zwischen den Waggons, direkt über den Puffern. Zu viert waren die, zwei von vorn, zwei von hinten. Der eine, das Schwein, hatte einen angespitzten Löffel.«

»Haben Sie dir viel abgeknöpft?«

»Es langt zu, vergiß es. Heute war Abrechnung mit Iwan – sie haben alles kassiert. Wichser. Grünspechte.«

Andrej befeuchtete mit dem Wasser aus der Karaffe ein Handtuch und reichte es Grischa.

»Hast du vielleicht nicht pünktlich gelöhnt?«

»Was hat das damit zu tun«, sagte der, während er sich das Handtuch ans Jochbein preßte. »Die waren nicht von hier. Ich weiß nicht, auf wen die es abgesehen haben. Morgen mach ich die alle platt.«

»Oder hat jemand nicht dichtgehalten?«

»Ach wo«, sagte Grischa. »Außer Iwan hat keiner von der Sache gewußt. Und für ihn macht es keinen Sinn. Ich sag doch, Wichser von außerhalb, weiter nichts.«

Pjotr Sergejewitsch, der sich bis dahin diskret hinter der Zeitung verborgen gehalten hatte, streckte nun die Nase hervor und sagte:

»Da hast dus, Andrej. So siehts aus. Heutzutage schmeißen sie keinen mehr aus dem Fenster, sagst du. Genau da liegt der Hase im Pfeffer. Sie müßtens tun. Wie früher: Hände und Füße gefesselt, und raus auf den Schotter, Kopf zuerst. Öffentlich. Dann kommt wieder Zucker in den Tee und Anstand und Ordnung auf die Gänge. Und keiner traut sich mehr, deinen Freund anzurühren.«

»Und hätten Sie keine Angst, daß Sie selber rausfliegen könnten?« fragte Andrej.

»Wieso ich? Ich hab mein Lebtag ehrlich gearbeitet. Geh durch die Liegewagen – jede zweite Tür hab ich mit meiner Hände Arbeit eingesetzt. Solche wie ich sind unter jeder Regierung gefragt.«

»Türen?« horchte Grischa auf. »Gestatten Sie, wie ist Ihr werter Name? Pjotr Sergejewitsch, aha, sehr angenehm. Ich bin Grigori Strupin, Direktor des Joint-Venture-Unternehmens ›Blauer Waggon‹.«

Pjotr Sergejewitsch setzte ein Lächeln auf, drückte die ihm entgegengestreckte Hand und ordnete seinen Kragen.

»Entschuldigen Sie mein Äußeres«, sagte Grischa mit einem breiten Grinsen des geschundenen Mundes, während er auf sein verunstaltetes Revers blickte, »die Umstände, wissen Sie. Übrigens benötige ich gerade eine kleine Konsultation zum Thema Türen. Nicht umsonst, selbstverständlich. Über die Modalitäten könnten wir uns einigen.«

»Nun, wenn ich Ihnen behilflich sein kann«, versetzte Pjotr Sergejewitsch.

»Sagen Sie, sind die Türriegel tatsächlich aus Nickel?«

»Nein«, antwortete Pjotr Sergejewitsch, »die sind nur vernickelt, müssen Sie wissen. Die Riegel selbst sind aus ...«

»Paß mal auf, Grischa«, sagte Andrej, »während ihr euch hier unterhaltet, kann ich ein bißchen spazierengehen. Ich möchte sicherheitshalber nachsehen, ob dir noch jemand auflauert oder nicht.«

Er ging und zog die Tür hinter sich zu.

Der Gang war leer. Andrej lief bis zum Ende und schaute in den Durchgang – niemand da. Am anderen Ende des Wagens ebenfalls. Er kehrte zur Tür seines Abteils zurück und hörte Grischas lebhafte Stimme sowie das ausweichende Brummeln Pjotr Sergejewitschs. Ein paar Sekunden verharrte er an der Schwelle und lief dann einen Waggon weiter. Vor dem kleinen Regal aus Plexiglas blieb er stehen und zog eine Broschüre heraus, die er nicht kannte. Auf dem Umschlag war das Photo des Verfassers abgebildet, ein schnurrbärtiger Mann, der aussah wie ein stark vom Fleisch gefallener, zu Weisheit gelangter, dem Alkohol entronnener Nietzsche; das Büchlein trug den Titel ›Führer auf Indiens Gleisen‹. Etwa die Hälfte der Seiten fehlte, sie waren mitsamt den Heftklammern ausgerissen. Andrej begab sich in den beleuchteten Raum vor dem Durchgang, stellte den Fuß auf die dreieckige Klappe des Abfallkübels, lehnte sich mit der Schulter gegen das Fenster und fing zu lesen an – auf der Seite, welcher als nächster bevorstand, herausgerissen zu werden.

*... und wie mir der ehrwürdige Sri Lekmeshamar geraten, stellte ich mir diese Frage. Die Antwort folgte auf dem Fuße. Schon immer, und solange ich mich erinnern kann, ist es mir eine besondere Freude, lange Zeit auf dem Gang am offenen Fenster zu stehen, den Fuß auf die dreieckige Klappe des Abfallkübels gestellt, die Ellbogen auf den Rahmen zu legen und auf die vorbeifegende Dschungelwand zu schauen. Manchmal muß ich die Schulter gegen die Scheibe pressen, um jemanden passieren zu lassen, der den Waggon für kurze Zeit verläßt, und dann kommt mir wieder zu Bewußtsein, daß ich am Fenster eines durch Indien fliegenden Eisenbahnwaggons stehe, während ich die übrige Zeit gar nicht recht weiß, wie mir geschieht oder wem eigentlich. Ist es Ihnen, verehrter Leser, noch nie passiert, daß Sie in Betrachtung der Welt sich selbst vergaßen, und übrig bleibt nur, was Ihrem Auge sich bietet: der sanfte Hang mit dem dichten Gestrüpp des Hanfs (den sie von den Fenstern nebenan mit speziellen Stangen zu pflücken versuchen, sobald der Zug seine Fahrt nur ein wenig verlangsamt), die von Lianen verstrüppte Palmenkette, die die Eisenbahnstrecke vom Rest der Welt trennt, und ab und zu einmal ein Fluß oder eine Brücke im Kolonialstil, oder eine öde Straße, vom stählernen Arm eines Schlagbaums geschützt ... Wohin entschwinde ich selbst in diesen Zeiten? Wohin all diese Bäume und Schranken, solange kein einziger Blick sie trifft?*
*Aber was geht es mich an. Entscheidend ist doch ganz etwas anderes. Dem Glück (wobei ich nicht zu bestimmen wage, was das sein mag) am nächsten bin ich, wenn ich mich vom Fenster abwende und mit einem Zipfel meines Bewußtseins*

*(denn anders ist es nicht möglich) spüre, daß ich eben ein-*
*mal wieder nicht zugegen war, nur die Welt hinter dem Fen-*
*ster war da, und für einige Momente war etwas Wunderbares*
*zugegen, etwas ganz Unergründliches, das auch absolut keines*
*›Grundes‹ bedarf, war gegenwärtig anstelle des üblichen*
*Schwarms Gedanken, von denen einer, der sich ›Ich‹ nennt,*
*einer Lokomotive gleich alle übrigen hinter sich her zieht und*
*in Rauch hüllt. Und wieder klingt der Trompetenton eines*
*fernen Elefanten, eines weißen vermutlich: Glücklich ist …*

»He!«
Andrej schaute auf. Vor ihm stand Grischa.
»Wie siehts aus? Hast du wen entdeckt?«
»Nein«, erwiderte Andrej. »Aber du solltest besser
noch ein halbes Stündchen hierbleiben.«
»Nein«, sagte Grischa, »ich gehe jetzt. Dein Kojen-
nachbar ist ein brauchbarer Mann. Ich hab mit ihm für
morgen ein Treffen vereinbart. Also, bis dann.«
»Bis dann.«
Grischa verschwand im Durchgang zum Nachbarwag-
gon. Andrej klappte die Broschüre zu, steckte sie ein
und ging in sein Abteil.
Fünf Minuten später, als das Licht schon ausgegangen
war und er krampfhaft versuchte einzuschlafen, bevor
Pjotr Sergejewitschs Schnarchen einsetzte, hüstelte
sein Bettnachbar plötzlich und sagte:
»Andrej, sag mal, wieso nennt dieser Grigori dich einen
Mystiker? Soll das ein Witz sein?«
»Ja«, sagte Andrej, »natürlich ist das ein Witz. Einen
größeren Mystiker als ihn selber gibt es gar nicht.«

4

Wie immer wurde Andrej vom Radio geweckt – der un-
vermeidliche Bariton las ein Gedicht.

Dicht bei dem Gleisbett, am Bahndamm, im Graben
Liegt eine Schöne und Junge, die schaut,
Als ob sie lebt, ihre Hände haben
Die Zöpfe noch unter dem Kopftuch verstaut ...
Durchfahrt der Wagen, verrollendes Wiegen,
Rhythmisches Beben, Kreisen und Schwingen;
Die gelben und blauen vornehm, verschwiegen,
Und in den grünen ein Schluchzen und Singen ...

Pjotr Sergejewitsch schnarchte noch. Andrej sah aus
dem Fenster. Der Himmel hing niedrig und grau, Tröpf-
chen sprühten gegen die Scheibe.
Es klopfte an die Tür.
»Ja, bitte?«
Der Schaffner kam mit dem Tee. Er stellte die Gläser auf
den Tisch, steckte die hundert Rubel ein und zog die
Tür wieder hinter sich zu, das vernickelte Schloß
schnappte.
Von diesem Schnappen wachte Pjotr Sergejewitsch
auf. Doch merkwürdigerweise drehte er sich nicht
wie sonst zur Wand und schlief noch ein, zwei
Stündchen weiter, stattdessen fuhr er hoch wie von
der Tarantel gestochen, stützte sich auf den Ellbogen
und glotzte Andrej aus blöden Augen an.
»Sie haben heute wieder geschnarcht«, sagte Andrej.
»Ach ja? Hast du gepfiffen?«
»Hab ich«, antwortete Andrej.
»Wie spät ist es jetzt?« fragte Pjotr Sergejewitsch.
»Halb zehn.«
Fluchend sprang Pjotr Sergejewitsch auf die Füße
und kämmte sich hastig – wie sich herausstellte,
hatte er im Anzug und mit Krawatte um den Hals ge-
schlafen.
»Wohin so eilig?« fragte Andrej.
»Geschäfte«, sagte Pjotr Sergejewitsch, klemmte eine
abgewetzte Ledermappe unter den Arm, mit der ihn

Andrej zum letzten Mal vor drei Jahren gesehen hatte, und jagte zur Tür hinaus. Andrej drehte sich zur Wand und schloß die Augen. Das Radiogedicht war inzwischen zu Ende, die Werbung hatte begonnen. Andrej drehte den Lautstärkeregler gegen die Uhrzeigerrichtung, so weit es ging, die Stimmen blieben dennoch deutlich hörbar.

»Jeder trägt das Gute im Herzen«, schmetterte ein Kinderchor, »es rollt und rollt der blaue Waggon ...« – »Das Unternehmen ›Blauer Waggon‹ ist ein echter Schnellzug«, verkündete daraufhin eine emphatische Altstimme.

Das war Grischas Reklame. Im Lautsprecher quietschte es, dann deklamierte ein munterer Sprecher: »›Peng!‹ Die Zigarette zum letzten Gefecht. Eine rauchen – für immer dran glauben.« Danach gab es eine längere Pause, bis schließlich die ›Frühvorstellung‹ angekündigt wurde.

»Heute soll von einem Film des japanischen Regisseurs Akira Kurosawa die Rede sein: ›Dodeskaden‹, gedreht im Jahre 1970 nach der Novelle ›Im Rhythmus unsichtbarer Räder‹ von Ryunosuke Akutagawa«, begann der Moderator verschnupft. »Genaugenommen ist schon im Titel des Films das Rattern der Räder über die Schienen wiedergegeben, auf japanisch, versteht sich. Schließen Sie also die Augen und stellen Sie sich einen japanischen Liegewagen der Nachkriegszeit vor. Es ist früh am Morgen. Türen schlagen, Menschen eilen über den Gang, die ihren Pflichten nachgehen. Durch die Scheiben, verrußt infolge kürzlich erfolgter Kampfhandlungen, scheint bereits die berühmte japanische Sonne. Und schon taucht unser erster Held in der Menge auf, jedermann im Waggon kennt ihn als den ›Triebwagentrottel‹. Der junge Mann leidet nämlich an der fixen Idee, Triebwagenführer zu sein und mit seinem kleinen Fahrzeug einen Pendelverkehr im realen Waggon zu unterhalten. Zugegebenermaßen eine eigenwillige Konstellation, die der Sinngebung bedarf ...«

Andrej stand auf und zog sich rasch an. Die Jacke knöpfte er bis obenhin zu, entnahm dem oberen Gepäckfach eine Sonnenbrille und eine Schildmütze, steckte die Handschuhe in die Jackentasche, dazu einen kleinen Holzkeil, den er unter der Matratze hervorgezogen hatte. Während er sich ankleidete, war das Radio kaum zu hören, doch als er an der Tür innehielt, um zu überlegen, ob er nun alles hatte, kroch ihm die näselnde Stimme sogleich wieder ins Ohr:

»Mit Fug und Recht läßt sich sagen, daß die Hauptpersonen des Films wichtigen, ernsthaften Angelegenheiten nachgehen: Es geht um Kleinhandel, langsames Verhungern, Diebstahl, Kindergebären und dergleichen mehr. Indem nun Kurosawa eine Parallele zieht zwischen dem Leben dieser Leute und den Handlungen des ›Triebwagentrottels‹, der auf dem Gang auf und ab rennt und immerzu ›Dodeska-zen! Dodeska-zen!‹ schreit, dergestalt das Rattern der Räder eines nur in seinem Hirn existierenden extra Triebwagens imitierend, scheint uns der Autor vorführen zu wollen, daß jeder seiner sozial adäquaten Helden im Grunde nichts anderes tut, als gleichfalls in seinem kleinen illusionären ›Triebwagen‹ durch den wirklichen Waggon zu fahren. Leider zeigt Kurosawa keinerlei Auswege aus der tristen Welt, die er darstellt. Nun ja, zu schockieren ist nicht allzu schwer, jedoch ...«

Auf dem Gang war das Radio abgestellt.

Schon drei Wagen weiter gen Osten hatte Andrej Glück – kein Mensch war zu sehen. Dem Gestank nach zu urteilen, hatten sie hier Kakerlaken ausgemerzt, und die Leute schützten sich vor den Dichlorbenzolschwaden, indem sie die Türen fest verschlossen hielten. Mit schnellen Schritten lief Andrej den staubigen

Läufer entlang und verhielt vor der Tür zum Dienstab-teil, wo der Schaffner, über den großen, stählernen Ausguß gebeugt und vor sich hinträllernd, leere Bier-dosen ausspülte (im Nachbarwaggon wurden sie mit nationalen Dekors bemalt und anschließend in den Westen verkauft). Andrej paßte einen Moment ab, da der Schaffner ihm den Rücken zukehrte, schlüpfte an der Tür vorbei und ging in die Toilettenkabine. Er schloß ab, klemmte den Keil zwischen Tür und Schließhebel und schlug ein paarmal mit der flachen Hand darauf – jetzt konnte nicht einmal der Schaffner mit seinem Schlüssel die Tür von außen öffnen.

Das Fenster ging mühelos auf. Durch den Spalt spähte Andrej hinaus – alle Nachbarfenster waren zu. Er zog die Handschuhe an, setzte Mütze und Brille auf, drehte sich mit dem Rücken zum Fenster, langte mit beiden Händen über die Schultern nach hinten und krallte sich am oberen Fensterrahmen fest. Dann stemmte er sich mit dem Fuß gegen den Aluminiumhaltegriff an der gegenüberliegenden Wand, machte sich krumm und begann langsam und vorsichtig nach draußen zu rutschen.

Längst schon hätte er die nötigen Bewegungen mit ge-schlossenen Augen ausführen können, und dennoch geriet er jedes Mal wieder für einige Sekunden außer sich. In den okkulten Büchern, die im Durchgang zum Speisewagen angeboten wurden, stand diese Prozedur in sehr verworrenen und mysteriösen Worten be-schrieben, mit einer Vielzahl von Allegorien – sichtlich von Leuten verfaßt, die nicht wußten, wovon sie rede-ten. Der einfachste Euphemismus für diesen Vorgang war der vom »rituellen Tod«. In gewissem Sinne war das nicht falsch – die Toten, die aus dem Fenster ge-schoben und auf die Böschung geworfen wurden, gin-gen den gleichen Weg. Doch damit hatten sich die Par-allelen erschöpft, auch wenn die Sache in der Tat riskant war. Und was die dunkle, im Unterbewußten hockende Angst anging, so halfen da nur Nüchternheit und ein Sinn für Humor – er kletterte halt aufs Wagendach, na und?

Oberhalb des Fensters gab es eine Dachraufe. Andrej packte ihren Rand und zog sich nach oben – jetzt saß er auf dem Fensterrand, die Beine hingen nach drinnen. Weit vorn in Fahrtrichtung zeigte sich ein grüner Streifen von Gebüsch, Andrej kletterte schneller, damit die Zweige ihn nicht peitschten. Ein paar Augenblicke später war er schon oben auf dem gerippten, ungewöhnlich breiten Wagendach mit der abblätternden gelben Farbe und den rostigen Pilzen der Ventilatortürmchen. Er stellte sich aufrecht hin und schaute.

Weit im Westen standen gleichfalls Leute auf dem Dach, doch war aus dieser Entfernung nicht auszumachen, um wen es sich handelte. Andrej übersprang einige Waggonzwischenräume und fand die Delle, unterhalb derer sich Hans Abteil befand, dort stampfte er ein paarmal mit dem Fuß auf.

Han erschien nach etwa fünf Minuten – er trug eine Windjacke mit Kapuze und die gleiche Brille wie Andrej. Schweigend liefen sie Richtung Westen, mit Schwung setzten sie über die Breschen, die klafften, wo sich die Gummibälge der Waggonübergänge befanden. Bald schon hatten sie das schmierige Speisewagendach hinter sich gelassen, dann auch den Zollwagen; die weiter vorn Stehenden winkten bereits. Einige der Männer konnte Andrej nun erkennen und winkte zurück. Richtig bekannt war er mit keinem – aller Umgang mit denen, die man hier oben antraf, beschränkte sich auf eine freundliche Geste zum Gruß. Sie liefen an einem Alten in schmutziger Wattejacke und alter Militärpelzmütze vorbei, der wie immer reglos im Schneidersitz mitten auf dem Dach saß und eine lange Pfeife mit kurzem Metallmundstück rauchte, es war unklar, wie er sie bei dem Fahrtwind überhaupt zum Brennen brachte. Ein Stück weiter hockten einige Leute in langen dunkelgrauen Kutten beieinander – die Gesichter vermummt, so daß sich weder Geschlecht noch Alter ausmachen ließen. Sie hatten sich im Kreis niedergelassen und studierten eine rätselhafte geometrische Figur, die mit Kohle auf das Wagendach gezeichnet war. Es war die gleiche wie immer – ein Kreis mit einigen symmetrischen Linien darin, ähnlich einem aufgeschnittenen Stern. Andrej konnte sich erinnern, diese Leute im vergangenen Sommer und gar schon in dem zuvor bei derselben Beschäftigung angetroffen zu haben – zu welchem Zweck sie so inbrünstig auf die simple Zeichnung starrten, war unbegreiflich.

Überhaupt hegte Andrej Zweifel, ob die, denen er auf dem Dach begegnete, mit einem bestimmten Ziel hier heraufkamen. Er selbst hatte nie ein Ziel und erwartete von diesen Spaziergängen keinen Nutzen. Nun gut, mit Han hatte er hier oben Bekanntschaft geschlossen. Zwar hatten sie damals kein Wort gewechselt – hier redete keiner mit irgendwem – doch ein, zwei Tage später, als sie einander unten auf dem Gang begegneten, erkannten sie sich wieder. Später behauptete Han, so ein Ausflug auf das Dach sei nicht nur sinnlos, sondern sogar schädlich, weil man sich damit von der Möglichkeit, wirklich auszusteigen, eher entfernte – trotzdem kamen sie weiter hier herauf, um wenigstens für eine Weile den Raum zu verlassen, der Leben und Tod beherbergte und dessen sie so sehr überdrüssig waren.

Weder Anfang noch Ende des Zuges waren zu sehen – die Linie der Waggons, die auf Sichtweite etliche Male eine Krümmung vollzog, reichte nach beiden Seiten bis zum Horizont. Und trotzdem existierte irgendwo eine Lokomotive, wofür es neben einigen immanentmetaphysischen Begründungen zwei direkte Beweise gab: das dicke Kupferkabel einen halben Meter über ihren Köpfen sowie das leise, langgezogene Tuten, das manchmal und ganz von ungefähr an ihr Ohr drang.

Andrej merkte, daß Han ihn am Ärmel zog, und schaute in die ihm gewiesene Richtung. Auf dem benachbarten Dach stand ein recht sonderbares Grüppchen – vier Männer, die wie Musikanten gekleidet waren, in etwas übertrieben wirkender lateinamerikanischer Tracht. Andrej schaute genauer hin, erkannte die Instrumente in ihren Händen und begriff, daß es wirklich Musikanten waren. Die Musik ging im Rattern der Räder völlig unter, doch man sah, daß das kleine Orchester sich kräftig ins Zeug legte – der Panflötenspieler ging vor Anstrengung in die Knie, und die Gitarristen hatten derart entrückte Gesichter, daß man meinen konnte, sie hielten nicht Gitarren, sondern Gewehre in den Händen und rückten vor zum Sturm auf das gepanzerte Abteil eines Pablo Escobar. Andrej ließ seinen Blick von einem zum anderen gleiten und blieb an einem sonderbaren Menschen hängen, der einen breiten Strohhut im Nacken trug – gefährlich weit am Rand des Waggondaches stehend, tänzelte er auf der Stelle und schwang die Arme, als wollte er sich warmhalten. Nie zuvor war Andrej ihm hier oben begegnet, den Musikanten ebensowenig.

Der Zug jagte jetzt auf einen Fluß zu, vielleicht auch nur der schmale Ausläufer eines Sees, den eine sonderbare Brücke querte – ihre seitlichen Begrenzungen waren so niedrig, daß sie kaum an die Dächer des Zuges heraufreichten. Man hätte sie mit Leichtigkeit überspringen können, fiel Andrej ein. Im selben Moment, da ihm dieser Gedanke durch den Kopf ging, sprang der Mann mit dem Strohhut kräftig vom Dach ab und hechtete über die Brückenbarrriere.

Für Augenblicke konnte Andrej nicht glauben, daß es tatsächlich geschehen war. Dann warf er sich auf den

Bauch, kroch zum Dachrand und beugte sich darüber, um irgend etwas zu erspähen. Das Wasser unter der Brücke stand praktisch still; über seine Oberfläche zogen Kreise, in deren Mitte, einer großen Seerose gleich, der Strohhut schaukelte. Ein paar langwährende Sekunden später tauchte ein schwarzer Haarschopf über dem Wasser auf. Andrej sah noch, wie der Mann auf das Ufer zuschwamm, bevor die überwucherte Böschung die Sicht nahm.

Er erhob sich und schaute zu Han hinüber. Der schüttelte begeistert den Kopf und bewegte die Lippen, schien etwas zu sagen. Alle ringsum schauten in Richtung des Flusses, der nicht mehr zu sehen war – selbst die komischen Leute in den Kutten, die sich sonst um keinen scherten, standen da, verlorenen Blickes gen Osten, wo der Unbekannte auf ewig von ihnen gegangen war. Einzig der Alte mit der Pelzmütze saß reglos wie zuvor auf seinem Platz und blies kaum sichtbare Rauchfähnchen in den Wind – es war nicht klar, ob er nur nichts bemerkt oder dergleichen schon öfter gesehen hatte. Die Musikanten waren verschwunden. Andrej suchte sie mit den Augen und sah zuletzt, ziemlich weit im Westen schon, ein paar kleine Gestalten von Waggon zu Waggon hüpfen.


### 3


»Gefällt sie dir?« fragte Anton. »Sag ehrlich.«

»Wer sie?«

»Die neue Serie«, sagte Anton und nickte zum Tisch hin.

»Wieso Serie?« wunderte sich Andrej. »Die sind doch alle gleich.«

»Das ist der springende Punkt«, meinte Anton. »Sie sind numeriert, wie Kunstdrucke.«

Andrej saß auf der Bettkante und schaute auf die Bierdose in Antons Händen. Der zog brummelnd einen kleinen Pinsel auf ihr entlang, wobei er den Hals verdrehte, damit der Bart nicht von Farbe bekleckert wurde – einige weiße Tupfer hatte er schon abbekommen, die aussahen wie ein zeitiger Einbruch von Altersgrau. Ein paar fertig bemalte Dosen standen auf dem Tisch, jede trug die gleiche Zeichnung: rotwangige Jungfern in Brauthäubchen und strohblonde Burschen in roten Blusen auf dem Korridor eines Eisenbahnwaggons, alle mit Teegläsern in Händen, alle mit denselben Eutergesichtern. Das war, wie Andrej erfuhr, Absicht, ein ausdrückliches Gumiljow-Zitat nämlich: Aus den Gesichtern sprossen lange Kuhzitzen, Milch spritzte heraus, und unter der Zeichnung stand jeweils in altslawischer Schnörkelschrift:

> Halten Sie an, Herr Schlafwagenschaffner,
> Halten Sie endlich den Wagen an.

»Und?« fragte Anton noch einmal.

»Nicht übel«, meinte Andrej. »Aber etwas viel Sozialkritik, wenn du mich fragst. An dein ›Budweiser vor dem Herrn‹ kommt es nicht ran.«

»Ich verstehe nicht«, sagte Anton, »wieso alles, was ich mache, immer mit dem ›Budweiser‹ verglichen wird.«

»Ist mir nur so eingefallen«, sagte Andrej. »War eben wirklich ein geniales Stück.«

Anton gegenüber saß dessen Frau Olga, die die Dosen mit feinem Schmirgelpapier bearbeitete. Über ihren Beinen lag eine Decke, weil die Tür des Abteils ausgehängt war, und am Fußboden zog es arg. Im Türrahmen hing ebenfalls eine Decke – sie reichte nicht bis zum Boden, man sah die Halbschuhe und Latschen derer, die draußen vorübergingen. Andrej schaute auf die leeren, verbogenen Türangeln und schüttelte den Kopf.

»Wie konntet ihr bloß zulassen, daß sie euch die Tür rausnehmen, ich begreife das nicht«, sagte er. »Die dürfen das doch nicht ohne eure Zustimmung.«

»Uns hat keiner gefragt, ob wir zustimmen oder nicht«, sagte Anton. »Die sind gekommen und haben gesagt, es handle sich um eine Konversionsmaßnahme. Von der zweiten in die dritte Klasse. Ich mußte irgendwas unterschreiben, und fertig. Vergiß es. Hast du wieder mal irgendwen von unseren Leuten getroffen?«

»Grischa sehe ich öfters«, sagte Andrej. »Er ist aufgestiegen, wie das bei denen heißt, hat ziemlich viel Geld und so. Serjoscha hab ich auch getroffen vor kurzem. Der hat sich sehr verändert. Trinkt und raucht nicht mehr. Er ist jetzt bei den Utristen.«

»Was ist das denn?«

»Eine Religionsgemeinschaft, ganz nett eigentlich. Sie glauben, uns zieht eine Lok vom Typ U3, auch Troika genannt, mit der fahren wir in einen lichten Morgen. Wer an die U3 glaubt, schafft es bis über die letzte Brücke, die anderen nicht.«

»Ach so?« meinte Anton. »Was es nicht alles gibt. Von denen hab ich noch nie was gehört. Du selber gehörst nicht zufällig dazu?«

»I wo«, sagte Andrej. »Bei mir ist alles beim alten. Ich lese gerade ein gutes Buch. ›Führer auf Indiens Gleisen‹ heißt es. Bin ganz zufällig drauf gestoßen. Wenn du willst, kannst du es anschließend haben.«

»Worum gehts da?« fragte Anton, während er die Dose über den Kopf hob und aufmerksam betrachtete.

»Das läßt sich schwer sagen. Da fährt einer im Zug durch Indien und schreibt, was in ihm vorgeht dabei. Man weiß nicht mal genau, fährt er nun wirklich durch Indien oder bildet er sich das nur ein. Ist bestimmt dein Fall.«

»Hast du es dabei?« fragte Anton.

»Klar.«

»Lies ein Stück vor, ja? Ich hab Farbe an den Händen.«

»Was soll ich lesen?« fragte Andrej.

»Egal.«

»Dann fang ich an der Stelle an, wo ich selber gerade bin. Ich kann dir ja in zwei Worten sagen, was bis dahin war. Zuerst beschreibt er, was er draußen sieht, und dann schreibt er über die, die ihn nicht in Ruhe am Fenster stehen lassen. Eine regelrechte Auflistung, lang und böse.«

Andrej zog das Büchlein aus der Tasche, schlug es an der markierten Stelle auf und fing an vorzulesen:

»Wo laufen die nur alle hin? Und wozu? Hören sie denn niemals das Rattern der Räder, können sie die öden Weiten draußen vor den Fenstern nicht sehen? Sie wissen Bescheid über dieses Leben, und dennoch laufen sie weiter den Gang entlang, vom Klo ins Abteil und von der Plattform in den Speisewagen, dafür sorgend, daß das Heute mählich ins gewohnte Gestern kippt, und sie meinen, es gäbe einen Gott, der ihnen das lohnen oder vergelten würde. Daß sie dabei nicht den Verstand verlieren, kann nur bedeuten, daß sie ein Geheimnis kennen. Oder ich bin es, der das Geheimnis kennt, von dem besser keiner erfährt. Etwas, um dessentwillen ich nie im Leben mehr so unschuldig und kein Wässerchen trübend, ziellos über den sanft schaukelnden Korridor gehen kann, ohne mir recht im klaren zu sein, daß *ich über den Korridor gehe.* Dabei kenne ich gar kein Geheimnis. Ich sehe das Leben, wie es ist, nüchtern und präzise, und nie werde ich imstande sein, diesen über die Schienenstöße polternden gelben Leichenwagen für etwas anderes zu halten. Indien gefällt mir, und deshalb fahre ich durch Indien. Die da aber sind übergeschnappte Reisende in einem übergeschnappten Zug, und in allem, was sie sagen, höre ich nichts als das Rattern der Räder. Und daß es so viele sind, und ich bin allein, kann nichts ändern daran...«

Andrej hörte ein Schlurfen, hob die Augen vom Buch und sah, daß Antons Frau sich die Schuhe anzog. Anton wischte die Hände an einem mit Farbe beschmierten Lappen ab.

»Entschuldige, Alter«, sagte er, »wir müssen jetzt los, ins Theater. Lies mal die letzte Zeile. Damit ich weiß, wie das Ganze ausgeht.«

Andrej zögerte, schlug dann die letzte Seite auf und las:

»Die Gnade ist grenzenlos, und ich weiß genau: Wenn der Zug halten wird, erwartet mich hinter seiner gelben Tür ein weißer Elefant, auf dessen Rücken ich meine ewige Heimkehr ins Unausweichliche fortsetzen werde.«

»Alles klar«, sagte Anton. »Ein interessantes Buch, keine Frage. Aber lesen werde ich es nicht, vielen Dank.«

»Hat es dir nicht gefallen?«

»Gefallen oder nicht, das kann ich nicht sagen«, antwortete Anton. »Es betrifft mich nicht persönlich, das ist es.«

»Wieso? Ist das, was du da malst« – Andrej deutete auf die fertigen Dosen –, »nicht dasselbe, nur in einer anderen Sprache? Diese Sprüche: ›Halten Sie an!‹ und so weiter? Oder ist das gar nicht dein Ernst? Alles nur Spaß?«

»Ernst, Spaß, was heißt das schon« meinte Anton. »Deine Begriffe sind ganz schön kindisch. Das Leben ist das eine, die Kunst, das Kunstmachen ist das andere. Da gibt es die Soz-art und den Konzeptualismus. Da gibt es die Moderne und die Postmoderne. Leben und Kunst bringe ich schon lange nicht mehr durcheinander. Ich hab eine Frau, bald kriegen wir ein Kind – das ist der Ernst des Lebens, Andrjuscha. Und malen kann man alles mögliche – es sind Spiele, Kulturriten, nichts weiter. Züge halte ich bloß auf Bierdosen an, weil ich nämlich an das Kind denke, das einmal hier in diesem realen Waggon sitzen und weiterfahren wird. Verstehst du das?«

Dabei klopfte er leicht mit der Hacke gegen den Fußboden und zeigte dann auf die Wand vor sich.

»Du, Anton«, sagte Andrej, »hörst du denn im Moment gar nichts?«

Anton hielt inne und horchte.

»Nein«, sagte er, »ich höre nichts. Was soll ich denn hören?«

»Nur so. Mir war, als wäre da was.«

»Wir müssen«, sagte Olga und zog die im Türrahmen hängende Decke beiseite, »wir kommen sonst zu spät.«

»Was wird denn gespielt?«

»Panzerzug 116-511«, antwortete Olga. »Du mußt nicht gleich erschrecken, es ist eine avantgardistische Lesung.«

»Von wem?«

»›Theater oben auf der Bank‹«, antwortete Olga. »Alles geschieht kollektiv und anonym, man weiß nicht, wer da eigentlich auftritt. Im Vertrauen: Anton hat die Kulissen gemalt. Willst du nicht mitkommen? Die lassen uns so rein.«

»Nein«, sagte Andrej, »ich muß noch bei Han vorbeischauen. Bei ihm war ich lange nicht.«

»Wie gehts dem eigentlich?« fragte Anton. »Hat er sich gefangen?«

»Ja«, sagte Andrej. »Und nicht nur das. Also tschüß!«

»Tschüß. Schönen Gruß dort an alle.«

An der Tür zu Hans Abteil hing plötzlich ein Kalender mit jungen Katzen, der die vertraute Schramme überdeckte. Für den Augenblick wußte Andrej nicht, was los war, er schaute nach allen Seiten, um sicher zu gehen, daß er sich nicht in der Tür geirrt hatte, dann klopfte er. Es kam keine Antwort.

Andrej öffnete die Tür. Im Abteil herrschte ein unglaubliches Durcheinander – ein Zustand, wie ihn Todesfälle, Geburten und Umzüge mit sich zu bringen pflegen. Auf Hans Pritsche saß eine dicke alte Frau, deren schwammiges Gesicht nur noch Spuren von einstiger Häßlichkeit trug – sie hatte das Alter, das ästhetischen Kriterien keine Angriffsfläche mehr bietet. Vor ihr auf dem Boden standen ein paar Koffer und ein Korb, über den ein Tuch gebreitet war und aus dem es heftig nach Wurst roch. Vom oberen Bett ragte ein kleines, weiß bestrumpftes Bein, es pendelte ein wenig im Takt, den der Waggon vorgab.

»Guten Tag«, sagte Andrej.

»Guten Tag«, erwiderte die Frau und richtete ihre ausdruckslosen Augen auf ihn.

»Wo ist denn Han?«

»Wohnt hier nicht.«

»Ist er umgezogen?«

»Weiß ich nicht«, sagte sie, »kann sein, umgezogen, oder gestorben. Wir wissen das nicht. Wir standen auf der Liste und haben den Wohnraum zugewiesen bekommen. Fragen Sie den Schaffner, der muß es wissen.«

»Und seine Sachen?« fragte Andrej. »Hat er nichts dagelassen?«

»Hier waren keine Sachen«, sagte die Frau und wurde ganz aufgeregt, »was bilden Sie sich ein? Wovon reden Sie da?«

»Nein, nein«, sagte Andrej, »ich will doch gar nichts von Ihnen. War nur eine Frage.«

»Das Bett war leer. Das Gepäckfach auch. Fremdes Hab und Gut rühre ich nie an, müssen Sie wissen.«

»Alles klar«, sagte Andrej, machte kehrt und schob die Tür auf.

»Ach, sind Sie vielleicht Andrej?« fragte die Frau plötzlich.

»Ja? Wieso?«

»Ein Brief hat hier gelegen. ›Andrej‹ steht drauf, nichts weiter. Auch kein Absender. Vielleicht ist der für Sie?«

»Klar. Geben Sie her!«

»Irgendwo hatte ich ihn«, murmelte die Frau und wühlte in dem Haufen Wäsche auf dem Tisch. »Ich werd noch ein halbes Jahr brauchen, um hier Ordnung reinzukriegen. Das Leben ist furchtbar geworden. Dieses Gedränge auf dem Flur, und wenn man so schwach auf den Beinen ist ... Ah, hier ist er ja. Da! Sind Sie sicher, daß er für Sie ist? Haben Sie vielleicht Ihre Fahrkarte dabei?«

»Ich bin doch Schwarzfahrer«, versuchte Andrej einen derben Scherz.

Die Frau brummelte etwas und reichte Andrej den Umschlag.

»Das kannst du den jungen Dingern weismachen«, sagte sie mit einem Anflug von Koketterie. »So, das wars. Mehr hab ich nicht.«

»Danke«, sagte Andrej und steckte den Brief ein. »Vielen Dank.«

»Auf Wiedersehen«, sagte die Frau.

Als Andrej aus dem Abteil trat, stieß er um ein Haar mit dem Schaffner zusammen, doch er stellte ihm keine Fragen.


Pjotr Sergejewitsch war betrunken und guter Dinge. Vor ihm auf dem Tisch stand nicht die übliche Flasche

›Eisenbahner‹, sondern ein flakonartig geschliffenes Fläschchen guten Kognaks, Marke ›Lazo‹, ein funkensprühender Dampflokomotivenkessel schmückte das Etikett. Daneben lagen eine Menge Skizzenblätter und Blaupausen ausgebreitet, auf einer konnte Andrej einen stark vergrößerten Türschloßriegel erkennen. Auch einige offiziell ausschauende Papiere mit Stempeln waren darunter; den Fettflecken nach zu urteilen war darin die Zervelatwurst eingewickelt gewesen, an der sich Pjotr Sergejewitsch anscheinend gerade gütlich getan hatte – die auf dem Tisch verstreuten Pellen sahen aus, als hätte ein Adler darauf herumgepickt.

»Wie schauts aus?«

»Normal«, erwiderte Andrej. »Und bei Ihnen?«

Pjotr Sergejewitsch reckte den behaarten Daumen in die Höhe.

»Morgen bin ich den ganzen Tag nicht da«, sagte er, »von früh an nicht. Ich bleib auch über Nacht weg. Könntest du für mich die Bettwäsche in Empfang nehmen?«

»Ist gut. Sagen Sie aber bitte dem Schaffner Bescheid. Haben wir wirklich schon wieder den Dreißigsten?«

»Jaja«, sagte Pjotr Sergejewitsch, »die Zeit vergeht. Man kommt kaum zum Verschnaufen. Soll ich dir einen einschenken?«

Andrej schüttelte den Kopf. Er zog die Schuhe aus, legte sich auf sein Bett, drehte sich zur Wand und holte den ›Führer auf Indiens Gleisen‹ hervor, worin der Brief lag. Er zögerte einen Moment, dann steckte er ihn in die Tasche zurück. ›Morgen werde ich ihn lesen‹, dachte er und schlug das Buch aufs Geratewohl auf.

*… es gibt im Grunde gar kein Glück, allenfalls gibt es ein Glücksempfinden. Oder sagen wir es anders: Es gibt nur*

*Empfinden. Kein Indien, keinen Zug, kein Fenster. Alles ist Empfinden, und das übrige, wir selbst auch, existieren nur, insofern wir empfunden werden. Warum also, frage ich mich wieder und wieder, gehen wir nicht direkt auf die Unendlichkeit, auf das unaussprechliche Glück zu und werfen alles übrige beiseite? Freilich, in diesem Fall müßte man auch sich selbst wegwerfen. WER aber würfe dann? WER wäre dann glücklich, der jetzt noch unglücklich ist?*

Andrej war müde, das Gelesene ging ihm nur schwer in den Kopf – die Wörter türmten sich vor seinen Augen zu komplizierten geometrischen Gebilden. Er klappte das Buch zu.

»Andrusch«, meldete sich Pjotr Sergejewitsch, »Mensch, was büffelst du da vor dich hin? Kipp ein Gläschen mit.«

»Ich möchte wirklich nicht«, sagte Andrej, »vielen Dank«.

»Mußt du wissen.«

Andrej drehte sich auf den Rücken und studierte eine Weile die trübe gelbe Deckenleuchte.

»Pjotr Sergejewitsch«, sagte er, »haben Sie schon mal darüber nachgedacht, wohin wir eigentlich fahren?«

»Was ist mit dir los?« fragte Pjotr Sergejewitsch kauend zurück. »Problemchen? Pfeif drauf. Laß das Weib einfach laufen und schnapp dir ne Neue. Geh in die dritte Klasse, da kommst du schnell auf andre Gedanken. Hast du eine Ahnung, wieviel von diesen Schneckchen es da gibt! Die haben ihren eignen Waggon! Geld müßte man haben …«

»Nein, mal im Ernst. Wohin geht die Reise?«

»Du fragst, als wüßtest du es nicht selber.«

»Warum reden Sie so drum herum?«

»Wieso denn drum herum?«

»Dann sagen Sie es doch. Wohin fahren wir Ihrer Meinung nach?«

»Wohin, wohin. Du willst es zum tausendsten Mal hören, ja? Ist doch klar, wohin. Zur zerstörten Brücke. Was pflasterst du dir den Kopf in deinem Alter mit solchem Schlamassel voll, Andrjuscha?«

## 1

Der Morgenhimmel war bedeckt – anstatt des Himmelsblaus eine gleichmäßig graue Fläche, ähnlich wie die Decke auf dem Flur, nur ohne Lüftungslöcher. Pjotr Sergejewitsch war schon weg. Auf dem Tisch lag ein Zettel für den Schaffner. Zwei kaltgewordene Gläser Tee standen daneben. Andrej zog sich an, holte den Brief aus der Tasche und steckte ihn sogleich wieder zurück. Dann verriegelte er die Tür und setzte sich auf den Tisch. Pjotr Sergejewitsch konnte das auf den Tod nicht leiden, selbst die Füße auf sein Bett zu legen war unverzeihlich, doch heute war mit ihm nicht zu rechnen.

Andrej ließ keine Gelegenheit aus, ein paar Stündchen ungestört am Abteilfenster zu verbringen. Das war etwas ganz anderes als auf dem Gang, wo man ständig Leute vorbeilassen mußte und wo überhaupt einer Vielzahl subtiler Kontakte zu Mitreisenden schwer aus dem Weg zu gehen war. Andrej mochte dem Autor des ›Führers‹ nicht recht glauben, wenn er schrieb, der friedlichen Betrachtung der Landschaft ließe sich auch an der Tür zum Durchgang frönen, selbst wenn sie von einer grölenden Menge belagert war.

Der Tag war nicht eben günstig – im Abstand von ein paar Metern zum Fenster zog eine endlose Mauer von Bäumen vorbei. Solche Palisaden pflegten den Blick Stunden, ja Tage zu versperren, dem Auge blieben nur der Streifen Gras zwischen Zug und Bäumen und dazu noch die Gegenstände, die irgendwann aus den Wagen des dahinschießenden ›Gelben Pfeils‹ hinausgeworfen worden waren.

Zunächst verschwamm einem dort unten alles zu einer einzigen graugrünen Melange, nach ein paar Minuten aber hatten sich die Augen angepaßt, und es brauchte nur Sekundenbruchteile, um die künstlichen Einsprengsel in der Landschaft zu identifizieren. Es kam wohl weniger auf einen trainierten Blick an als auf die nötige Einbildungsgabe – was da am Fenster vorbeiflitzte, erfand er mehr, als daß er es erkannte, er malte sich aus, was dort liegen mochte, wobei er die geringsten Andeutungen, die die Umwelt ihm lieferte, bereitwillig aufnahm. Die meisten Objekte, die an der Böschung lagen, ließen allerdings ohnehin kaum einen Irrtum zu.

Am häufigsten waren leere Flaschen, das war klar. Im Winter stachen sie als leuchtend grüne Flecken vom Schnee ab, jetzt sah man sie nur dann im Gras liegen, wenn sie glänzten. Die leichtgewichtigeren Bierdosen wurden vom Fahrtwind mitgerissen, so daß sie in geringerer Entfernung zum Zug niedergingen. Mitunter gab es auch Sonderbares zu sehen – einmal zum Beispiel ragte aus einem kleinen Tümpel, frisch in den Modder gerammt, ein Ölbild im schweren Goldrahmen. (Andrej glaubte die einschlägige Reproduktion von Dejnekas ›Zukünftigen Eisenbahnern‹ erkannt zu haben.) An anderer Stelle, vielleicht einen Kilometer weiter, blinkte ein vernickelter, vom Sturz verbeulter Samowar. Gleich daneben lag ein prächtiger Lederkoffer, auf dem eine große, fette Krähe hockte. Als helle Flecke schimmerten überall benutzte Präservative – man konnte sie allerdings leicht mit Knochen einer bestimmten Größe verwechseln, Schlüsselbeinknochen etwa, und von Knochen schien das Gras ebenso übersät wie von Flaschen. Schädel waren besonders häufig – für kleine Nager offenbar zu schwer, um sie fortzuschleppen, während die größeren Tiere sich fürchteten, der donnernden gelben Wand zu nahe zu kommen. Manche Schädel, die älteren, waren von Regen und Wind blankpoliert und kreideweiß gebleicht; an denen, die noch nicht so lange lagen, hingen Haare und Fetzen von Fleisch. Besonders erheiterte Andrej der Anblick eines Schädels mit blitzenden Brillenbügeln – in der Brille schienen sogar die Gläser noch heil.

Büsche und Bäume trugen vielerlei Spuren jüngst erfolgter Bestattungen – bunte Handtücher, Decken und Kissenbezüge. Sie flatterten wie Fahnen im Wind, das neue Leben grüßend, das im Sauseschritt vorüberjagte, immer voran! – so hatte es, wenn Andrej sich recht entsann, ein Dichter formuliert, der sich kurze Zeit später kopfüber aus dem Speisewagenfenster stürzte. Auch Kissen gab es massenweise – manche nagelneu, andere bereits modernd von den in diesem Sommer häufigen Regenfällen. Ihre einstigen Besitzer lagen zumeist ganz in der Nähe, die Posen verschieden, die Verwesung unterschiedlich weit fortgeschritten. Viele indes boten auch an der Böschung noch einen ordentlichen Anblick – die Beine leicht gekrümmt, einen Arm unter den Kopf geschoben, den anderen längs des Rumpfes hingestreckt. Dies war einfach zu erklären: Die Gliedmaßen der Verstorbenen wurden von den Schaffnern auf Bitten der Anverwandten des öfteren kunstvoll mit Bindfaden fixiert, damit sie auch im Tode anständig aussahen; es hatte außerdem etwas mit Religion zu tun.

Immer häufiger fielen Andrej im Gras der Böschung dürre, weiße Blüten auf, die er anfangs für Präservative gehalten hatte. Dann dachte er, es müßten verwelkte Blumen sein, die dort draußen wuchsen – bis er entdeckte, daß viele von ihnen in Folie eingeschlagen waren und mit den Stielen nach oben lagen. Ganze Sträuße davon tauchten auf, schließlich auch Kränze, immer aus den gleichen welken, weißen Rosen. Andrej ging ein Licht auf: Vor zwei Wochen hatten sie im Fernsehen die Trauerfeier für den amerikanischen Pop-Star Isis Schopenhauer übertragen. (Ihr richtiger Name war Asja Akopjan, fiel Andrej ein.) Wie die Zeitungen schrieben, seien im Laufe des Zeremoniells zwei Tonnen weißer Zuchtrosen aus den Fenstern geworfen worden, die die Tote über alles geliebt hatte – das also war es. Andrej preßte das Gesicht an die Scheibe. Zwei, drei Minuten vergingen, während derer der weiße Fleckenteppich immer dichter wurde, und dann sah er die Marmorplatte, flankiert von stählernen Sphinxen, im Gras liegen, daran festgezurrt mit goldenen Ketten der in der Hitze schon arg aufgeblähte Leib der armen Isis. An den Seiten des Grabsteins befand sich Reklame: ›Rolex‹, ›Pepsi-Cola‹ und dazu in kleinerer Schrift das Logo einer Firma, die vegetarische Buletten auf amerikanische Art produzierte. Zwei kleine Hunde streunten um den Stein – der eine streckte sein Schnäuzchen gegen den Zug und bellte lautlos, der andere wedelte mit dem Schwanz – etwas Bläulich-Rotes troff ihm aus den Lefzen.

»Die Weltkultur erreicht uns mit großer Verspätung«, dachte Andrej.

Am Abend, als es schon dämmerte, brach die Mauer von Bäumen vor dem Fenster ab. Erst standen sie spärlicher, mit Lichtungen dazwischen, und plötzlich sah man freies Feld, das von einer Straße geschnitten wurde. An der Straße standen ein paar Backsteinhäuser, die Fenster mit weit geöffneten Läden gähnten schwarz. Fernab zog eine wunderschöne weiße Kirche mit schiefem Kreuz auf der Kuppel vorüber – es sah aus wie ein zum Himmel gereckter Arm, denn man sah nur die Turmspitze, der übrige Teil war von Wald verdeckt.

Dann tauchte ein langgezogener, verödeter Bahnsteig auf – Andrej erblickte kurz eine alte Zahnprothese, die einsam auf der nackten Betonfläche lag. Daneben ragte eine Stange auf mit einem rechteckigen Stahlrahmen, in dem einmal eine Tafel mit dem Namen der Station gesteckt haben mochte. Ein paar Teile eines Betonzaunes standen da, dahinter türmten sich rostige Eisengitter, und im nächsten Augenblick verschwand all das wieder hinter einer dichten Mauer von Bäumen. Es gab Leute, die an die Schneemenschen glaubten und meinten, die Bäume seien extra von ihnen angepflanzt worden, damit die Blicke und Gedanken der Reisenden nicht zu tief in ihr Reich vordrangen.

Es klopfte. Andrej hüpfte vom Tisch.

»Wer ist da?« fragte er.

»Abel«, tönte eine Baßstimme hinter der Tür. »Bist du zu Hause? Komm raus, Wäschewechsel.«

Als Andrej sich endlich entschließen konnte, den Brief zu öffnen, war es schon Nacht, und immer noch zog undurchdringlicher Wald vorüber. Er wandte sich vom Fenster ab, holte den Umschlag aus der Tasche und riß ihn an der Seite auf. Ein kariertes, akkurat abgetrenntes Stück Papier kam zum Vorschein, auf dem in gleichmäßiger schwarzer Tintenschrift die folgenden Zeilen standen :

*In der Vergangenheit wurde viel darüber gestritten, ob es eine Lokomotive gibt, die uns in die Zukunft zieht. Es kam vor, daß man die Vergangenheit in die eigene und die andere unterteilte. All dies liegt hinter uns. Das Leben braust vorwärts, die Alten sind, Du siehst es, verschwunden. Was aber liegt droben in der Höhe? Der blinde Bau vor dem Fenster verliert sich im Flimmern der Jahre. Ein Schlüssel muß her, Du hältst ihn in der Hand – wie findest Du ihn, wem zeigst Du ihn vor? Wir*

*fahren, die Räder rattern, wir steigen aus, post scriptum*
*der Tür.*

Eine Unterschrift fehlte. Andrej las den Brief noch
einmal, drehte ihn zwischen den Fingern, faltete das
Blatt wieder zusammen und schob es zurück ins
Kuvert. Dann streckte er sich auf seinem Bett aus,
löschte die Lampe über dem Kissen und drehte sich zur
Wand.


0


Draußen ging Merkwürdiges vor sich – dergleichen
hatte Andrej noch nie gesehen. Der Zug fuhr durch eine
nächtliche Stadt, auf einem Damm aus niedrigen Pfei-
lern, der von den Straßen durch ein Eisengitter abgeschirmt war. Zahllose Lichter waren zu sehen: Straßen-
laternen, erleuchtete Fenster, Autoscheinwerfer. Am
seltsamsten aber war, daß dort unten überall Leute waren, Unmengen von Leuten. Sie standen längs des Dam-
mes hinterm Zaun; immer auf Höhe des Fensters, hinter dem Andrej saß, winkten die Leute und riefen ihm
fröhlich etwas zu. Die Stadt feierte anscheinend ein Fest
– alle machten den Eindruck völliger Unbekümmertheit. Schließlich hielt es Andrej nicht mehr aus, daß so
viele Blicke sich auf ihn richteten. Er stand auf und trat
auf den Gang. Auf der anderen Wagenseite flog dunkel
Baum an Baum vorüber, alles wie gehabt, Andrej fühlte
sich erleichtert. Der Gang bot einen seltsamen Anblick:
eine dicke Staubschicht bedeckte den Fußboden, die
Türen aller Abteile standen weit offen, die nackten,
stählernen Rahmen der Liegen waren zu sehen. Andrej
wunderte sich darüber und bekam sogar einen Schreck,
doch dann fiel ihm ein, daß ja außer ihm keiner im
Zug war, und er war beruhigt. Er wollte den Brief noch

einmal lesen und zog das zusammengefaltete Kuvert aus der Tasche. Der Text war natürlich der alte:

> DIE VERGANGENHEIT IST EINE LOKO-
> MOTIVE, DIE DIE ZUKUNFT HINTER SICH
> HERZIEHT.
> DASS DAS VERGANGENE AUCH NOCH
> FREMD IST, KOMMT VOR.
> MIT DEM RÜCKEN IN FAHRTRICHTUNG
> SIEHST DU IMMER NUR, WAS SCHON VER-
> SCHWUNDEN IST.
> UM AUSZUSTEIGEN, MUSS EINE FAHR-
> KARTE HER.
> DU HÄLTST SIE IN HÄNDEN, WEM ZEIGST
> DU SIE VOR?

Andrej, vertieft in die regelmäßigen Schriftzüge, drehte sich zur Tür seines Abteils, legte die Hand auf den Tür-riegel und entdeckte plötzlich am unteren Rand des Briefes ein Postskriptum, eine kurze Anmerkung in kleiner Schrift, die er zuvor nicht gesehen hatte – wahrscheinlich, weil sie umgefaltet war.
Und im selben Augenblick wurde ihm bewußt, daß er nicht auf dem leeren Gang stand – er lag auf dem Bett seines Abteils und träumte. Allmählich tauchte er aus dem Traum hervor, doch den schwer faßbaren Moment des Aufwachens nutzte er noch, um das Post-skriptum zu lesen und die Worte sich einzuprägen, die er da träumte – im Traum hatten sie einen gänzlich anderen Sinn, den man nicht in die gewöhnliche Welt herüberzerren konnte, den zu begreifen ihm jedoch noch gelang.

> P.S. BESTÄNDIG GEHEN WIR AUF EINE
> REISE – UND WENN WIR ENDLICH LOS-
> FAHREN, IST SIE VORBEI.

Andrej knipste das Lämpchen über seinem Kissen an, nahm den Brief zur Hand und las ihn noch einmal – es gab kein Postskriptum. An der Stelle, wo er es im Traum gesehen hatte, waren lediglich ein paar schwach erkennbare Kratzer – als hätte jemand versucht, eine Feder mit eingetrockneter Tinte zum Schreiben zu bringen.

Irgend etwas stimmte nicht. Etwas war geschehen, während er schlief. Andrej erhob sich vom Bett, schüttelte den Kopf und merkte plötzlich, daß ohrenbetäubende Stille um ihn war. Die Räder ratterten nicht mehr. Er blickte aus dem Fenster und sah einen reglosen Zweig mit großen schwarzen Blättern inmitten eines quadratischen Lichtflecks hängen – Licht, das aus dem Fenster nach draußen fiel. Der Zug stand.

Als Andrej auf den Gang trat, war dort alles wie gewöhnlich – Licht brannte, Zigarettenrauch lag in der Luft. Doch der Boden unter den Füßen rührte sich nicht, und ihm kam es so vor, als schaukelte er gar ein wenig, wenn man darauf entlangging. Die Tür zum Dienstabteil stand offen. Andrej warf einen Blick hinein und blickte in das Gesicht des Schaffners, der mit einem Glas Tee in der Hand reglos am Tisch stand. Andrej öffnete den Mund, um zu fragen, was mit dem Zug los war, doch da merkte er, daß der Schaffner ihn nicht sah. Er schien schlafend oder wie erstarrt. Jetzt fiel Andrejs Blick auf das Glas Tee in der Hand des Schaffners. Ein Stück Würfelzucker hing darin und über ihm, ebenso unbewegt, eine Reihe kleiner Bläschen.
Andrej wußte nun, was zu tun war. Er schritt auf den Schaffner zu, griff ihm vorsichtig in die Jackentasche und holte den Schlüssel hervor.

Dann betrat er den Durchgang, näherte sich der Tür, steckte den Schlüssel in die runde Öffnung – er ging nicht sehr tief hinein, weil das Loch vom Unflat vieler Jahre zugesetzt war – und drehte ihn herum. Knarrend ging die Tür auf, versteinerte Kippen, die in den Spalt gestopft gewesen waren, rieselten zu Boden. Einen Moment überlegte Andrej, ob er ins Abteil zurückgehen und seine Sachen holen sollte, doch sofort war ihm klar, daß ihm von den Dingen, die im Koffer unter der Pritsche lagen, keines mehr nützlich sein würde. Er stellte sich auf den Rand des eisernen Stufengitters und spähte in die Finsternis. Sie war unendlich und still, ein warmer Wind, voll von unbekannten Düften, wehte ihn an. Andrej sprang auf den Damm hinab.

Kaum waren seine Füße in den Schotter gestoßen, der die Schwellen bedeckte, als hinter ihm pfeifend Luft aus einem Ventil entwich, im nächsten Moment strafften sich rasselnd die Kupplungen zwischen den Waggons. Der Zug ruckte an, gewann langsam an Fahrt. Andrej trat ein paar Meter zurück und besah sich den ›Gelben Pfeil‹.

Von der Seite sah er tatsächlich aus wie ein künstlich erleuchteter Pfeil, abgeschossen von unbekannter Hand und mit unbekanntem Ziel. Andrej richtete seine Augen auf den Punkt, aus dem die Wagen entsprangen, dann auf den, wo die Wagen verschwanden – hier wie dort war nichts zu sehen, nichts als ein dunkles Vakuum.

Er drehte sich um und ging los. Er machte sich keine Gedanken über die Richtung, die er einschlagen sollte, und bald schon fanden seine Füße auf eine asphaltierte Straße, die das freie Feld querte; am Himmel über dem Horizont lag ein Lichtstreif. Das Rattern der Räder in seinem Rücken verebbte, und nun hörte er klar und deutlich, was er nie zuvor gehört hatte – das trockene Knacken im Gras, das Rauschen des Windes und das gedämpfte Geräusch der eigenen Schritte.

# NACHWEIS DER QUELLEN

Nike (Nika), aus: Junost' 6–8/1992
Die Entstehung der Arten (Proischoždenie vidov), aus:
  Ogonek 26/1993

Die Tarzanschaukel (Tarzanka), aus: Stolica 20/1993
Der gelbe Pfeil (Želtaja strela), aus: Novyj mir 7/1993

Sechszeh und Einsiedel (Zatvornik i Šestipalyj),
Ontologie der Kindheit (Ontologija detstva),
Die blaue Laterne (Sinij fonar'),
Musik aus dem Lautsprecher (Muzyka iz stolba),
    aus: Viktor Pelevin, Sinij fonar', »Tekst«, Moskau 1991

# INHALT

Nike . . . . . . . . . . . . . . . . . . . . . . 7
Sechszeh und Einsiedel . . . . . . . . . . . . . . 27
Die Entstehung der Arten . . . . . . . . . . . . 76
Ontologie der Kindheit . . . . . . . . . . . . . 94
Die blaue Laterne . . . . . . . . . . . . . . . 109
Die Tarzanschaukel . . . . . . . . . . . . . . . 124
Musik aus dem Lautsprecher . . . . . . . . . . . 145
Der gelbe Pfeil . . . . . . . . . . . . . . . . . 166

*Nachweis der Quellen* . . . . . . . . . . . . . . 230

Wiktor Pelewin
Omon hinterm Mond

Roman

Aus dem Russischen und mit einem Nachwort
von Andreas Tretner
152 Seiten. RBL 1507. 16,– DM
ISBN 3-379-01507-5

Der junge russische Autor Wiktor Pelewin (geboren 1963)
hat sich das Gratisangebot seiner Historie nicht entgehen
lassen und einen kurzen, großen Roman über ein wahn-
witziges Moskauer Weltraumprojekt und damit über den
Untergang der Sowjetunion geschrieben. Eine absurde,
schwarze Komödie, eine groteske Parabel über den totalitären Staat, seine Verführungskünste, seine Armseligkeit,
seine Brutalität. Und ein Entwicklungsroman, die Geschichte einer grandiosen Desillusionierung, ein Helden-
epos.

Christof Siemes in: Die Zeit
(Taschenbuch des Monats, November 1994)

Die Erzählung schwebt, die Konstruktion hält, kein Satz
ist zu leicht. Langsam gewinnt die Geschichte an Höhe.
Einmal oben, sieht man, wenn man genau hinschaut,
mehr. Pelewins Buch hat alle Anlagen, seiner Generation
das Wasser zu reichen und ein östlicher »Werther« für
westliche Klassenzimmer zu werden. Omon, nicht Klop-
stock heißt der Mann mit dem Mond.

Eberhard Rathgeb in: FAZ

# RECLAM-BIBLIOTHEK

## Die enterbte Generation

Russische Jugend nach der Perestroika

Aus dem Russischen von Andreas Tretner
Herausgegeben von Wolfgang Schlott.
Mit einem Vorwort von Klaus Bednarz.
200 Seiten. 8 Fotografien. RBL 1495. 18,– DM
ISBN 3-379-01495-8

Leben als ständige Mobilisierung angesichts innerer und äußerer »Feinde«, Leben mit dem ständigen Blick auf die »lichte Zukunft«, Leben ohne Chance auf die Erschließung eigener Handlungsräume: Die russischen Jugendlichen haben in ihrer Mehrheit bis zur Mitte der 80er Jahre sich noch nicht entdecken können ...
Unser Buch versammelt unterschiedliche Texte von jungen Menschen und über sie: Manifeste, Gespräche, Briefe, Artikel und soziologische Forschungsberichte ebenso wie eine Rockballade, ein Poem und eine dokumentarische Erzählung. In ihrer Gesamtheit geben diese Äußerungen der Jahre 1987 bis 1993 einen Einblick in die Lebens- und Denkweisen von mehr als 20 Millionen junger Menschen, die nach dem Zerfall eines staatsideologischen Normensystems auf der Suche nach ihrem Platz in der Gesellschaft sind.

# RECLAM-BIBLIOTHEK

Ilja Kabakow
SHEK Nr. 8, Bauman-Bezirk, Stadt Moskau

Aus dem Russischen übertragen und herausgegeben
von Günter Hirt und Sascha Wonders
203 Seiten. 38 Abbildungen. RBL 1489. 24,– DM
ISBN 3-379-01489-3

Der Stoff geht Kabakow sowenig aus wie die Energie. All-
zulange hat er im verborgenen gezeichnet, gemalt, geschrieben und geredet. Jetzt fühlt er sich »wie der Geist
aus der Flasche«.

Jürgen Hohmeyer in: Der Spiegel


Wer den »Altmeister« des Moskauer Konzeptualismus,
Ilja Kabakow, bisher nur als Schöpfer von großen Installa-
tionen in Museen der westlichen Welt wahrgenommen
hat und nunmehr zu den Quellen seines Schaffens vor-
stoßen möchte, dem sei dieser Dokumentenband dringend empfohlen.

Wolfgang Schlott in: Osteuropa

Konstantin Waginow
Bambocciade
Roman

Aus dem Russischen von Andreas Tretner
190 Seiten. RBL 1485. 18,– DM
ISBN 3-379-01485-0

In »Bambocciade« (1931), dem letzten Buch, das Waginow
zu Lebzeiten hat veröffentlichen können und das nun ebenfalls auf deutsch greifbar ist, werden drei marionettenhafte
Kunstfiguren vorgeführt, von denen jede auf ihre eigene,
grotesk überspitzte Weise die Welt sich einverleiben will –
sei es durch das Sammeln von Kochrezepten, exotischen
Gerüchen, bibliophilen Kuriositäten oder das Erlernen von
seltenen Sprachen, sei es durch exzessiven Frauenkonsum
beziehungsweise durch die Suche nach irgendwelchen
ahnungslosen Zeitgenossen, die bereit sein könnten, sich die
immer gleiche »wahre Geschichte« oder immer wieder
andere »kulinarische Gerichte« auftischen zu lassen. Den
Roman als solchen hat Waginow wie ein üppiges Mahl auf-
bereitet, indem er ihn mit zahllosen eingeschobenen Tage-
buchnotizen, literarischen Zitaten, Werbeanzeigen, Anekdo-
ten und Menuvorschlägen anreicherte, woraus sich eine
subtile Analogiebildung zwischen Erzählthematik und Text-
struktur ergibt.

(Neue Zürcher Zeitung)

## ADAM

Exzentrische Geschichten aus Rußland
1906 bis 1937

Aus dem Russischen. Herausgegeben und mit einem
Nachwort von Fritz Mierau
350 Seiten. RBL 1456. 24,– DM
ISBN 3-379-01456-7

Die äußeren Bedingungen für dieses Erzählen sind so
stimulierend wie katastrophal. Die waghalsigen Beschleunigungen, mit denen die radikalsten Sozialisten zwischen
der ersten russischen Revolution 1905 bis 1907 und den
ersten Fünfjahrplänen der sowjetischen Volkswirtschaft
1929 bis 1937 den Mißverhältnissen einer industriell
zurückgebliebenen Gesellschaft zu Leibe gehen, ziehen
für ein Menschenalter die Blicke der Welt auf Rußland. Die Kämpfe um die Perspektiven und Gefahren
dieser Beschleunigungen werden mit großer Härte ausge-
tragen (...).
Unsere Erzähler sind tief in diese Kämpfe verwickelt und
haben die verführerische Stimulanz wie das Mörderische
der gewaltsamen Beschleunigungen am eigenen Leib erfahren.

Fritz Mierau

## Russen in Berlin

Literatur   Malerei   Theater   Film   1918 – 1933

Herausgegeben von Fritz Mierau
615 Seiten. 113 Abbildungen. RBL 1196. Geb. 28,– DM
ISBN 3-379-00119-8

1923 lebten ungefähr 300 000 Russen in Berlin. Im dargestellten Zeitraum 1918–1933 gab es hier sechs russische Banken, siebenundachtzig russische Verlge, drei russische Tageszeitungen, zwanzig russische Buchläden und über hundert russische Taxifahrer. 1922/23 hatte die russische Literatur in Berlin ihre beste Zeit. Immens die Funde, die das Buch zum Teil erstmals überhaupt publiziert, zum Teil erstmals in deutscher Übersetzung bietet. Mierau hat die Tochter Sergej Tretjakows aufgesucht, veröffentlicht Material aus den Nachlässen von Lew Lunz, Lilja Brik, der Frau des Majakowski-Verlegers, der Meyerhold-Protagonistin Sinaida Raich und Asja Lacis, erstmals ist hier Biographisches von Marina Zwetajewa zu lesen und das ehrende Porträt des jüdisch-russischen Verlegers Grshebin. Auf die Frage, wie lange Mierau für das Buch recherchiert habe: »30 Jahre.«

Justus Fetscher in: Der Tagesspiegel

# RECLAM-BIBLIOTHEK

Oleg Zinger
Moskau – Berlin – Paris

Das Leben eines Malers

Herausgegeben von Fritz und Sieglinde Mierau.
Mit einem Vorwort von Fritz Mierau
367 Seiten. 45 Abbildungen. RBL 1544. 28,– DM
ISBN 3-379-01544-X

Ein russischer Maler schreibt in Frankreich seine Erinnerungen – deutsch. Fünfundzwanzig Jahre hat er in Deutschland gelebt, die meiste Zeit in Berlin.
Ein Russe in Berlin. Der einzige Russe, der das von seinen Landsleuten in allen Tonarten geschmähte schreckliche, zugige, unwirtliche, unnütze, lächerliche Berlin, das wahnsinnige Berlin liebt.
Es war ein heimlicher Philosoph, der da erzählte, und je hartnäckiger er versuchte, sich als einen Banausen, Analphabeten und russischen Clochard hinzustellen, desto sicherer verriet er sich. Wir meinen ihn zu kennen. In Deutschland führt er seit Eichendorff den Namen Taugenichts. Wie jener seine Weltweisheit im Liede birgt, so dieser im Bilde – beide in die Welt geschickt und beiden die Wunder gewiesen »in Berg und Wald und Strom und Feld«.
Weltkind, Philosoph und Taugenichts: Wie die drei zusammengehen oder sich ins Gehege kommen, lesen wir nun in Zingers Erinnerungen.

Fritz Mierau

9/00